水浒猎人 4

时晨 著

人民文学出版社

图书在版编目（CIP）数据

水浒猎人 . 4 / 时晨著 . -- 北京 : 人民文学出版社 ,
2020

ISBN 978-7-02-014660-4

Ⅰ . ①水… Ⅱ . ①时… Ⅲ . ①长篇小说－中国－当代
Ⅳ . ① I247.5

中国版本图书馆 CIP 数据核字 (2018) 第 243977 号

责任编辑：甘　慧　张玉贞

出版发行　人民文学出版社
社　　址　北京市朝内大街 166 号
邮政编码　100705
网　　址　http://www.rw-cn.com

印　　刷　杭州钱江彩色印务有限公司
经　　销　全国新华书店等

开　　本　890 毫米 ×1240 毫米　1/32
印　　张　10
字　　数　225 千字
版　　次　2020 年 3 月北京第 1 版
印　　次　2020 年 3 月第 1 次印刷

书　　号　978-7-02-014660-4
定　　价　49.00 元

如有印装质量问题，请与本社图书销售中心调换。电话：010-65233595

朝廷实时海捕赏金榜

匪盗榜

水泊梁山	宋江	一万贯文
水泊梁山	卢俊义	九千贯文
水泊梁山	吴用	三千贯文
水泊梁山	花荣	九百贯文
水泊梁山	朱仝	七百贯文
水泊梁山	张清	七百贯文
水泊梁山	李逵	五百贯文
水泊梁山	凌振	三百贯文
水泊梁山	解氏兄弟	三百贯文
水泊梁山	燕青	八百贯文

凤凰山	栾廷玉	一万贯文
凤凰山	扈三娘	一千贯文
凤凰山	张闲	五千贯文
凤凰山	唐霄	两千贯文
凤凰山	徐燎	四千贯文
凤凰山	玄武	一千贯文
凤凰山	鲁智深	五千贯文
凤凰山	武松	三千五百贯文
凤凰山	陈广	三千贯文
凤凰山	阿飞	一百贯文
光之国	方腊	两万贯文

梁山泊机构和头领布置图

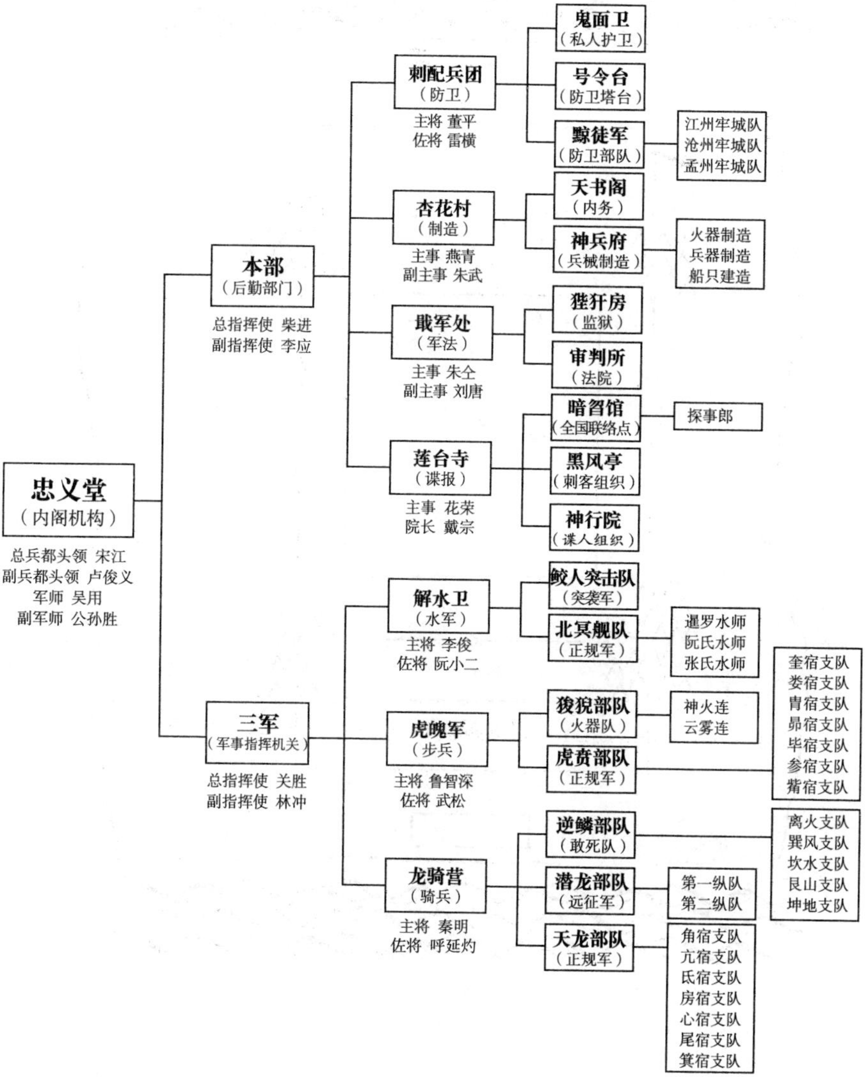

梁山形势图

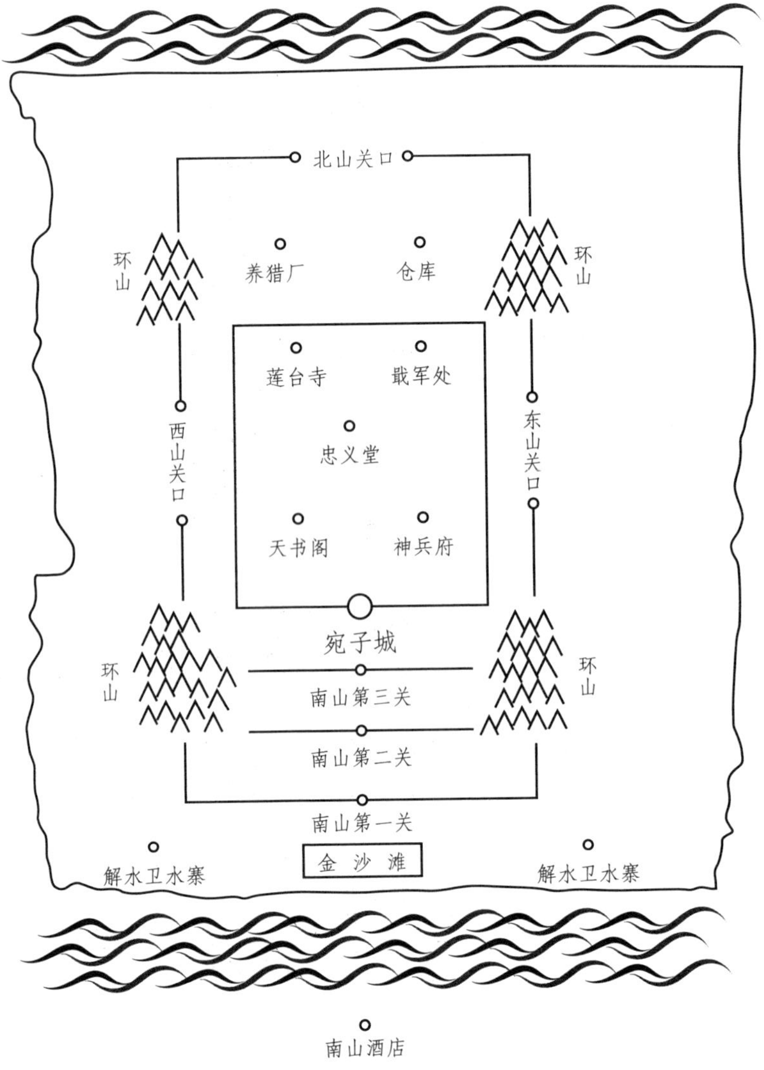
北山关口
环山
养猎厂
仓库
环山
莲台寺
戢军处
西山关口
忠义堂
东山关口
天书阁
神兵府
宛子城
环山
南山第三关
环山
南山第二关
南山第一关
金 沙 滩
解水卫水寨
解水卫水寨
南山酒店

目录

且说宋江军马在路，甚是摆的整齐。前面打着两面红旗：一面上书“顺天”二字，一面上书“护国”二字。众头领都是戎装披挂，惟有吴学究纶巾羽服，公孙胜鹤氅道袍，鲁智深烈火僧衣，武行者香皂直裰，其余都是战袍金铠，本身服色。

——《水浒传》第八十二回

第一章 景阳冈

东京皇城，垂拱殿。

恢宏的大殿内，文武百官在庭下直身而立。垂拱殿视朝属于日常朝会的一种，这时，皇帝会接受中书、枢密院、三司、开封府等机构的奏事，做出决断。

宋徽宗刚应付了几位常参官的谏言，感觉有些不适，只想快点放朝。可此时，还有一件大事没有决断。这件大事，则是一直藏在他心底的隐忧。他懒洋洋地靠在龙椅上，扫视着殿上群臣。最后，目光落在枢密使童贯的身上。

“梁山泊一战，王师被寇兵杀得人马辟易，片甲只骑无回，浪费了多少钱粮且不说，战败的消息还瞒着不报。你有没有把朕这个天子放在眼里？”

宋徽宗这番话说得声色俱厉，吓得童贯躬身出班，跪在地上，奏道：“陛下息怒。臣统率大军讨伐梁山泊，何奈暑热，军士水土不服，患病者众，十死二三，到得梁山泊，又中了那帮匪徒的奸计。在水泊中遭到了埋伏，实在是……”

“荒唐！既然水土不服，缘何还要出战？应该收兵罢战，各归本营操练才是。你作为主帅，不爱惜手下兵马，对敌军的情报又一无所知，岂不自惭？简直枉受朝廷爵禄！”

童贯吓得不敢抬头。

所谓水土不服，本就是借口。皇帝要是深究起来，乃是欺君的死罪。即便是童贯，此时也不敢再多辩一句。

“臣罪该万死，罪该万死！”

见他吓成这样，宋徽宗的目的已然达到。童贯一直是他的宠臣，自己当着众官的面杀杀他的威风即可，便道：“你坏了国家大事，本当拿问。念在你过往的功勋，姑且免了这次，再有下次，朕绝不轻饶！下去吧。”

童贯默默无言，退在一边。

宋徽宗又问道：“朕还听说，宋江这伙人，不侵州府，不掠良民，只待招安，与国家出力，有没有这等事？”

话音未落，殿前太尉宿元景出班跪下，奏道：“陛下圣明，臣闻宋江宋公明义薄云天，早年在郓城县县衙当差，只因误杀奸妇，才落草为寇。如今他虽身在绿林，却无时无刻不想报效朝廷，一直等待陛下招安，为朝廷出力。”

“果真如此？他真想报效朝廷？”

“千真万确。”

宿元景这四个字说得掷地有声。

“如此甚好。有谁愿意前去招抚宋江等一班人众？”宋徽宗的神情很是兴奋。

“臣虽不才，愿往一遭。”宿元景道。

宋徽宗大喜，正要唤人取来诏纸，准备在御案上亲书丹诏，却又有一人出班，跪下道："招安的事，还请陛下三思！"

宋徽宗抬眼望去，正是礼部侍郎张叔夜。

"怎么？张爱卿有话要说？"

"陛下，不可纵容这群匪徒。他们杀人放火，无恶不作，如何称得上义薄云天？若是真的不侵州府，不掠良民，那这群匪徒靠什么养活？今日，他们以强兵要挟朝廷，妄图谋取高位，朝廷若是听之任之，将其招安，难免有人效尤。到时候人人做强盗，强盗人人要官做，朝廷给还是不给？朝廷威严何在，陛下威严何在？"

"大胆！"宋徽宗被张叔夜数落得面色发白，拍案而起，"谁敢要挟朕？"

他这一吼，吓得朝堂上文武百官皆尽跪下。

张叔夜虽也跪下，口中却继续道："陛下息怒，这些贼寇奸猾之极，为了想要得到的东西，什么事都做得出来。招安宋江一伙，是与虎谋皮。"

"宋江麾下一百单八将，个个骁勇善战，是大宋难得的人才。如今内忧外患，正值用人之际，与其下旨平乱，不如将其招安，为朝廷所用。嵇仲兄妄自揣测宋江之意，恐怕也是空口无凭吧？"

说话之人正是宿元景。

在待漏院的时候，他就因该不该招安宋江与张叔夜发生过冲突。此时官家的态度已很明显，他也不需要再顾忌什么。

张叔夜怒道："宋江如果还畏惧朝廷，何故连番发兵攻打各处州县？少林寺一役，若非臣率禁军将士与其死战，百年古刹恐怕也要毁于一旦！"

宿元景道："此一时彼一时也，如何可以混为一谈，荒谬！"

宋徽宗当然记得梁山远征军围攻少林寺一战，正是张叔夜率军抵抗，他对宋江有看法，也在情理之中。想到张叔夜并不是对自己发难，宋徽宗的神色才稍微缓和了一些。

张叔夜道:“更何况，宋江手下，不是朝廷叛将，就是配军贼寇，不是反贼，就是命犯。这般人等怎能轻信？”

宿元景辩道：“人非圣贤，孰能无过。陛下网开一面，给他们报效朝廷的机会，他们还不感恩戴德？张大人这种论调，我无法苟同。”

“好了，好了。你们两个也别争了。吵得朕脑袋疼。宋江若是怀有二心，朕自然会知道。多说无益，朕心意已决。”

宋徽宗说罢，命左右取来诏纸，写上丹诏，又命库藏官教取金牌三十六面，银牌七十二面，红锦三十六疋，绿锦七十二疋，黄封御酒一百零八瓶，尽付与宿太尉。

这一切，张叔夜俱都瞧在了眼里。

他当然想不明白，为何皇帝要屈服于区区一个强盗头子。他比任何人都清楚，宋江不会只想在朝廷做个小官。他的心思在皇帝看来，或许就是嫉妒贤能。不过就算被误会，张叔夜也要阻止宋江入朝为官。为此，他不惜采取一些特殊手段。

他希望韩世忠一切顺利，尽快找到那些人。

这恐怕是他唯一的希望了。

山东济州，郓城县。

来到这里已经五天了，梁红玉还是没能找到她想找的人。虫二爷的情报网虽比不得宋江的暗刍馆，但也绝不会出这么大的纰漏。既然有人曾在这里见到过“她”，那“她”一定还在这里。何况这世上能和她相貌近似的人，恐怕还不存在。

梁红玉漫无目的地走在街道上，身边来来往往的行人无不侧目。郓城县这个小地方可比不了东京城，不少男人从未见过她这样的美人，瞥了她几眼，便纷纷低头议论起来，时而传来笑声。女人见她一席红衣，风尘味十足，便皱起眉头，心里暗骂她不知廉耻。然而对于这一切，梁红玉早就习以为常。

在梁红玉身后，一个推着梨车的小贩偷偷瞧了她一眼，咧着嘴笑道："咱们这地方最近沾了什么仙气，来了这么多仙女？"

听见这话，梁红玉停下脚步，转过身高声问道："你刚才说什么？"

"没……没什么……"小贩忙捂住嘴，大摇其头。

"你刚才说最近来了很多仙女，是也不是？"

梁红玉逼近那小贩，故意露出腰间的匕首。

卖梨小贩哪里见过这般阵势，吓得不知该说"是"还是"不是"，急得满头大汗。光天化日之下，眼前这位美若天仙的女子竟要行凶杀人，他实在想不明白其中的缘由。

梁红玉又道："你别怕，只要说实话，我就不伤你。"

"是……是我说的……"

"你见过的那位'仙女'在哪儿？什么时候见的？"

"昨……昨日晌午的时候，我正在老张的茶房里喝茶，屋外走进来一个天仙似的女子。我多看了几眼，嘴上不干不净说了些话，谁知这仙女本领可真厉害，一脚踢在我的腚锤子上，人摔出去好远。今日又遇见仙姑您拿刀要杀我。唉，下次送我银两，我也不瞧仙女了。"

"谁让你嘴巴不干净，活该。"梁红玉听着好玩，扑哧笑了一声，又问道，"打了你之后，她往哪里去了，你可知道？"

卖梨小贩摇了摇头道："那一跤摔得我昏天暗地，站起来走路都走不直溜，哪还看得清她去哪里了？就算能看清，我也不敢看。"

"她是一个人吗？"

"不记得了，好像茶房外还候着两个女的，面貌没有瞧见。"

"老张的茶房怎么走？"

"穿过这条大街，然后向右拐个弯，一间篦头铺的对面就是。"

梁红玉点点头，收起匕首，丢给那小贩几个铜板，朝茶房走去，留下一脸迷糊的小贩呆立在原地。

如果没有猜错，小贩口中的"仙女"，就是她要找的那个人。

按照小贩所指，梁红玉来到了老张茶房的门口。向内望去，茶房里零星坐着几个客人，有人在聊天，有人在瞌睡，也有人正和茶博士讨价还价，希望能少付点茶钱。

梁红玉瞧了片刻，跨步走了进去。茶博士见有客人，便不再理会那个纠缠不清的人，迎上来道："这位姑娘，想喝什么茶水？"他无意间瞥见梁红玉腰间配着的匕首和九节鞭，暗暗心惊，生怕她来闹事。这年头盗匪横行，就算是个女子，也不能小觑。

"我是来向你打听一个人的。"

茶博士听她是来找人，不是来店里滋事的，脸上顿时轻松了不少，将抹布挂在肩上，问道："姑娘你可问对了人。想要打听什么人？不是我自夸，这县城里的人，小的至少认识十之七八。"

"我听说昨日里，有个姑娘在这儿打了一位卖梨的小哥，可有此事？"

"对，就是昨天晌午的事。"茶博士点头道，"那姑娘美得很，像是天上的仙子。卖梨的郓哥多瞧了她几眼，就被打了一顿。也怪他自己不好，净喜欢嘴上讨女人便宜。"

梁红玉听了觉得好笑，忍俊不禁地道："那么，仙子后来又去了哪里，你可知道？"

那茶博士歪着头想了片刻，才道："仙子不是本地人，小的也不认识。不过教训完郓哥后就走了，茶水也没喝。我只瞧见她带着另外两个女子，向前面的脂粉铺去了。再后来我就忙着招呼客人，没见过她了。"

谢过茶博士，梁红玉又来到了那间脂粉铺。

脂粉铺门面很小，铺子里摆满了染甲液、画眉墨、胭脂、口脂、蔷薇水等梳妆用具，还有铜镜、梳、篦、花钿、发簪等仕女妆奁必备之物。东西虽比不了京城，却也是麻雀虽小，五脏俱全。这老板娘瞧来四十岁年纪，还颇有几分姿色，脸上化着浓妆，懒洋洋地坐在店铺中央，正摇着蒲扇。

老板娘见梁红玉走来，还未等她开口，便先问道："可是东京来的梁红玉梁姑娘？"

听见她直呼自己的名字，梁红玉不由起了戒备之心，手掌轻轻搭上了腰间的匕首。

"我就是。"

老板娘从怀中取出一封短笺，递给梁红玉，笑道："这是你们主上留给你的。"

"你是什么人？"梁红玉接过短笺，戒备的神色未从脸上消除。

"我么？"老板娘冷笑一声，没好气地道，"这你还得去问那个死没良心的虫二。将我一个人丢在这小县城里，也不知道来看看我。"

——原来是自己人。

梁红玉展开信笺，果然是李师师的字迹。

她知道自己消失这么长时间，虫二爷必会差梁红玉来寻她。信中说等办好了手边的事，就立刻回仙音阁向虫二爷赔罪。梁红玉心想，她果然还和张闲待在一块儿。

合起信笺，梁红玉抬起头，对老板娘说："主上在哪里，你知道吗？"

"你想去找她？"老板娘轻摇蒲扇。

"我有话想要和主上说。"

"那个地方，恐怕你不会想去，搞不好还会送了性命。"

"不需要你来替我担心，你只要告诉我，她在哪里就行了。"

老板娘扬起眉毛，叹息道："我也不是为你担心，我只是替虫二那个死鬼惋惜。"

"虫二爷要是问起这件事，你就说我自作主张便是。"

"哼，你还以为我怕那个死鬼？"老板娘将蒲扇往远处一指，冷冷道，"李师师就在景阳冈上，你若是不怕大虫，独自上山寻她便是。"

"人我都不怕，还会怕老虎？"梁红玉转身走开。

望着她离去的背影，老板娘轻叹一声。她搞不明白现在仙音阁的女刺客为什么热衷于和绿林混在一起。世道变了，她也自觉老了。

离了县治，梁红玉又走了一日，来到一间酒店。

酒店门前挑着一面招旗，上头写着五个字。

——三碗不过冈！

走了一整天，携带的干粮也所剩无几，梁红玉正愁没地方打尖，忽见了这酒店，当然是喜不自胜，快步走了进去。店主人听得堂内有动静，就从后厨走出来，见了梁红玉，脸上堆满了笑容，口中道："客官需要吃喝点什么？"

“你这边有什么可吃的？”梁红玉解下包裹，放在长椅上。

店主人低声道：“有上好的熟牛肉，客官要不要尝尝？”

梁红玉微微皱眉，道：“我不吃牛肉，有素面吗？”

因宋时对耕牛十分重视，任何病死和宰杀，都要去官府做个备案。梁红玉虽在仙音阁山珍海味惯了，却不太吃过牛肉。

“有的，有的。”

“再给我筛一碗酒，热热身子。”

不一会儿，店主人就把三只碗、一双箸、一碗素面放在梁红玉面前，又满满筛了一碗酒来。梁红玉吃了两口素面，拿起酒碗呷了一口，叹道：“这酒力道好足。”

“客官，你瞧见我门前招旗上写的‘三碗不过冈’了吗？”

“是什么意思？”

“我家的酒叫作‘透瓶香’，又唤作‘出门倒’。虽然是村酒，却比老酒的滋味都烈得很。初入口时，醇浓好吃，少刻时便倒。但凡客人来我店中吃了三碗的，大多都醉了，过不得前面的山冈。唤作‘三碗不过冈’，便是这个道理。”

店主人谈论起自家酿的酒来，脸上也多了几分光彩。

梁红玉笑道：“我不胜酒力，三碗喝不到，这一碗足矣。”

吃饱喝足，梁红玉从包裹里取出几个铜钱，付了餐费，起身走出酒店。店主人送她到门口，但一见她往山冈上去，忙道：“客官，哪里去？”

梁红玉回身道：“我上山冈去，怎么了？”

店主人一听，一张脸吓得煞白，忙道：“不可，不可啊！”

梁红玉疑道：“为什么不可？”

店主人解释道：“你且回来我家看抄白官司榜文。前面景阳冈上有好几只吊睛白额大虫，晚上出来吃人，有好几条人命都给害了。前些年有位好汉，只身上山打虎，之后也有效仿者吃饱老酒，上山充英雄，都被老虎吃了，只剩衣服，骨头都不曾留下。”

听他这么一说，梁红玉想起脂粉店老板娘的忠告，说这景阳冈上有大虫，看来并非编造出来吓唬她的。

店主人又道：“为了保障安全，眼下官府还限制猎户上冈抓虎。榜文上说，若要过冈，可教往来客人结伙成队，于巳午未三个时辰过冈，其余寅卯申酉戌亥六个时辰不许过冈。眼下正是未末申初时分，我瞧你一个人打算上景阳冈，怕你年纪轻轻的，枉送了性命。不如等明日早些时候，凑个二三十人，结伴一起过冈子。”

梁红玉一笑，道：“店家不要担心，大虫该怕我才是。”说着又往前走。此时梁红玉只是急着寻人，哪里顾得上什么大虫。再者，这店主人这般古道热肠，也不知心里打着什么算盘。这荒郊野岭的一家酒店，是不是黑店都难说。倒不是梁红玉多疑，孤身一人行走江湖，难免要提防着些。

店主人见她不听劝告，长叹一声，一面摇着头，回到店里去了。

约行了四五里路，梁红玉来到景阳冈下，忽然看见远处有一棵大树，被刮去了皮，露一片白，上面题写两行字：因景阳冈大虫伤人，但有过往客商可于巳午未三个时辰结伙成队过冈，请勿自误。

一阵凉凉的阴风吹过，梁红玉不禁打了个寒噤，心里已隐隐有些不安。

她武艺虽然高强，但毕竟只身一人，若真遇上猛虎，也是生死难料。

——运气不会这么差吧……

天色渐渐暗了下去，山林中的雾气也变得浓重起来，四下寂静无声，唯有树木与枯叶围绕着她。她开始放缓步伐，尽量轻地踩在泥地上，以免发出声响。

经过严格的训练，像梁红玉这样的顶尖刺客走起路来，可以做到比一只猫更安静。

走了几步，眼前出现了一块巨大的青石。

她绕过巨石，正待往前走时，忽地刮起一阵狂风。

梁红玉蓦地一惊，瞬时进入了戒备，弓着背，双腿微微弯曲，右手抽出匕首，左手搭在九节鞭的柄上。

空气中的味道也开始变化，腥气更重了。

身后乱树丛中发出一阵响声，紧接着，一只体型巨大的吊睛白额虎从林中走了出来。

在梁红玉的一生中，即使面对再强的敌人，也从未有过这种感觉。这是一种陌生的恐惧感。整个人都被恐惧牢牢摄住，无法动弹。

吊睛白额虎摇晃着庞大的身躯，缓缓靠近梁红玉。在她注视着它的时候，它也在看她。那猛虎先是抽动着鼻子，随后发出低沉且颤抖的鸣音。

梁红玉转过身来，略微调整了一下姿势。作为一个武者，她已从惊愕、恐惧的情绪中脱离出来，摆出了迎敌的架势。不论对方多强，她都不可以让恐惧一直支配自己。她要做的就是尽己所能，击败对手。

就算对方是一只猛虎。

也许是梁红玉的举动激怒了它，吊睛白额虎猛地张开血口，利齿间发出一声怒吼，犹如晴空里起个霹雳，山冈也为之震动。吼声未落，猛虎张开四肢，猛地向梁红玉扑来。这种超越人类的速度，梁红玉未在其他高手身上见过。

梁红玉费尽全身力气，往右侧一闪，才堪堪避过虎爪。但未等她做出反应，吊睛白额虎便横扫虎尾，击中了她的背脊，将她整个人横扫在地！

梁红玉不顾身上伤痛，忙向旁翻滚一圈，她原本摔倒的地方，猛虎再次扑至！

避开两次虎扑，她不等站起，立刻将右手的匕首投掷过去，左手抽出赤红色的九节鞭，再挥出一道红色光圈，护住周身。

那吊睛白额虎似有灵性，见那匕首飞刺而来，敏捷地一闪，虽避开尖刃，却被匕首的侧刃割开虎额，带出一丛鲜血。

猛虎见扑她不着，又被伤了，怒火中烧，奋力向梁红玉冲去！

闪避两次之后，梁红玉已疲惫至极。此时她正面凝视猛虎，双腿已经发软，心里想着如何逃走。力量上的绝对差距，让梁红玉完全没有胜算。

她知道就算这一鞭击中它，也无济于事。对于这样庞大的巨兽来说，寻常刀剑造成的伤害极为有限。

更何况，她已没有第二次出手的机会。

梁红玉用尽平生气力，旋转腰胯，猛地一鞭子抽出。九节鞭的破风之音与虎啸声夹杂在一起，震得四周树叶簌簌掉落。

可梁红玉这鞭用力过猛，差了些准头，九节鞭掠过，只带走了老虎的一点皮毛。

——糟糕！

就在吊睛白额虎将要扑到之际，梁红玉耳边传来嗖的一声，一支黑色的羽箭直飞过去，深深扎入虎眼！随后又是十数支羽箭朝老虎漫天飞射而去，虎身上瞬间又多了十几道创口，鲜血长流。

那吊睛白额虎吃痛咆哮，翻身摔在地上，低低吼了一声，蹿入了丛林深处。

这一突发变故令梁红玉惊讶非常，她回头望去，只见自己身后站着四个手持弓箭的女子，正是李师师、骆琪花、阎凤羽、玉娇枝、谢素秋等仙音阁诸女。在她们身后，还有一支约十来人的弓箭小队，看他们的装束，应是梁山泊的旧兵。

“你们都来了……”梁红玉惊魂未定。

“是啊，我们可不忍心看你被老虎吃了。”阎凤羽笑嘻嘻地走上前来，扶住摇摇欲坠的梁红玉，道，“主上不是留了讯息，让你去回复虫二爷吗？你怎么反倒上景阳冈来了？”

“我听说你们在这里，就寻来了。”

阎凤羽还想再问，却被李师师打断道：“有什么话，回去再说。”

梁红玉跟着她们往山冈深处走去，只见四下里沙丘起伏，莽草丛生，林荫蔽日，一派荒野景象，她不明白李师师为何要藏身于此。阎凤羽看她的样子，已猜出心事，便道：“主上说，这里草密林茂，人烟稀少，还有野兽出没，通常不会有人待在这种地方。对我们而言，正是躲避宋江的好去处。”

原来，自从下了二龙山后，众人便没了方向。张闲提议先找个落脚点隐匿起来，搜寻二龙山和桃花山的残兵，以期重整兵马，再向宋江复仇。在他心里，仍然不信栾廷玉他们就这样死了。

至于藏匿之处，樊瑞提议，称离二龙山不远的郓城县附近，有一个景阳冈，因有猛虎出没，所以罕有人烟，不易被人发觉。可以驻扎在此地，重整旗鼓，再派人寻找鲁智深、栾廷玉、唐霄和杨采苓等人的下落。众位头领听了都表示赞成，于是又花了好几日才赶到景阳冈，建营扎寨，休养生息。而山上的猛兽也都成了他们的猎物，无趣时便结伴在山冈狩猎，捉点野猪野狗来吃，老虎也打死过一只。

梁红玉随着他们大约走了半个时辰，来到一处乱石堆砌的陡坡，再往前看，才见到一间被栏杆围绕的废弃庙宇。入了辕门，梁红玉发现破庙四周有不少营帐，还住着许多梁山旧部，有的在修补破损的兵刃，也有的在修缮防御工事，尚有数十人在一处空地比武操练，没有丝毫懈怠。

眼前的这间庙宇，坐东向西，是个一进两院的建筑。上院正东有三间大殿，大殿上有一尊已看不清样貌的塑像，恐怕是这里的山神或者土地爷。南面有三间娘娘殿，西面正中三间平房为车马房，中间是过道，用栏杆围着。进入下院的正中，还有一处很大的空地，两边都是围墙，西面建有一幢小楼。

楼下正中是过道，梁红玉跟着李师师、骆琪花和阎凤羽上楼，其余人等则四散开来，各自回营。玉娇枝因旧伤未愈，便早早辞了众人，回房休息，谢素秋也陪她去了。四人来到了楼顶的房间，骆琪花和阎凤羽守在门口，梁红玉随李师师进入房间，背身关上了门。

“红玉，你不回东京城，反倒冒着危险上冈来找哀家，是有什么急事吗？”李师师坐在一张圈椅上，看着梁红玉。

“官家想要招安宋江。”

“什么？”李师师微微一怔，随即恢复了往日的平静，“宋江位列四大寇之首，是朝廷的心腹大患。童贯出兵征讨又落了个大败，看来官家已经没了信心。”

她是皇帝的情人，长期陪侍在他的身边，对皇帝做事喜欢出人意表的性格也相当了解，否则怎会明知道仙音阁所干的勾当，依然宠幸于她？别说招安梁山泊，就算把宋江喊去皇宫，封他个相位，李师师也不会吃惊。她忽然想起，先前官家还曾托她去龙虎山，刺探梁山远征军的情况，顺便取回张继先的天师铁符，以镇灾邪。幸而半路上从几个毛贼口中，探得燕青领军打龙虎山是假情报，才折回少林寺。若不是如此，她也不会遇上张闲。

“前几日韩将军来找过我，代为传达张叔夜大人的意思。宋江不能被朝廷招安，他曾因题反诗被捕，对官家怀有异心，他日必反。”

“所以呢？”

“如今仙音阁已与梁山泊结下了梁子，不可能置身事外。所以韩将军的意思是，让我们重新集结三山的势力，趁着招安令下达之前，攻破梁山泊，杀了宋江。”

“好大的口气。”李师师站起身来，在房间内缓缓踱步，走了几步之后才道，“你可知道，就算朝廷的禁军，也都在宋江手里吃了败仗。眼下三山势力尽毁，想要在这么短的时间内反攻梁山泊，简直是痴人说梦。”

“但是招安令一到，宋江就成了朝廷命官。再想下手可就难了……”

李师师当然明白这意味着什么。三山势力也好，梁山旧众也罢，到时候宋江定会想方设法加以剿灭，以绝后顾之忧。

“以卵击石，你认为有胜算吗？”

面对李师师的提问，梁红玉闭口不言。

她不知该如何回答这个问题，心头怅怅惘惘，不是滋味。

李师师朝她摆了摆手，道：“好了，我也有些累了。让琪花带你回去歇息一下，明日若没什么要紧的事情，你且先回东京，向虫二爷报个平安。”

“是，属下明白。”

梁红玉出了房间，骆琪花和阎凤羽带着她来到一处干净的房间，坐下谈心。她二人都把梁红玉看作姐姐，又因为好久不见，聊了好多心里话。梁红玉也将此行的目的细细说了一遍。

“对了，怎么不见赵元奴？”

聊了一阵，梁红玉才突然想起她来。

骆琪花长叹一声，道：“她奉命去了桃花山。主上和其他头领商议，派了人去搜寻三山残余将士的下落。毕竟二龙山也好，桃花山也罢，并没有找到几位头领的尸首。当然也有可能是被烈火焚烧了，可大家都不愿这么想。”

梁红玉点头道：“我也不相信。”

阎凤羽突然说道：“另外，我们不仅在搜寻三山残余将士，还在寻找新的盟友。”

“新的盟友？”梁红玉没听明白。

“当年梁山扩充势力的时候，四处征伐，灭了不少山寨，因此也与不少人结了仇。攻打少林寺时，又将麾下归降的各路兵马当成马前卒，伤亡惨重。事后，宋江却对他们不管不顾。夜行者、破戒僧眼下都与梁山泊势不两立。如今宋江快要被朝廷招安，你猜这些绿林匪类会怎么想？我们若能得到他们的支持，自会多一些胜算。”

阎凤羽边说边从桌上的点心盘里拿起一块干果丢进嘴里。

梁红玉又问道：“孙列不是已经死了吗，怎么夜行者军团还存在？”

“他虽然死了，可麾下的‘八部鬼帅’却没死绝。现在的夜行者由陈广统领。”阎凤羽点了点头，嘴里还嚼着干果，说话声音也有些含糊不清。

“修罗枪·陈广？”梁红玉对这个名字有点印象。

“是啊，这家伙武艺高强，就算主上也无必胜他的把握。不过他现在性情大变，收了许多徒弟传授枪法，对手下也很是严苛。夜行者变成这样，都是宋江所累，想必他心中也愤恨不已。”

“所以你们也派人去找他了？”

骆琪花笑道：“当然，这么一个强援若肯相助，我们就又多了一个筹码。以陈广的武力，足可应付一个天罡。”

阎凤羽继续道：“等盟友聚齐，我们便要开个结盟大会。大家齐心协力，扳倒梁山泊这头‘巨兽’。”

“结盟大会？”

“没错，让各个山头的头领歃血为盟，共同抵御梁山泊。就目前来说，唯一能与梁山泊对抗的势力，就是江南的光之国。可这几年方腊全心全意对抗朝廷军，无暇过问江湖中事，加之其麾下将领行事诡秘，恐怕也不会加入。”阎凤羽像是忽然想到了什么，取了一块干果递给梁红玉，问道，“你吃不吃？”

梁红玉摇了摇头，叹道：“若要聚齐各方势力，必定耗时甚久。待到宋江接受招安，恐怕除了官家，再也没人能够动他了。”

三人一时间陷入了沉默。

忽然，屋顶上传来一阵细微的响动。

尽管脚步很轻，却无法逃过她们敏锐的耳朵。

梁红玉、骆琪花和阎凤羽相互使了使眼色，亮出兵刃，暗自数到三后，分别从两扇窗户蹿了出去。三人动作十分迅速，从两个方向夹击而去！

此时天色已黑，她们瞧不清对方的容貌，只知道偷听者是个中等身材的男人。三人一上楼顶，不由分说便向男人抢攻过去。那人也不慌乱，右手拔出腰中短剑，接了骆琪花的虎头钩，左手甩出一记飞刀，打歪了梁红玉的九节鞭。卸了两招后，他找了个空隙，展开轻功在屋顶上狂奔起来，三人中阎凤羽的轻功最佳，却也只能勉强跟上。

两人你追我赶，如猿猴般好几个起落。阎凤羽见追他不上，取出铁尺，出手如电，对准那人的后心猛掷过去！说来也怪，那人仿佛背后长了眼睛，头也不回，随手甩了一枚流星镖，正中铁尺，打歪了准头。

阎凤羽惊得瞪大了眼睛，不敢相信这人的暗器手法如此纯熟。

那人在黑暗中嘿嘿一笑，跳下楼顶，稳稳落在院子中央。

此时，众人被打斗声吸引，里里外外百来个人，将那人团团围在中间。只需一声令下，任他轻功再好，也要被斩成肉泥。

“这下你插翅也难逃了吧！你到底是谁，从实招来！”

“他就是宋江派来的探子，大家一起上，砍了这小子！”

“瞧来也不像好人，不如杀了他再说！”

“杀了他！杀了他！杀了他！”

顿时骂声四起，此起彼伏。

面对这样的险境，那人却毫不在意。他浑身上下虽穿着夜行服，蒙着脸面，可看上去却毫不惊慌，眉眼中还泛出欣喜的神色。

“杀不得，杀不得！”

一个少年郎从人堆里挤出，对着黑衣人上上下下打量了一番，蓦地笑出声来。他身边的壮汉挠了挠头，疑道：“张闲兄弟，你没事吧？”

这个少年郎正是张闲。他没有理会壮汉，而是面带喜色地对着黑衣人道：“许久不见，你还是喜欢开玩笑。大家都还好吗？”

黑衣人扯下面罩，露出一张英俊的脸庞。

“张闲兄，别来无恙。”

说话的黑衣人，正是众人苦苦找寻已久的少年英雄，兵诛城少主唐霄。

众人里有认识唐霄的，纷纷抛下手中的兵刃，没见过他的人，却也听过他的事迹，便交头接耳地谈论起来。

“唐霄冒昧夜访，实在有失礼仪，请诸位恕罪则个。”唐霄冲着四周拱了拱手，接着转过头，对张闲道，“劳烦张闲兄将叛逃梁山的众位头领召集一下，我有要事相商。唉，这段时间发生了太多事，我都不知该从何说起了。”

第二章 残兵

晌午时分，在青州城最繁华的大街上，行人熙来攘往，毂击肩摩，好不热闹。人群之中，有个古怪的和尚引得不少人侧目。这和尚穿着一袭破旧的淡黄色僧衣，头顶上戴着个破破烂烂的草笠，头颈上挂着一串佛珠，随着他稳健的步伐来回晃动。可若仅此而已，那也只不过是个行脚乞食的苦行僧。引人注目的是他壮实、高大的体格，以及卷起的袖管里，露出的两条粗壮的前臂。

他在一家名为“归云楼”的酒店门口驻足，用手指顶起草笠，看了一眼牌匾。确认无误后，大步走了进去。店门口招客的伙计见了他，也不敢多问，只能目送这怪僧径直往二楼走去。归云楼的二层是客店。店伙计心想，也许是来找人的。

和尚走到一间客房的门口，轻轻地敲了三下。开门后，便快步走了进去，然后合上大门。这一系列动作都十分隐秘，没有发出多余的响声。

除了和尚，屋里还有三个人。正中间的椅子上坐着一个青袍女子，正是桃花山寨的头领杨采苓，而她身边立着的两个男子，则是周通和李忠。

“玄武，怎么样？有没有什么发现？”杨采苓从椅子上立起，关切地问道。

“口风紧得很，什么都问不出来。”玄武和尚脱下草笠，丢在一旁，“吃了佛爷三拳，打得他牙齿都掉光了，还是不肯说话。我再想问，发现这厮已吞毒自尽了。”

周通瞧了李忠一眼，正色道：“梁山探事郎执行任务的时候，都会随身携带毒物。若是不幸被敌人抓住拷问，便要趁机服毒自尽，以保全梁山机密。这些事，我们两兄弟曾在山上听莲台寺的人提起过。”

李忠向玄武点了点头。

杨采苓露出了焦虑的神色，道：“线索又断了。唉，这可怎么办才好。”

周通宽慰道：“二龙山兵强马壮，就算是梁山泊的逆鳞军，也未必可以全歼他们。尤其是……尤其是唐霄兄弟，轻功天下无双，就算打不过，想要保全自己的性命，也是轻而易举的事。所以……”

“唐霄的死活，与我何干？”杨采苓瞪了一眼周通，“我担心的是其他人！”

玄武冷笑一声，端起桌上的茶碗，对着嘴一饮而尽。

“你笑什么？唯一的线索都被你打死了，你还笑得出来？”杨采苓问道。

见她迁怒于自己，玄武不服气道：“他是服毒死的，又不是我打死的。还有，如果你们觉得不满意，大可以自己去对付探事郎，何必让我去？这种烂事，佛爷我还懒得管呢！”

杨采苓不依不饶道：“总之人是死在你手里的。去了这么久，你好歹也得问出一些消息吧？二龙山的情况如何、少华山的情况如何，结果什么都没有！”

玄武将茶碗重重地放在桌上，也不说话。

按他的个性，若是被人指着鼻子责骂，早就甩手不干了。可每次看见杨采苓束手无策的样子，他又心软了。

“说句公道话，这也不能怪玄武兄弟。人生在世，谁能无过呢？况且对手是梁山泊的探事郎，他们要想求死，谁也拦不住啊。”周通见他们两个又开始闹别扭，忙上前打圆场。

“正是如此，探事郎的剧毒都藏匿在口中，极为隐秘。求死之时，只需用牙齿咬破毒药的薄囊即可，防不胜防啊！”李忠也在一旁附和。

其实他们俩心里都明白，杨采苓就是担心唐霄的安危。但是碍于面子，这话让一个姑娘家如何说得出口？

然而令玄武莫名恼怒的，也是这个原因。当然，关于这一点，他也不会承认。

四人沉默了片刻，杨采苓起身，回到了自己的房间。

关上门，她在床上呆坐了一会儿，终于捂着脸哭泣起来。自从成为桃花山的头领，任何事情都等着她来定夺，压力实在太过沉重。

她还记得延庆公主失踪那天夜里，有人在山寨留下一张纸笺，告知她卢俊义的逆鳞军正屯集在桃花山下，随时准备进攻。纸笺背面，还清楚地画了一张地形图，包括军队的驻守地点以及攻山的详细路线。

杨采苓大惊，忙召唤周通、李忠等头领商议。几个桃花山的元老一看之下，立刻确认了这封告密信的真实性——之前派下山的探子，都已和山上失去了联络。如此一来，桃花山已陷入了孤立无援的境地。两军兵力悬殊，再拖下去，待梁山大军攻上山头，整个山寨便会顷刻覆灭。杨采苓当下立刻决定，留一批人马吸引大军注意力，其余人众弃山逃走。

桃花山的空城计不是第一次唱，面对朝廷军也曾用过一次。

毕竟性命要紧，一众元老没有提出反对。李忠根据纸笺的内容，画出了下山撤军的路线。当夜子时，趁着夜色，桃花山上的部队开始缓缓撤离。可谁知梁山逆鳞军竟提前发动进攻，约有三分之一的部队没能及时离开，被追击来的敌军围截。为了让头领有充分的时间撤离，余下的部队转头与梁山逆鳞军血战，直至全军覆没。

杨采苓带着剩余的残兵，驻扎在离桃花山十里之外的一座荒无人烟的山冈上。听到还有弟兄没能逃离梁山军的追击，山冈上一片痛哭哀号，杨采苓也闻之大恸。她后悔当初没能听进玄武的劝说。当时玄武在山下击杀了一个戴着傩面具的梁山探子，并被李忠认出，说是梁山的头领戴宗。玄武认为要有所警惕，却被她忽略了。

如果不是那张纸笺，桃花山这么多人的性命，恐怕就要毁在她的手里。

撤军桃花山后，大约又过了十几日，杨采苓派出十个精兵去探听消息，这才得知不仅仅桃花山，连少华山和二龙山都已被梁山逆鳞军剿灭。这个消息对杨采苓的打击巨大。不过令她稍感欣慰的是，据说其余山头也有部分幸存者成功撤离。可天下之大，要到哪里去寻找他们？这让杨采苓再次陷入焦灼。

就在这个时候，她得到了仙音阁刺客救出张闲，以及梁山元老军团叛出的消息。

随后，盘踞在景阳冈的梁山旧部向各个山寨发出信函，欲组成联盟，以对抗将要接受朝廷招安的梁山泊。江湖上还有人称，朝廷招安梁山泊，为的就是要将征寇令施行彻底，命宋江及其麾下将领，扫除天下贼寇。闻此消息，那些曾经被梁山欺压的山寨纷纷响应，其中也包括那时受宋江召唤，成为梁山攻打少林寺“马前卒”的各方势力。

杜迁命手下的驿骑，将联盟的邀请函送往各个山头，亲手交至头领手上。结盟的地点，就在景阳冈东四十里外的凤凰山上。为保证安全，只许各方势力派出三四人众前往。因此，这封邀请函便辗转交到了杨采苓手上。

如果唐霄他们没死，一定会去参加这次结盟大会。

杨采苓决定亲自赶去凤凰山。

可玄武却对这封邀请函抱有怀疑。他认为这极有可能是宋江的诡计，欲图借此机会，一挫众人的锐气。为此，桃花山的头领们争论了很久，最后拗不过固执的杨采苓，决定护卫她一道前往。

走了几天，他们来到青州城内的一间茶馆歇息，意外发现茶馆的老板竟是梁山的探事郎。那老板认出了周通、李忠二人，于是在茶水里动了手脚。四人便兵分两路，留下玄武一人收拾探事郎。可谁知道，玄武好不容易在不伤及性命的情况下，制服了茶馆老板，还没来得及问几句话，那老板竟然自尽了。

杨采苓也明白，这件事不能责怪玄武。可近些日子她内心总是焦躁不已。好几次发火，就连她自己都觉得莫名其妙，更别提周通、李忠他们了。

她正想着心事，忽然听到楼下一阵吵闹。过了一会儿，又传来店伙的哭喊声。杨采苓觉得好奇，便推开门走了出去。她站在二楼的栏杆边上，往楼下大厅眺望，只见一个胖和尚正揪住店伙的衣襟，提着拳头便要打下去。

“老子喊了你几声，你都当作耳旁风吗？让你拿酒来，拿酒来，偏偏不拿！今天，我就让你尝尝拳头的滋味！”

这和尚满脸横肉，额头上用黑墨题了个“酒”字，十分怪异。

“不二，休要惹是生非。”

说话之人是一个高高瘦瘦的和尚，面门中间长着高挺的鹰钩鼻，眼神也像鹰隼般锐利。他宽大的额头中央，有个黑色的“杀”字，极为引人注目。

“可是……”那个被叫作“不二”的和尚依旧不依不饶，还想辩解。

不二和尚身后，又走出来一个披着黄袍的矮个和尚，笑着说道：“不二，头子说什么，你就听什么。这次行动，切勿太过张扬。”矮个和尚脑门上写着一个“盗”字。

“不打就不打！”不二和尚松开店伙的衣襟，借势推了他一把，那店伙整个人在地上摔了个四脚朝天。

矮个和尚对店伙道：“快上酒菜，再留两间上房给我们。”

店伙早就吓得魂不附体，哪敢怠慢，起身后不停地点头应诺。不二和尚在他屁股上踹了一脚，嘴里骂了几句“撮鸟”，那店伙也没脾气，拔腿便往后厨方向跑去。

三个怪和尚围着一张方桌坐下，低声商议起来。至于说了些什么，杨采苓隔得太远，完全听不清楚。

“想不到在这里竟会碰到破戒僧的头领。”

杨采苓转过头，发现李忠站在她的身后，双目直视三个怪僧。

“见到他们之前，我本以为玄武是天下最古怪的和尚。”杨采苓打趣道。

“这破戒僧在江湖上，是出了名的霸道。这头顶上写着‘杀’字的，便是他们的首领生铁佛·崔道成，曾经也是少林弟子，破了杀戒，被戒律院逐出少林。因此他怀恨在心，自成一派，谓之‘狂禅’，在一座叫‘瓦罐寺’的荒寺里招募破了戒的僧人，干些打家劫舍的勾当。没想到声势越来越旺，不少非僧的歹人也自己剃度，冒充僧侣加入破戒僧，为的就是从瓦罐寺分一杯羹。”

李忠早年混迹江湖，经历丰富，是以谈起这些江湖往事，如数家珍。

“那另外两个和尚是什么人？”杨采苓又问。

“写着‘盗’字的，是排行第二的妙空和尚，轻功极好，擅使暗器；那个‘酒’字的排行老五，名唤‘不二’，嗜酒如命，是个用枪的好手。这两个在出家之前，在江湖上就是赫赫有名的人物。围攻少林一役，据说他俩加起来，一共杀了二十多个少林寺武僧。”

“这么厉害……”杨采苓想到了玄武，不知和他们打起来，胜算如何。

“不过少林寺的铜人也不差，混战中接连击毙了如海、大圆两个恶僧，也算是为武林除害的善举吧。好啦，你快回房吧。没事可别去招惹这三个家伙。我去街上买些吃食，这里离凤凰山还有些路程，需要备一点干粮。”说完，李忠便转身离开，往楼下走去。

杨采苓最后瞥了一眼已在大吃大喝、酒肉不忌的怪僧，回到了自己的房间。

从青州城出发后，杨采苓一行向西南方向行走。过了齐州，又花了两日，来到了东平府境内，平阴县郊外。离凤凰山还有八十里路，若走得慢些，三日之内也必能赶到。这样算来，比约定的时间还早了两日。

四人正在赶路，忽然一阵狂风刮过，紧接着便下起了暴雨。

玄武指着远处一间破败的庙宇，对着众人喊道："不如先去那边躲雨。"

庙宇虽然破旧，但也总算能够躲雨，聊胜于无。四人顶着漫天大雨，加快脚步向庙宇跑去。来到门口，他们才发现这庙门已烂了半扇，随着狂风来回扇动，发出吱吱呀呀的声音。周通一脚踹掉烂门，率先走了进去，其余三人紧随其后。

也不知多久没人打扫，刺鼻的霉味充盈着整座庙堂，令人窒息。不仅如此，触目所及，皆是凌乱的蛛网与厚厚的灰尘。堂上还供奉着一尊崩缺的神像，由于年代太久远，完全看不清原来的模样。

李忠拆了供桌和庙门，将其放置在地上，生起火来。周通则捡起地上多余的木条，搭了一个架子，将湿漉漉的外衣脱下，放到上面去烤。

"看来这雨一时半会儿还停不了呢。"

李忠透过庙门，看见屋外天空中滚动的黑云，越聚越厚。

"也走了一天了，休息一会儿吧。"周通解开包裹，取出几块薄饼，分给众人。

玄武摆了摆手，示意不饿，打了个哈欠，道："我先睡一会儿，雨停了你们再叫醒我。"一路上，遇上些毛贼山匪，大多是玄武出手应付，也不得休息，自是疲累不堪。此刻，他也不嫌脏，躺在地上倒头就睡，过了片刻，便打起鼾来。

吃完薄饼，李忠和周通也累了，各自找了一块干净的地方，用手掌略微抹去一些灰尘，接着学着玄武的样子，席地而睡。

杨采苓没有胃口，将手里半张饼包起来，放在一边。庙内变得安静起来，只有火焰燃烧木材所发出的噼啪声。杨采苓只盼这雨能快点停，这样她就可以早一些赶到凤凰山了。

就这样过了一个时辰，雨势不仅没有变小，反而下得越发大了。

忽然，远处传来一阵马蹄声，片刻间已到近处。

杨采苓忙将李忠和周通推醒，唯有玄武睡得死沉，怎么喊也醒不过来。李周二人醒转之后，感觉头重脚轻，还有些犯迷糊，直到听见庙门外有马嘶声，这才完全清醒过来。

“他奶奶的，这里竟然还有个庙，想来是佛祖保佑咱们！哈哈哈哈！”

还未等李周二人站起身子，就见三个人影一拥而入，踏进庙宇之内。

杨采苓一见之下，大惊失色，这三人正是他们在青州城见过的破戒僧和尚。她还记得李忠说过，头上有“杀”字的是首领崔道成，另外两人，则是妙空和不二。

崔道成锐利的双目扫过他们四人，最后落在杨采苓的身上。

李忠当然也认出了他们，起身拱手道：“各位师父，咱们也是路过此地，来暂时避雨的。火已经生好了，师父若要烤干衣衫，请便，请便。”他深知破戒僧的厉害，不愿意与他们发生冲突，是以言辞十分客气。

“多谢，多谢，贫僧可就不客气了。”妙空和尚粗暴地将木架子上其余衣衫丢到地上，脱下自己的僧衣，架在上面烤火。

周通已有怒意，却被李忠一手抓住胳膊，向他缓缓摇头。

崔道成的眼睛还是没有离开杨采苓的身上，像是没听见李忠说的话一般。

不二和尚冷笑一声，道：“庙里面只能留和尚，这个道理，你懂不懂？”言下之意，是要杨采苓他们四人离开这间庙，去外边淋雨。

“好，各位师父在这里避雨，我们先行一步。”

李忠向杨采苓使了个眼色，便和周通一起去扶玄武。谁知这玄武仍是不醒，无论如何喊他的名字，都鼾声依旧，气得李忠没有办法，只好和周通一人一边，架起他走。

还没走几步，崔道成忽然开口对杨采苓道：“他们可以走，你留下。”

听了这话，惊讶的不止李忠和周通，就是连妙空和不二，也没想到首领竟说出这种话来，愣了片刻，随即便大笑起来。

杨采苓听他这样一说，立刻紧张起来。她不知道这怪和尚心里打着什么算盘。

李忠笑着问道：“不知这位师父要留下她做什么？”

崔道成瞪了他一眼，低声道：“我要她留下，她就得留下，与你何干？你要走快走，这里没你的事。若是不愿意走，也行，就把命留在这里。”

此时周通再也忍不住，破口骂道：“贼秃，想要留下咱们头领，还得问问老子手里的兵器！”他当即放下沉睡的玄武，解下背后的长物，褪去布囊，露出一杆绿沉枪。

周通迈步立个大马，将绿沉枪横在胸前，双目怒视崔道成。李忠见对方要拿杨采苓，逼不得已，只能硬着头皮取出梨花枪，立在周通身旁。

妙空、不二见了他们俩的架势，哈哈大笑起来。崔道成则平静地看着他们，脸上表情没有变化，如同一尊石佛。

因事发突然，不是备战之态，杨采苓根本没有备好的毒药，此时两手空空，拳脚功夫又不会，只能瞪着双眼干着急。

“多说无益，看枪！”

周通突然拔步上前，长枪如蛟龙出洞，向崔道成猛刺过去！

与此同时，不二和尚也提起一杆长枪，向周通迎来，速度之迅疾，更胜周通！

两相交击，周通顿感不二和尚的手劲远远大过自己，急忙向后退了一步，才稳住身形。不二和尚双手猛抖长杆，再次攻来，周通侧过身子避闪，枪头的尖刃擦着他的腰腹而过，划破了衣衫。

李忠见仅过了一招，周通便落了下风，大吼一声，提枪抢攻不二。

不二和尚大笑道：“好，你们两个一起上！”

这破庙空间有限，三人战成一团，枪尖不时地划过庙宇墙上的泥砖，激起阵阵灰尘。李忠、周通久疏战阵，两人合力亦是被不二和尚压制，看着眼前枪影，三四个回合之后，渐渐力不从心起来。反观不二和尚，却是越战越勇，臂力没有丝毫减弱的迹象。

不二和尚见李忠露了个破绽，便探枪刺击他的胸口。李忠闪避开来，不二和尚顺势将长枪划个半月，扫击身后的周通。周通见枪势来得突然，忙往后退去，哪知身后便是一堵墙壁，退无可退，下一个瞬间，他的膝盖便被不二和尚的枪杆扫中，整个人摔倒在地。

突袭得手，不二和尚翻转枪杆，似要用枪尖戳穿周通背部。李忠预测到他的用意，忙提枪来救，架开这记刺击。谁知又中了不二的虚招，刺击是假，用枪杆尾端扫击李忠是真。由于距离太近，李忠根本没有躲避的余地，被不二和尚的尾杆狠狠击中太阳穴，耳朵传来一阵鸣音，整个人侧倒在地。

“我还以为有什么能耐，原来是两个废物！”

不二和尚一脚踏在李忠背后，将长枪扛在肩上，仰天狂笑。

这时，躺在地上的玄武忽然呻吟一声，然后缓缓睁开眼睛。他见了眼前混乱的场面，伸手挠了挠光头，表情十分迷茫。

“你……你总算醒了！快……快起来……”

杨采苓大喜，忙上前扶他起身，颇有些责备的意味。

“这是怎么回事？”玄武瞧了瞧杨采苓，又瞧了瞧不二和尚，一副六神无主的模样。

这种表情，难道……

“杨姑娘，小僧怎么会在这里？”玄武问道。

此时此刻，杨采苓觉得就连神明都在作弄自己。此“玄武”非彼“玄武”，如果说一个是绝顶的武学高手，而另一个就是手无缚鸡之力、只会读经念经的普通和尚。

一切都完了。

“哟，这里还有个和尚呢！怎么，睡得可好？”妙空和尚走近玄武，笑嘻嘻地道。

“小僧睡得还行。”玄武如实答道，“这位师父，请问你是在哪家寺院挂单，为什么要在此处打斗呢？这里可是……”

“真他妈啰唆！”

妙空受不了这和尚唠唠叨叨，一拳直直打在玄武的脸颊上，不等他把话说完，就将他掀倒在地。玄武重重倒地，差点昏死过去，侧脸被打得高高隆起。

妙空见他完全没有躲避的动作，心里暗笑，原来是个不会武功的和尚。

“住手！”杨采苓拦在玄武身前，“你们究竟想要做什么？”

“做什么？我们老大要你留下，就是这么简单。一开始你乖乖听话，肯留下来，让他们走的话，他们就不用死了。”不二说话的时候，对准李忠的背部，又猛踩了两脚。

“你……你想杀了他们？”

“那就要看你配合不配合咱们了。”妙空说着，又笑了起来。

崔道成仍是一言不发，静静地看着他们。

“你放了他们，我跟你们走。”杨采苓转过头，怒视崔道成，“这样可以吧？”

“不要啊……杨姑娘……小僧和他们拼了……”玄武好不容易从地上爬起来，被妙空一记猛踹，击打在头部，又摔了下去。

“我让你们住手！”

杨采苓厉声疾呼，内心已是怒不可遏。她只恨自己没有将调制好的毒药带在身上，不然只需撒出一些粉末，就可以让这几个和尚丧失战力。

崔道成冷冷道：“好，等雨一停，你就跟我们走。这几个人，暂且留着小命。”

他话音未落，门外蓦地响起了一阵奔跑声。那脚步声十分急密，可见跑步之人爆发力极强，眨眼工夫，声音就由远及近，来到庙宇门口。

“这里竟然有个庙！看来运气还真不错！”

杨采苓心里暗想，这人哪里是运气好，简直是差到了极点。这一脚踏进来，就是进了鬼门关，有来无回。

进庙的是个相貌堂堂的少年郎，十五六岁年纪，身躯魁梧，肩宽臂长。那少年用一双炯炯有神的眼睛，环视庙宇内的众人，然后笑道：“没想到有这么多人躲雨啊！哈哈，多有打扰，多有打扰。”说完之后，他才意识到有些不对劲。

地上躺着三个伤者，而其中一个怪和尚手里还提着一杆长枪。

“臭小子，你是哪里来的？”不二和尚长枪的枪尖直指少年，咧着嘴骂道。

“我从外面进来的。这位‘酒’师父，莫非你有眼疾，看不清楚？”少年答道。

“他妈的，你敢戏弄老子？”

不二和尚怒喝一声，枪尖猛然向这少年直刺过去！

少年微微一怔，随即斜跨一步，身子向右侧一闪，躲过刺击。不二和尚一招不中，右手猛力拉扯枪杆，企图用枪刃横扫少年腰腹。少年立刻抽出腰间的错银手刀，用刀背格住枪刃。

枪刃与刀背一触，不二和尚马上收回长枪，又向少年头脸刺去，被少年挥刀挡下。

“他妈的，找死！”

攻势接连被这年纪轻轻的少年人化解，不二和尚已是怒火中烧，枪尖闪电吞吐，奋力向少年进招，速度比之前快了一倍。反观少年，却越来越冷静，手中那把错银手刀施展开来，将长枪攻势一一拆解。四五个回合之后，不二和尚竟落了下风。

崔道成在一旁瞧得暗暗心惊，心想这少年一出手就不同凡响，不知是谁的门下。

不二和尚久战不克，渐渐失去了理智。他生怕被崔道成责骂，前冲一步，枪尖旋转着刺向少年的胸口，犹如一条翻腾的蛟龙！这招只求猛攻，忽视了防守。少年早已看清了他的路数，错银手刀轻轻一带，将枪尖引偏，旋即缩身抢进，左手五指成拳，陡然发力，重重轰在不二和尚的面门！

中拳之后，不二和尚长枪脱手，整个人侧摔在地上！

少年收刀退后了数步。

崔道成看着倒地的不二，眼睑抽动，低声道：“你是什么人？”

“这句话应该由我来问你们才对！”少年还刀入鞘，指着躺在地上，已然昏迷的不二和尚，“身为出家人，为何如此凶恶？我没说几句话，就要来杀我？”

杨采苓见他年纪虽小，武功却很好，原本绝望的情绪一扫而空，立马抢道：“小英雄，这几个人都是假和尚，真强盗。不杀了他们，今日我们都要死在这里……”

妙空和尚不等她说完，口中爆出一声呼喝，向着少年奔踏而去！同时手中的十枚金钱镖也顺势打出。金钱镖带着啸声，劲道极大。少年似乎早就料到他会突袭，右手抽出错银手刀，上遮下挡，将雨点般射来的金钱镖，砸得四处纷飞。

第一波暗器使毕，妙空和尚止住脚步。

“小心飞刀！”

杨采苓与唐霄相处时间不短，对高手使用暗器的手法，也了解一二。方才见妙空和尚翻转手腕，便知道他要投掷飞刀，情急之下，出言提示。

果然不出所料，妙空和尚蓦地掷出三把飞刀，袭向少年。

只听得刀风虎虎，三把飞刀都让少年荡开。不过他招架的样子已略显狼狈，不像之前对付不二那般轻松。显然他对付暗器并不拿手。妙空和尚也注意到了这点，又急退数步，拉开与少年的距离，这样他的错银手刀就伤不到自己。

少年刚向前跨了一步，迎面又飞来一把飞刀，只能后退两步，侧头闪过。

妙空和尚将背脊紧紧贴在庙宇的土墙上，双手从腰带中抓出数把飞刀，对少年嚷道：“臭小子，今日就是你的死期！”

然而，就在此时，发生了一件令人意想不到的事！

一点耀眼的红光，蓦地从妙空和尚的胸口处闪出！

伴随着妙空一声惨呼，鲜血从他的胸膛喷涌而出，洒在满是灰尘的地上。他的胸前竟钻出一个银色的枪头。死到临头，妙空也不知究竟是怎么回事。

所有人都惊呆了，除了那个少年。

有人在庙宇之外，隔着土墙，用长枪刺穿了妙空的心脏。

可怕的精准度。

妙空向前走了两步，腿一软，整个人俯身倒在地上。

长枪收回的时候，土墙上的石木开始纷纷掉落。因为年久失修，原本不牢固的墙面被长枪一带，哗啦一声，塌了半边。

垮掉的半面墙壁正好露出那人的半身。

男子三十岁年纪，胡子拉碴，满脸的瘢痕，脸面中间还有一道又深又长的伤疤。奇特的是，他手中的那杆长枪竟然是赤红色的。男子笑着道:“阿飞，和你说了多少遍，你就是不听。杀人要一击即中，不可恋战。”

“我知道啦，师父，你真啰唆！”那个叫“阿飞”的少年有些不耐烦地说道。

一直在旁边观战的崔道成此刻也不得不站起身来，取过身边的朴刀，注视这男子。

“你又是什么人？”

沉默片刻，崔道成开口问道。

男子将长枪扛在肩上，一副玩世不恭的表情，朗声道：“在下修罗枪·陈广。”

崔道成道：“我道是谁，原来是夜行者的头领。”

这个扛着赤红色长枪的男子，正是当年夜行者“八部鬼帅”之首，修罗枪·陈广。

陈广与李师师一战后，受到重创，养伤养了半年。随后流落到了汤阴县，收了个弟子，本想将枪法尽数传授于他，自己退隐江湖。这时，夜行者的旧部找到了他，请他出山主持大局。自从孙列死后，夜行者便群龙无首，急需一个首领。而“八部鬼帅”除了陈广，已全军覆灭。他也是唯一的人选。

陈广对宋江本无好感，加上这次夜行者被戏弄，更是誓与宋江为敌。只可惜巅峰时期的夜行者也不是水泊梁山的对手，想要击垮梁山，无异于痴人说梦。这几日，收到结盟大会的邀请函，陈广才得知梁山旧部欲成立联盟，对抗梁山。他不管山寨元老的反对，坚持只身带着阿飞，到凤凰山一探虚实。他当然知道这一路必定危险重重，但他也相信，这是一次历练阿飞的最好机会。

没想到路过这荒庙，就遇见了这样一场厮杀。

崔道成又道：“如果我没猜错的话，你也是前往凤凰山，参与结盟大会的。如此一来，我们也算是同道中人。”

“同道中人？”陈广扬起单边眉毛，做出一副难以置信的表情。

“在下是破戒僧的头领，生铁佛·崔道成。破戒僧与夜行者曾在少室山并肩作战，合力斩杀少林寺的秃驴，也算是同盟吧？”

“原来是破戒僧的头领。在下失敬，失敬！”

一旁的李忠也暗暗称奇，想不到这些草莽英雄俱都亲身前往，看来这场凤凰山大会，当真不可小视。

“陈兄客气了。这女子我是要定了，剩下几个家伙，我给过他们离开的机会，他们不仅不走，还出手伤了我的人，也是要死。至于陈兄杀我手下这件事，我不和你计较，现在我要杀了这几个撮鸟，抢了这女人，请你也不要阻拦我，咱们各走各的路。”

“可以啊，没有问题。”陈广笑嘻嘻地说道。

阿飞见他这么说，发急道：“师父，这几个和尚可是恶僧，他们要谋财害命，强抢民女，难道我们坐视不理吗？”

崔道成冷笑道：“小娃娃，我劝你还是听你师父的话吧，别蹚这浑水。行走江湖，靠的是拳头，不是道义。你以后就会明白，心中的道义，迟早会害死自己。”

阿飞将错银手刀紧紧握在手中，正义凛然地说道：“少废话，来吧！”

“我话还没说完呢。”陈广踢碎挡在眼前的半堵烂墙，扬起一阵浓尘，“我是没兴趣管这种闲事，你爱杀谁就杀谁，没有问题。可是，我手里这杆长枪却不同意。它对我说，咱们习武之人，路见不平，必须拔刀相助。阿飞，你记住了？”

阿飞用力点头道：“记住啦！”

崔道成的脸上浮现出了怒容，可能是右手握紧刀柄时用力过猛，关节发出了咯咯的声音。

“好了，阿飞，你退下吧。现在的你还不是这贼秃的对手。”陈广走近崔道成，将赤红色长枪的枪尖点地。

“你疯了吗？”崔道成恶狠狠地说道，“你知不知道我的手段？”

陈广收起笑脸，正色道：“我只想让你知道，我和你，并不是同道中人。”

第三章 败将

“既然如此，那就去死吧！”

崔道成狂笑一声，身子猛然弹起，手中的朴刀化成一道银光，直袭陈广咽喉！

在崔道成发动的瞬间，陈广已快速捕捉到了他的身形，自身也做了相应的调整。他右肩下沉，同时旋转腰部发力，将手中那杆赤红色的长枪扫了出去——八尺长枪的攻击范围远远大过崔道成手中的朴刀，挥动之后，后发先至！

枪杆挟着沙石猛烈地扫至崔道成面前，逼迫他不得不抬起刀背去挡。

一阵锵鸣！

兵刃交击之后，陈广迅速变招，长枪挑刺崔道成下盘。崔道成往后急退，避开攻击，可一抬头，又见点点银光在眼前飞蹿而来，只能急挽刀花护身。

陈广步步紧逼，为的就是不让崔道成抢入他的进攻范围。

可毕竟是在庙宇之内，长枪施展开来，也时常会触碰墙壁，颇不顺意。崔道成也注意到了这点。如果硬碰硬接招，他自知不是陈广的对手。

——唯有将他引至更逼仄的地方，使其长枪施展不开，才有获胜的希望！

计较已定，崔道成挥舞朴刀，且战且退，一边接招，一边将陈广引向泥像。

陈广杀敌心切，哪里想那么多，长枪大开大合，只想快速解决这个恶僧。不知不觉便把战场转移至泥像前方。这时，陈广才微微察觉到自己的招式受碍。

两回合后，陈广的枪头横扫时击中了供桌上的香炉，只听得哐当一声，炉灰撒了一地，扬起一阵烟尘。

崔道成抓住这个机会，抢上前去，手中朴刀横斩陈广腰部。

远处的阿飞瞧得清楚，大声提醒道："师父，小心啊！"

陈广灰尘遮目，已看不清崔道成的动作，忽然右侧尘烟翻滚，闪出了一刃刀锋！他不及多想，翻转手腕，企图用枪尾将这记横斩拨开。

可终究是差了一步。

朴刀的刀刃狠狠刮破了陈广腰间的护甲，鲜血与鳞甲片飞舞空中，陈广的左腰被划出一道六寸长的血口。

崔道成偷袭得手，复又一刀，直劈陈广脑门！

他想快点结束这场战斗。

陈广忍着疼痛，架起长枪抵住了崔道成的斩击，但因腰部不能发力，双手抵抗不住崔道成的蛮力，以至于差点摔倒在地。可伤口带来的剧烈痛楚，并没有让陈广失去意识，反而激发了他更强烈的战意！

但是他的双手已经开始颤抖，连枪杆都快握不住了。

崔道成接二连三的猛砍猛劈，已将陈广逼入墙角。

数招之前，陈广明明还大占上风，可眼下却性命堪忧。这正应和了那句话，高手过招，胜负往往就在一瞬之间。

崔道成低吼一声，朴刀从下往上撩击，将陈广的长枪打得脱手，在半空飞旋了一会儿，钉在了地上。

“去阎王爷那儿继续做你的‘鬼帅’吧！”

崔道成双手反握刀柄，用尽全力，向陈广的心窝戳下！

眼看刃尖就要穿破鳞甲，陈广忙伸出双手，紧紧握住刀身。刃锋将他双手割开了深深的口子，顿时鲜血长流。

可他不能松手。

“不要再做无谓的挣扎！”

崔道成已经杀红了眼，像一头野狗般发出低吠。身经百战的他当然知道，此时胜负已然分晓，多余的反抗，都是垂死挣扎而已。

陈广紧紧握住刀锋，双眼怒视崔道成，喘息道：“贼秃，要死的人，是你。”

崔道成大笑道：“死到临头，嘴还那么硬。”

就在这时，陈广的右眼睑忽然抽动了一下，脸色也变得有些怪异。

——他在给人使眼色！

一开始崔道成并未猜透他的意思，过了一会儿才意识到不对劲。可他刚想做出反应，便听见陈广大喊：“就是现在！动手！”

——来不及了。

“他妈——”

这句话还没有骂完，崔道成的脑袋就已离开了他的身体！

在他身后，是双手紧紧握住腰刀的少年阿飞。

他趁着崔道成与陈广僵持的瞬间，来到崔道成的身后，发动了奇袭。没想到一击即中，斩落了“破戒僧”头领的项上人头。

陈广已疲惫不堪，颓然坐在地上。

“师父，你的腰……”

“没事。”陈广撕下一段袖口，扯成长条，用来勒紧腰部止血。

阿飞关切道：“伤口很深啊，要先去找医师才行……”

“不行，如果没能赶到凤凰山，参加结盟大会，就误了大事了！你扶我起来。”

陈广在阿飞的搀扶下勉强站起，但他的脚步已经凌乱，走了几下，又滑倒了。

“我劝你还是听听徒弟的话。刀刃已经割断了你的腰肌，如果放任不管的话，我保证你见不到明天的太阳。就算到了凤凰山，你也不过是一具尸体。”

说话的人是杨采苓。

“用不着你管。”刚才倒下时牵扯了伤口，陈广疼得皱起了眉，“我暂时还死不了。”

杨采苓从怀中取出一个翠绿色的小瓷瓶，倒出两颗丹药，递到陈广面前，说道：“少废话，快点把药吃了。”

陈广微微一愣。

“快呀！发什么呆！”

杨采苓把丹药塞给陈广，然后转身从包裹中取出一个金属盒子。她缓缓开启盒子，取出一根长针和一团细线。

“这位姑娘原来是个医师！”阿飞雀跃地望向陈广，“师父，太好了！你有救了！”

陈广低着头，面色惨白，没有回话。

杨采苓一边整理针线，一边将一包金疮药递了过去，口中道："你快去帮你师父按住伤口，若失血过多，便是华佗再世也救他不得。等会儿我缝合伤口，你再将金疮药倒在伤口上，明白了吗？"

阿飞应声连连，接过金疮药，跑去帮陈广按压止血。

准备就绪，杨采苓命令道："上身的衣服脱下来。"

"你究竟是什么人？"陈广警惕地望着杨采苓，手里还握着她给的丹药。

"按理说，我们应该是敌人。既然你也要去参加凤凰山的大会，刚才还救了我们的命，那么我们之间的矛盾暂时可以放在一边。求同存异嘛，我们共同的敌人是梁山泊。"

"就算你救我，我也……"

陈广话说到一半，即被杨采苓打断。

"唉，我可不需要你的感谢。刚才你和你徒弟联手杀了恶僧，也算救了我一命。现在我帮你治疗，只不过是还情。大家谁也不欠谁。"杨采苓指了指他手里的丹药，"不过在此之前，你得先把这药给吃了。"

这家位于东平府的客店房间内，虽立满了人，却十分安静。

众人神情肃穆，围立在一张书桌前，不知在静待什么。

苏轸拿着信笺又仔仔细细地读了一遍，确认无误后才折好塞进纸封，交给身边的一位皇城司亲事官。那亲事官接过纸封，小心翼翼地用红烛滴蜡封口。苏轸从怀中取出一枚印章，印在那蜡封上，被按压的地方，呈现出一个飞鹰的图案。

这就是皇城司密笺的标志，若是没有权限，便随意开封查看其中内容的话，轻则打入死牢，重则性命难保，就算朝廷命官也不例外。

“琼英，你把这个送回东京。”苏轸的声音有些懒散。

仇琼英双手接过亲事官递来的密笺。在她的身后，还站着十六个身披黑袍的亲事官，一字排开，腰间都配着短刀。

苏轸冷笑道：“这群匪类，完全不把朝廷的征寇令放在眼里。还企图用结盟壮大势力，以对抗朝廷军，真是不知死活。四寇之首的宋江都快要俯首朝廷，为官家驱使了，这些个小鱼小虾，还想兴风作浪？真是可笑。”

“属下有一事不明，还望指挥使指点。”仇琼英把密笺收入衣襟内。

“什么事？”

“探查凤凰山结盟大会，只需派几个探子即可，指挥使何以要亲赴现场呢？”

“你懂什么。这徐燎与祝家庄栾廷玉的关系不一般，我怀疑他已落草二龙山，做了贼寇。此次梁山泊大军进攻二龙山，着实杀了不少人，可我派人去找了一圈，竟没有发现徐燎的尸首。这个人不死，便是朝廷的心腹大患！我要亲眼见到他人头落地才行。”

想起徐燎在地牢中看他的眼神，苏轸心底便泛起一阵恐惧感。这次行动，他几乎带上了皇城司所有的高手，意欲趁徐燎大意时围猎他。

“可是除了徐燎，这次凤凰山大会鱼龙混杂，指挥使只带这些人前往，恐怕并不安全。”

仇琼英知道他们个个都是皇城司的好手，但人数上并不占优，真打起来，难免丧生在数百人的乱刀之下。

“人多了反而不好。”苏轸轻描淡写地道。

“可是……”

“你真以为我会用皇城司副指挥使的身份，潜入凤凰山大会吗？”苏轸微微一笑。

仇琼英不明白他话里的意思。

苏轸笑着向仇琼英身后招了招手。

从一排皇城司亲事官中走出一个人来，这人宽袍低帽，看不清面目。向前走了几步，仇琼英才瞧清楚他的长相。这人身形瘦长，犹如竹竿，眉宇间有一股阴鸷之色。

——他不是皇城司的人。

“我来替你引荐一下，这位便是不庭山的首领，高托天·高胜。”

仇琼英大吃一惊，她如何会想到，这位曾风头一时，被江湖中人尊为“五匪”之首的巨盗，如今却俯首于苏轸麾下，和皇城司的亲事官站在一起。

高胜在太行山起兵，创立不庭山，在江湖上颇有声望。除了“四寇”之外，几乎没有其他山寨拥有挑战他的实力。

就算是夜行者的孙列和破戒僧的崔道成，对高胜也颇为忌惮。可好景止于少林寺一战。被吴用游说，加入梁山泊联盟后，不庭山在攻打少林寺时孤注一掷，结果兵败如山倒，势力一落千里，此后唯有数百旧部还追随高胜。

高胜向仇琼英点了点头，低声道：“苏大人提拔之恩，在下没齿难忘。”

苏轸大笑一声，站起身来，道：“从今以后，高胜就是皇城司的亲事官，为朝廷效力。琼英，以后要多关照关照。”他走到高胜跟前，伸手抚了抚他的头顶，仿佛在抚摸一只宠物。

“这件事，柯大人可知道？”

朝廷招安绿林中人，本不是什么奇事，可大多都是编入禁军。匪盗直接做皇城司亲事官的，自皇城司建立以来，从未有此先河，仇琼英的惊讶也是情有可原。

“这种小事，我决定就可以了，何必惊扰柯大人。”苏轸负手背后，不疾不徐地说道，“凤凰山大会，高胜会将我们打扮成不庭山的人，潜入内部。”

仇琼英明白苏轸的意思，这次参与的人并不多，各个山寨也只是派出了三四人众，如果直接发兵凤凰山，只会打草惊蛇，让徐燎再度走脱。相较之下，苏轸更看重的，则是徐燎的性命和众人结盟的用意。

苏轸又道：“高胜明白事理，知道效忠朝廷才是唯一的出路。他虽然也恨梁山泊，断送了他那么多兄弟，可他更恨那些对朝廷居心不良的人。”

高胜单膝跪下，口中道：“是苏大人慧眼识才，让高某改邪归正，报效朝廷。”

苏轸冷笑道：“若不是你狠下心肠，将那些不肯归附朝廷的旧部一个个杀死，我又怎能瞧出你是个可造之才呢？这一切是你应得的。”

向朝廷低头，供皇城司驱使，曾经显赫一时的不庭山群雄如何能答应？其中最先反对的，便是追随了高胜十年的姚三哥。他曾经几次救过高胜性命，为不庭山立下汗马功劳。可就是这样的元老，曾经叱咤绿林的不庭山十巫之首，最后因不肯归降苏轸，被高胜无情肃清，身首异处。

“朝廷已颁布了‘征寇令’，他们不肯追随苏大人，那就是要继续为贼，也就是要和朝廷为敌。高某一心想效忠朝廷，在大义面前，其他无足轻重。”

高胜这一番话说得慷慨激昂，仇琼英若非混迹皇城司多年，见过太多这种信誓旦旦的小人，恐怕也会对他再无疑心。

苏轸听了大喜，抚掌笑道：“此次若能成功，我一定会去向柯大人美言几句，让他升你的官！”

高胜激动道：“在下必当倾尽全力！”

苏轸点了点头，表情充满了赞许。

“没什么事的话，我先走了。”

仇琼英说完，也不等苏轸答应，便自顾自转身走出了门外。

苏轸把脸一沉，双眼盯着她离开时的背影，像是想要说什么，最后却没有开口。

离开破庙，又走了两日，杨采苓、玄武一行人来到了位于凤凰山十里外的银山镇。

在杨采苓的细心照料下，陈广的伤势已渐渐好转，李忠和周通都是些皮外伤，过了两日，也没了大碍。阿飞不知从哪里找来了一驾牛车，拖着三位伤者前行，一路上走得倒也顺畅。

进了小镇，他们几人牵着牛车，在街中行走。这里街道较窄，两边的商户也不多，相比大城镇冷清不少，却有一种大城镇没有的安逸。在路上偶尔还会看见几个背负兵刃的武人，在街上匆匆走过，估计也是上凤凰山参加结盟大会的。

杨采苓走到一家果子铺，向老板打听道：“小哥，相问则个，这边哪里可以住店？”

老板直言道：“这里没有客店住。”说完也不理会他们，自顾自忙去了。

阿飞见了，气呼呼地走上前，嚷道：“这么大的地方，怎么会没有个客店？小哥，你可别寻我们开心！”

“真没有，我不骗你，不信你可以去别家问问。”

老板见他年纪虽小，却身宽体阔，心里先怯了几分，口气也变得温和了一点。

杨采苓瞧他的样子不像说谎，便把阿飞拉了回去。

“我总觉得这小镇有点古怪。”杨采苓四处张望了一下，“你不觉得人太少了吗？”

“不是人少。”坐在牛车上的陈广撩开车厢的布帘，瞥见一个居民慌慌张张地跑进屋子，从门缝中偷瞄他们，“而是人都不敢出来。”

阿飞好奇道：“为什么不敢？”

这时，杨采苓也见到一个卖布匹的店家，眼神不时地往他们这边瞟。她当然不明白这些人何以如此。既然想不明白，那就不要去想。杨采苓接着道：“总之先找个能住宿的地方。既然没有客店，那我们就找家民居对付一晚。”

他们沿街打听，几乎家家户户都闭门不出。不是说家中有人抱恙，就是地方太小，接待不了那么多人。杨采苓再三表示会付住宿费，这里的镇民也不为所动。还有一家人是吃斋念佛的，见玄武是个少林和尚，便只让他一人住宿，其余人概不负责。玄武当然也不好意思抛下同伴，只得继续前行。

眼看天色渐渐黑了，六人站在空荡荡的街上，颇为冷清。

周通被拒了几次，有些恼了，土匪本性露了出来，骂骂咧咧，说给钱住宿都不肯，不如提了刀冲进去，杀了他们一家老小。这话刚说出口，便被杨采苓一顿臭骂。玄武也在一旁唠唠叨叨，说周通戾气太重，应该多读一些佛教经典。

不知不觉，已到了酉时，太阳西沉不见，街道上仍见不到什么行人。

众人一天只吃了点干粮，此时已饥火烧肠，又开始找饭馆。小地方不比东京城，日落之后哪里来的食店。绕着小镇走了一圈，只有一间破旧的小酒店开着。陈广伤得重，下不了车，坐在车厢内歇息。李忠和周通则互相搀扶着下了车，随着杨采苓、玄武、阿飞一同进了酒店。

这酒店平日里恐怕也是生意冷清，屋内七八张桌子都空着，迎客的伙计也见不到一个。

五人坐下后，从厨房走出一个三十来岁的胖汉，肩上搭着一条汗巾。

他扫视一圈，冷冷道："你们要吃什么？"

周通笑嘻嘻地道："店家，有没有上好的牛肉，先切个五六斤上来！你这边自家酿的好酒也打个两斤尝尝！"

胖汉面无表情地说道："我们这里不卖牛肉，各位请走吧。"

他说话的语气极为怠慢，完全不是做生意的模样。

周通被他这么一说，顿时火冒三丈，手掌对着桌子重重拍落，大怒道："老子自打行走江湖以来，从未遇到过这种店家。放着生意不做，还赶客人走。咱们走便走，不过临走之前，必要放一把火，将你这破店烧个精光！"

胖汉一听，脸上也现出了怒容，喝道："我不做你生意，你就要烧我店铺，这是何道理？"

杨采苓瞪了周通一眼，转而笑脸迎向胖汉，柔声道："店家，我这位朋友脾气暴躁，您不要放在心上。您这边卖什么，咱们就吃什么，绝不挑剔。”

胖汉道：“我不想做你们生意，你们走吧。”

杨采苓面色有些尴尬，玄武忙道：“初到贵宝地，我们什么规矩也不懂，如果哪里冲撞了店家，请您明示，也好改进不是？”

胖汉冷哼一声，道：“也不知倒了什么霉，这几日来镇上的强盗越来越多，闹得大家人心惶惶。前日老刘家的长子当街被一群人殴打，牙都掉了五颗，昨日成衣铺的王老板就因为说错了一句话，被活活打断了腿。光天化日之下，为非作歹，这镇民是造了什么孽！”

听了这番话，众人才恍然大悟，明白为何镇上的民众对他们这般抵触。

因凤凰山大会的缘故，收到邀请函的山寨纷纷派出使者集结此地，拥入银山镇。这些江湖草莽一多，就容易引发矛盾，寻衅滋事是少不了的。

“店家，这镇上当真没有客店？”杨采苓又问了一句。

她心想这里的客店是不是恼这些人闹事，故意不接待他们。

胖汉没好气道：“客店？哼，镇上怎么会没有客店！只不过唯一的客店早被人霸占了，晚来的自然就没地方住了。霸占客店的人一看就不是什么善类，古怪得很，来往的旅人见了，也纷纷退避三舍，另寻他处，谁敢去和他们争论？”

“古怪？什么古怪？”阿飞追问道。

“这群人也不似那些莽夫，一个劲儿地打人，但做事说话都阴阳怪气。对了，这帮人还不吃荤菜，客店提供肉食，就被一顿责骂，说要是再敢上荤腥，就要烧了这家客店。不仅如此，所有人都穿着白色的衣服，这难道不古怪？”

“白色的衣服？只吃素食？难道是他们！”

李忠听了胖汉的描述，面色大变，所有人都望向他。

“他们是谁？”提问题的又是阿飞。

“吃菜事魔。”

李忠从齿间挤出了这四个字。

最先反应过来的是杨采苓，她曾听过“光之国”之名，也听唐霄讲过他们的事。周通自然也知道江南方腊。唯有玄武和阿飞两人，对这四个字颇有些陌生。但四大寇之名，他们也略有耳闻。

李忠继续道:“光之国信众一直吃素食，穿白衣。他们的首领方腊，被信众尊为‘光明皇帝’，是个不逊于宋江的枭雄。这次朝廷扫荡四大寇，王庆与田虎都被剿灭，唯有梁山泊与光之国依然屹立不倒。方腊的实力不容小觑啊！”

阿飞听到此处，义愤填膺道：“这帮乱臣贼子如此大逆不道，难道不把朝廷放在眼里吗？”

李忠冷笑一声，道:“在他们心中，人间的天子根本算不上什么。”

阿飞问道：“为什么？”

李忠解释道：“光之国信仰摩尼教。他们的信众认为，世界万物都由明暗组成，明和暗各自存在神祇，亦即明暗二宗。明暗二宗势不两立，相互斗争。明界为生，暗界为死。而人的灵魂属明，肉体属暗，灵魂脱离肉体，回归明界，才是真正的‘生’。反之，由明界降落尘世，回到人间，对于他们来说才是‘死’。所以他们将肉体视作最大的仇敌，最终的目的是使人脱离肉体。”

周通拍了一下脑袋，恍然道：“一会儿生，一会儿死，这听上去怎么和佛教的教义差不多？不都是轮回转世吗？”

玄武纠正道：“这个说法，小僧可不同意。佛陀虽然希望众生通过修行脱离苦海，抵达涅槃彼岸，但也没有教化信众厌世啊！佛教的轮回分为‘三恶道’和‘三善道’，凡有三恶业、五逆罪，都要被打入地狱、饿鬼、畜生这三种恶趣。但是在人、阿修罗、天这‘三善道’轮回者，一定是个善人，因此之故，佛教的生死轮回，乃是劝人建立一个‘善’的人间。”

李忠点头道:“玄武和尚说得对，因为光之国认为杀人并非作恶，而是为善，所以最后演变成‘以杀度人’的说法。”

这话并不是危言耸听，当时的文人方勺在其著作《青溪寇轨》中也有记载：又谓人生为苦，若杀之是救其苦也，谓之度人。度人多者，则可成佛。故结集既众，乘乱而起，日嗜杀人，最为大害。

杨采苓沉思片刻，喃喃道：“真是奇怪，光之国为何会赴凤凰山大会？方腊与宋江虽然是江湖上两大霸主，却也没有过摩擦……”

李忠叹道：“恐怕要等到了凤凰山才有分晓。眼下还是先解决吃饭的问题吧。”说完转头看着店主，“方才我兄弟多有得罪，还请店主大人有大量，饶恕则个。”

胖汉漫应道:“等一下，我去弄点吃食给你们。吃完了快些走。”

他听这些人七嘴八舌说了一堆，知道他们和那群占领客店的人不是一路，态度也稍微缓和了一些。过了一会儿，胖汉从后厨端出两壶酒，十样小菜，二十个馒头，分给众人。大家都饿极了，也不挑剔，纷纷抓起馒头，大吃起来。

阿飞抢先拿了两个馒头，夹了些菜，去屋外给陈广吃。他刚踏出酒店的门，整个人便僵在了原地。他揉了揉眼睛，再次睁开，以确定不是眼花。

因为原本拴在门口的牛车不见了。

他在路口张望了一圈，都没有发现牛车的踪迹。

难道有人绑架了师父？

阿飞知道陈广仇家极多，此时又身受重伤，别说不能动武，连走路都成问题，这时候就算一个不会武功的人也可以轻易地制住他。

他在原本停放牛车的地方转了一圈，发现地上还有一些不易察觉的血滴。阿飞用食指蘸了蘸，血迹未干，应该是刚留下不久。

阿飞的心脏跳得更快了！

早知如此，当时就不该把他一个人留在车上！

这时，玄武步出酒店，见阿飞脸色有些异常，便问道："阿飞兄弟，怎么这么久还没进屋，是发生什么事了吗？"话刚说出口，他就意识到了问题所在。

"牛……牛车怎么不见了？"

"师父被人劫走了……"阿飞懊恼道，"我不应该把他留在车里，何况师父身上还有伤。"

"你先冷静一下，你师父会不会自己离开？"

"怎么可能？他腰部刀伤未愈，浑身上下没有一点力气，怎么驾驶牛车？况且地上还有血迹，这又怎么解释？"

听见屋外的喧闹，杨采苓、李忠和周通也走了出来。玄武迎上去，将牛车消失、地上留有血迹的事复述了一遍。

李忠江湖经验丰富，他点亮一支火折，趴在地上细细查看，然后对众人道："你们瞧，这牛车的轮子上因沾了血迹，在地上留下了一条隐约的车辙痕迹。咱们循着这条辙痕，未必找不回陈广兄弟。"

五人抖擞精神，顺着辙痕，一路追踪。但毕竟天色已暗，车辙痕迹又不明显，找起来十分困难。他们沿着车辙的压痕出了银山镇，来到一处郊野。

阿飞右手按在腰刀刀柄上，左手持火把，走在最前方。火光映照在他稚嫩的脸上，显得格外坚毅。李忠和周通也各持兵器，紧随其后，随时准备与敌人战斗。玄武和杨采苓因不会武功，只能殿后。其实李忠的意思是让杨采苓留在镇里，但拗不过她的脾气，才勉强带上她。

循着辙痕，他们追到一片林子边上，痕迹从树丛间穿了过去。他们钻入树林，走了大约一里，出了林子之后，又来到山路边上。夜里看去，山头漆黑一片，忽然见到有一栋草屋，陈广所乘的牛车被拴在门口的一棵树上。

周通悄声说道："你们看，陈广兄弟的车就在那里！"

阿飞灭了火把，从腰间抽出刀子，压低声音道："不知道屋里有多少人。杨姑娘、玄武师父，你们两个留在这里。我和李大哥、周大哥去探探。"

说罢，三人便趁着夜色掩护，开始向草屋缓缓接近。阿飞观察了一会儿，确定草屋外没有敌人的巡哨之后，开始加快步伐，在离草屋两丈之外停下。

李忠绕到牛车后方，瞧了一眼，向他俩打了个手势，示意车厢内无人。

看来师父被他们抓到屋子里了。

阿飞潜行至草屋窗下，用手指在窗纸上戳开一个小洞，向内窥视。

就在他眼睛对上洞孔的瞬间，一根长棍赫然从洞孔中刺出，幸好阿飞反应敏捷，头往后仰避，那根棍子擦着他鼻尖而过。阿飞也绝非等闲，往后仰躺的同时，手中腰刀猛烈挥出，击打在长棍棍身，将那棍子打偏了几寸。

阿飞躲开这记突袭，忙调整身姿，准备迎接对方的第二次进攻。谁知那人从窗孔中收起了长棍，并未像阿飞想象的那样破窗而出。趁着这个空隙，李忠和周通也纷纷亮出兵器，护在阿飞左右，凝神应战。

过了一会儿，草屋的大门被人从内推开，大步走出一个英姿勃勃的青年，赤着上身，露出一身结实的肌肉，在厚硕的肌肉上，还文有九条青龙，栩栩如生。他手里提着一根绣有青龙图腾的木棍，面对眼前三人，毫无惧意。

“无胆匪类，快快还我师父，不然我要你死无葬身之地！”

阿飞大喊一声，刚想上前厮杀，却被身旁的李忠和周通同时拉住。

李忠高声道：“史进兄弟，你怎么在这里？”

那青年眯起眼睛，细细打量李忠，认清面目后，便立刻将手中木棍丢在地上，上前拜道：“可是李忠、周通兄弟？”

李周二人见了他，也是喜不自胜，三人抱成一团。

这突如其来的变故令阿飞措手不及，他手里还握着腰刀，呆立在原处。此时，杨采苓和玄武也从原处跑来，对眼前发生的一切不明所以。

原来这个武艺高强的青年，便是在梁山泊坐第二十三把交椅的**九纹龙·史进**。少林寺之战后，史进响应鲁智深，叛出梁山泊，回到少华山，与**神机军师·朱武**、**白花蛇·杨春**、**跳涧虎·陈达**三位头领重建山寨。并在众人的推举下，成了少华山的寨主。

李忠激动道：“史进兄弟，你怎么在此处？我听闻梁山逆鳞军攻打少华山，已将少华山势力一举歼灭，没想到还能在这里见到你。”

史进叹道：“说来话长，若不是朱武军师神机妙算，我们早就全军覆没了。对了，你们来这里，可是来寻陈广兄？”

阿飞抢道：“你知道我师父在哪儿？”

史进道：“正在屋内养伤，你们宽心，他并无大碍。陈广兄和我是旧识，我又怎么会伤他性命？之前路过一间酒店，见一个贼寇围绕在牛车周围，意欲不轨，我便留了个心眼，躲在暗处。却发现他们从车厢里拖出陈广兄，还要加害于他，我便出手杀了那个贼寇，又将昏迷的陈广兄带来了这里。”说到此处，史进向阿飞望了一眼，继续道：“你是陈广兄的弟子吧？刚才多有得罪。你师父就在屋内，去看看他吧。”

阿飞回道：“都是自己人，误会罢了。史进大哥不要挂在心上。”他心系陈广安危，不想多言，说完便冲进草屋内探视。

屋内十分逼仄，没有别人。只见陈广躺在墙角的一张床上，似是刚刚醒转，见到阿飞，微微动了动嘴唇，轻声道：“你来了。”

阿飞跪在床边，自责道：“都怪徒儿没有好好照看，才会让歹人有机可乘。”

陈广安慰道：“为师没有大碍，你不必内疚。倒是你刚才那记闪避，反应十分迅疾，就算是我也未必能做得更好。阿飞，这一年来，你又进步了不少！假以时日，你在武艺上的成就当远高于我。”

阿飞低头道：“弟子只是误打误撞，和师父还差得远呢！”

史进将杨采苓、玄武、李忠、周通四人请入草屋，围坐在一张圆桌边，开始讲述他的境遇。少华山被梁山逆鳞军攻打之后，史进等四位头领率千余残兵，连夜退至潭峪。同时也收到了二龙山、桃花山接连灭亡的消息，悲痛欲绝。

他们在潭峪休养时，不停派人外出打探。史进得知元老军团叛变的消息后，精神大振，认为这是反扑梁山泊的好时机，只是苦于实力太过悬殊，无法与宋江对抗，为鲁智深等好汉报仇。就在此时，由元老军团发出的凤凰山大会邀请，到了史进手中。他便连夜与其他三位头领商议，决定只身参加结盟大会，留另外三位头领守在潭峪山寨。谁知道那么凑巧，竟然能在银山镇救了陈广，并遇到了李忠和周通。

“我来到银山镇后，才知道这小镇的客店已被方腊的人占领。我只有一个人，不便和他们发生冲突，所以才在这里找了间草屋过夜，打算明日一早就上凤凰山。既然各位兄弟也没住处，不如就在这间屋子里对付一晚，明日一同上山如何？”史进提议道。

李忠点头道：“也只有这个办法了，这么晚了，再回镇上找住处也不方便，不如大家在此将就一晚，怎么样？”众人纷纷附议。

史进道：“既然如此，大家就早点休息吧。忙了一天，也都累了。明日上了凤凰山，恐怕还有一场好戏等着我们呢！”

说者无心，听者有意。史进这话虽是随口一说，却在众人心头蒙上了一层阴影。银山镇的乱象，光之国的介入，大家都隐隐觉得，在这凤凰山上，难免会有一场血雨腥风。他们还不知道，皇城司的众位亲事官已化装成不庭山众，加入了这场“混战”。几方势力在凤凰山上究竟会演变成何种局面，恐怕只有上天才能知晓了。

第四章 凤凰山

翌日一早，杨采苓一行人在草屋中用过早膳，便启程向凤凰山进发。

上山之路陡峭崎岖，一边是悬崖峭壁，一边是万丈深渊，十分险峻。众人气喘吁吁地向上攀登，阿飞、史进两人驾驶牛车，缓缓跟在后面。过了深沟险壑，又走了约莫一炷香时分，眼看就要到凤凰山顶了。只见山边云遮雾绕，仙气蒸腾，仿佛置身仙境一般，正是山从人面起，云傍马头生。

七人正行间，忽见两条人影，从山坡走来。这两个人身上都配着刀剑，脸上亦有伤疤，应该是习武之人。两人来到山顶一处平地，席地而坐，然后高喊了一声。过了片刻，只听东西南北都有人呼应他们。两人相视笑道："没想到都来了，咱们也不算迟到！"

一个满脸横肉的巨汉，向他们两人问道："王乞老哥，没想到你也来了。哟，这不是张谢兄弟么，好久不见！好久不见！"

那被唤作"张谢"的汉子缓缓道："贾进兄弟，别来无恙。这次凤凰山大会，没想到你也会来。我还以为你对宋江没意见呢。”

贾进冷笑一声，继而道：“何止我有意见，你瞧那边。临沂武胡、沂州徐进可都来了。天大圣·钟相和宋江并无瓜葛，这次也领着手下从鼎州赶来，看来这次树倒猢狲散，大家对水泊梁山的怨气，都要借着凤凰山撒出来啦！”

他们说话间，一批又一批身上携着兵器的武人出现在山顶，其中不乏熟人相见，纷纷相互寒暄起来，令整个凤凰山顶热闹了不少。粗粗算来，也有一两百人之众。

杨采苓望了一圈，没见到栾廷玉和唐霄，心里略有些失落。阿飞将陈广扶下牛车，挑了一块干净的岩石让他和杨采苓坐着，自己站在一旁。史进、李忠、周通和玄武则学着群雄，就地坐了下来。

那个叫贾进的巨汉又道：“这次梁山元老邀请咱们来这里，就是要联合咱们这些小山寨、小山头，一起对抗梁山泊。可眼下咱们是七零八落，群龙无首，若照这样下去，无非就是一些乌合之众，如何与宋江叫板？”

人群中有一人道：“贾老大说得是！咱们不可群龙无首，需得推举个联盟的首领才行。”

有人道：“这还用问，自然是祝家庄的教头栾廷玉！这些年他孤身与梁山泊对抗，杀了不少梁山贼，不推举他推举谁？”

一人接道：“我看啊，还是花和尚有威望，细数下来，咱们在座的哪个山头的势力能强过二龙山？”

话音未落，又有人大声喊道：“不行，不行，这首领必须由兵诛城的少主唐霄来当，你们难道忘了，是谁杀了李应吗？”

众人议论之声四起，谁也说服不了谁。

座中有位脸上蒙着绿纱的女子，起立说道：“大家可别忘了，还有个少年英雄，被龙虎山的张天师视为继承人，他不畏艰险，孤身潜入梁山泊，火烧天书阁，大闹忠义堂，还救出了不少被梁山关押的绿林好汉！”此言一出，众人啧啧称奇。

这时有一人站起身来，大声道：“这位姑娘说得不错！我被押在梁山狴犴房里五个月，因不愿受降，每日都备受折磨，若不是这位名叫张闲的少年英雄，我王念九早就死啦！这样有胆识的少年英雄，理应被推举为咱们的首领！”这番话刚说完，山顶群雄轰然称是。

过了一会儿，又有一帮身着白袍的人来到，为首的是个背负长弓的瘦子。众人一见，纷纷议论道：“光之国的人怎么也来了？这不是方腊麾下的猛将、江南十二神之一的太岁神·高可立吗？”

还有人多嘴道：“一山难容二虎，四大寇如今只剩他二人，方腊也希望宋江早日垮台，这凤凰山联盟，岂不正合他的心意？”

又有一人不屑道：“听说这方腊御下不严，所过之处民不聊生，他手下的江南十二神，也算不得什么英雄好汉。”

光之国信众约莫二十多人。高可立站在前面，游目四顾，找到一块空地，便带着手下坐了过去。他毫不顾忌群雄的窃窃私语，一副妄自尊大的模样。

接着陆续有人来到，其中一个引起轰动的便是不庭山的首领高胜。他身后有十几个头顶黑笠、身披斗篷的随从，紧紧跟着他，一言不发。众人见仅次于四大寇的五匪之首高胜也来了，顿感又多了一个扳倒宋江的筹码。

早已过了约定的时间，梁山元老似乎还未现身。群雄正在交头接耳，低头议论会不会出了什么差池，忽然人群中有人道：“这不是花和尚么！”众人听了，俱都站起，只见鲁智深领着武松、杨志、刘唐、宋万、朱贵、阮小二等梁山元老现身，在他们之后，跟着栾廷玉、扈三娘、唐霄、张闲、李师师、玄泓等江湖侠士。

鲁智深来到一处高地，向在场众人拱手环揖，朗声说道："众位好汉久等了，洒家在这里向各位赔罪！晁天王伤势未愈，暂时不方便露面，是以由洒家代为说两句。"

话音未歇，有人喊道："鲁提辖，莫要客气！我们来此地，就是要通力合作，联手剿灭梁山泊，活捉宋公明，还晁天王一个公道！"此话一出，顿时又有许多人欢呼喝彩。

杨采苓乍见唐霄，泪水又不争气地淌了下来。她别过头去，忙用衣袖擦拭干净。玄武偷偷瞧了她一眼，不知该说什么才好。

鲁智深继续道："早年梁山泊由晁天王当家的时候，大口吃肉，大碗喝酒，好不快活！自从宋江这黑厮使诈害了天王，坐了第一把交椅后，梁山泊便日暮途穷。不仅违背当年的誓言，四处抢掠其他山寨，还假借招安的名义，暗中勾结朝廷，要把咱们一干好汉，统统卖与帝王家。这如何不冷了兄弟们的心？受制于朝廷，如何还能替天行道？"

有人问道："你说宋江勾结朝廷，可有证据？"

鲁智深应道："哼，之前洒家还怕误会了他，如今铁证如山，便是他宋江本人在此，恐怕也抵赖不了！"说着，便从身后取出几卷文书，当众展开。

众人定睛看去，却发现这上面的文字歪歪扭扭，不是汉文，似乎是域外文字。

"这几卷'天书'，便是张闲兄弟冒死从梁山天书阁的密室中，偷偷取出来的。"鲁智深又从另一个布袋中取出几卷文书，当众展开，其上文字与之前展示的如出一辙，"这几卷，则是前皇城司副指挥使徐燎，从皇宫中带出来的，乃是出自官家的手笔。大家瞧瞧，是不是一模一样？”

群雄中不少好汉走近了去瞧。其中有几个儒生模样的读书人，细细看了，虽不认得上面的怪字，但都说是出自同一人之手。

鲁智深收起天书，高声说道：“这便是宋江不可告人的‘九天玄女计划’！他早在入伙梁山泊之前，便已被朝廷收买。之前的计划部署，大多都是受朝廷直接的指示，交接的地点，便是在还道村玄女之庙。而在梁山上的兄弟都知道，天书阁的密室，只有宋江和吴用二人能进，为的就是避免勾结朝廷的机密被其他兄弟知道！”

有人插嘴问道：“那这上面的文字，你可认得？不认得的话，你又如何能说这是铁证？”

鲁智深笑道：“洒家不认得，却有人认得！玄泓大师，请上前一步说话。”

话音才落，他身后便走出一个披着少林僧衣的和尚，正是武僧玄泓。众人一见玄泓的头顶，顿然醒觉。原来，这玄泓和尚头顶上文绣的文字，竟与这“天书”上的极为相近！

玄泓朗声道：“这‘天书’上的字迹，乃是起源于天竺的一种文字，叫作天城文。许多佛教经典，便是用这种文字书写。中原地区也有许多高僧，能够直接用天城文阅读原典。贫僧头顶上所文的经文，便是用天城文体写成的《阿毗达摩俱舍论》。这种文字，贫僧也略知一二，鲁提辖所言不假，这上面所书的内容，确实是官家对宋江所做的指示。”

宋江利用天城文作为“暗号”与朝廷保持联系，而且此事只有少数几人知道，便在皇城司，恐怕也只有皇城司公事柯引了解内情。当年身处皇城司的徐燎，正是因为触及了这一层机密，才让自己陷入那种危险的境地。

听了这番言论，群雄间顿时众口纷纭，对于宋江勾结朝廷，出卖兄弟，惋惜者有之，辱骂者有之。这种违背江湖大义之事，比接受朝廷招安更难令人接受。

包括梁山泊上那些依然追随宋江的好汉。

有人呵斥道："岂有此理！如此卑鄙小人，此时不杀，更待何时？鲁提辖，我们尊你号令，集合兵马，一起杀到梁山泊，砍了宋江的鸟头！"这番言论得到不少人的应和。

这时，人群中忽然传出一阵冷笑，众人循声望去，见是一个身材瘦长的白衣男子，正是太岁神·高可立。

贾进怒道："邪魔外道，有什么可笑的！"

高可立瞥了他一眼，并不理睬，而是不紧不慢地说道："我笑你们都搞错了。在我看来，问题的关键并不在宋江身上。"

贾进讽刺道："难不成会在方腊身上？"此言一出，众人哄笑成一片。

鲁智深问道："这位想必是光之国的兄弟了。你有什么想法，但说无妨！"

但高可立并没有就此感到难堪，仍是云淡风轻地说道："不论是陷害晁盖天王，还是打压山寨的元老，皆是朝廷授意。所以问题的根本，并不在宋江身上，而是在赵佶身上。"

他胆敢在众目睽睽之下，直呼宋徽宗的姓名，其气魄可见一斑。

鲁智深大笑一声，道："如此胆识，我敬你是条好汉！"

高可立接着道："众位好汉落到这样的田地，除了误信宋江之外，还不是因为那一道天杀的'征寇令'？河北田虎，淮西王庆，不都给朝廷军灭了？就算破了宋江的梁山泊，又能如何，情况会比现在更好吗？正所谓人心齐，泰山移，我们何不同力协契推翻朝廷，在光明皇帝的引领下，建立一个新天地？”

他说完之后，没人再笑了，取而代之的是一阵冗长的沉默。即使是置生死于度外的草莽英雄，也无人敢接他的话。

“这是逆反，要诛九族的。”

不知谁在人群中，轻声嘟哝了一句。

高可立回道：“哼！尔等贪生怕死之辈，终难成大事！况且死也没什么可怕的，灵魂到了明界，也是一种福气。”

宣和二年，方腊率众在歙县七贤村起义后，聚众数万，从者如云，矛头直指朝廷。心心念念推翻宋王朝，拥有改天换地的野心，在这一点上，他和田虎、王庆都不同。这些江湖草莽虽视权贵如草芥，甚至不把皇帝放在眼里，但说到谋反，却是从来也不曾想过。

是以高可立的话在众人听来，颇为逆耳。

攻打梁山泊和攻打东京城，怎么可能一样？

这时，站在鲁智深身后的栾廷玉忽然跨前一步，面带三分戏谑地说道：“我还以为方腊此番遣人来凤凰山做什么，原来和宋江打的是一样的算盘。要咱们这些小兵小卒，去消耗朝廷军的力量，光之国则坐收渔翁之利。呵呵，最后当皇帝的人还是方腊，又不是我栾廷玉，我干吗要帮你们打天下？”

高可立上下打量着栾廷玉，冷冷道：“你就是祝家庄的栾廷玉？我听过你的名头。这些年来只身对抗梁山泊群雄，江湖上提起你，无人不竖起大拇指，赞一句好汉。可如今见了，也不过如此，心胸狭窄，一介小人耳。圣公打天下，为的是救苍生于水火。如此宽大的胸怀，又岂是你这种狭隘的人能够明白的。”

栾廷玉笑道：“栾某行走江湖多年，虽然没什么本事，但巧舌如簧的人，见得也不少。像你这种靠几句话就让人替你卖命的家伙，我也认识几个。嘿嘿，只可惜这种赔本买卖，老子很早就不做了。”栾廷玉当年在江湖上做赏金猎人时，经常听人说起光之国教众四处烧掠，诱逼良民的恶行。他一向为人仗义，嫉恶如仇，是以内心深处对高可立就不待见，恨不得早日将他们一举歼灭。这时见高可立打算借凤凰山大会的机会，招揽群雄为己用，当然要出言讥讽几句。

“是啊，滚回去，别在这里妖言惑众！”

“他妈的，老夫见了你们这些妖魔外道，比见了宋江还恶心，要我加入光之国，不如砍了老夫的头比较痛快！”

“我虽然是个强盗，却也是大宋的子民，如何趁辽国虎视中原的时候，再给朝廷添乱，让契丹人有机可乘？呸！”

“我瞧方腊早就和契丹人勾结，想要做中原的皇帝！”

众人七嘴八舌地将高可立骂了一通，有的甚至要当场抽出刀剑，与他厮打。

高可立也不乱阵脚，扫视辱骂他的众人，口中道：“卧牛山的张二寨主，你哥哥张权当年是被谁砍断了脖子，你还记得吗？狼尾山的赵虎，你那对招子被人废了，眼虽瞎了，可心里总明白谁是罪魁祸首吧？还有太平山的许猛兄，宁家村一役，令郎被祇候刘锜一箭射穿胸口，落马而亡，杀子之仇不共戴天，你这么快就忘了吗？”

被他点名说中的几人，忽然面色大变。张二站起身来，刚想反驳几句，却是张口结舌，干瞪着眼。许猛想起爱子死在朝廷大将的箭下，也不由低下了头，老泪纵横。

“而今当权的，都是些奸邪谄媚之人，京城之外的官吏，也都贪污成风。诸君若能仗义而起，四方必闻风响应，旬日之间，万众可集！”见众人仍是犹疑不决，高可立提高声量道，“害你们的人，明明就在庙堂之上，何以甘为鱼肉？”

此言一出，凤凰山顶的群雄一时分成两派，众口纷纭。大部分人内心对谋反仍怀着恐惧，小部分受过朝廷镇压的寨主，则跃跃欲试，“狗皇帝”“昏君”乱骂一通。鲁智深与栾廷玉对视一眼，都觉得眼下这个场面出乎意料，不知该如何是好。

“光之国对抗朝廷军，胜算几何？”

高可立闻声望去，才发现说话的人，是兵诛城少主唐霄。

“圣公计划两个月内，拿下江南各郡，朝廷调集军队和粮饷也需要时间，群雄则在中原响应，打他个措手不及，到时候北方的契丹人知道了，也将伺机而动。朝廷内忧外患，皇帝又听信奸佞，哪里会是我们的对手？”

“你让咱们在中原给你打游击，如果那时候，光之国以长江为界，自立为王，此后便死守江南，不再北上进军，只与朝廷谈判和解，那咱们这些个小鱼小虾，岂不是要白白给你牺牲掉了？方腊这个算盘，打得未免太响了吧？”

唐霄这番话，直刺高可立心底。他们原本的计划便是如此。说实话，以方腊现在的实力，想要一举推翻宋王朝，着实有些痴人说梦。以目前的形势，再攻克几个州县，与宋王朝划江而治，才是近期的战略目的。等恢复元气后，再图中原。只是眼下被唐霄当众点穿，令他有些难堪。

——这小子，不简单啊……

鲁智深上前一步，指着高可立骂道：“你这撮鸟，既不加入联盟，又在这里妖言惑众！洒家见你远来是客，且不对你动粗，你识相的，快快滚下山去！”

高可立道：“我邀请各位同光之国一起对抗朝廷，非是一己私欲，既然你们对在下有所怀疑，那我解释也是多余。鲁提辖不欢迎我们，我们下山便是。只是我劝各位一句，今日杀一个宋江，明日还会有另一个宋江，你们杀到何时才能杀完？”说完挥了挥手。光之国的信众纷纷起身，准备随他下山。

“等一等。”狼尾山的赵虎在旁人的搀扶下，缓缓站了起来。他因双目失明，行动十分不便，所以起身都需要身边的随从服侍。

高可立转过身来，望向赵虎。

赵虎朗声道：“别人我管不了，但咱们狼尾山的好汉，愿意供光之国驱使。老子被他娘的官兵弄瞎了眼，这仇不报，还算什么大丈夫？咱们和方腊一起上京，杀狗皇帝。”

他话音甫落，身边几个随从便举手高呼起来：“杀狗皇帝！杀狗皇帝！”

顷刻间，人群中又站起不少人，表示愿意追随方腊。形势突变，唐霄心中暗暗叫苦。他环视一圈，发现这些人大多与朝廷结怨颇深。可想而知，推翻朝政，弑君另立新主，对于他们来说是何等诱惑？在高可立的煽动下，这群人早就没了主见。

鲁智深见他们一个个反水，气得瞋目切齿，厉声道：“他妈的，你们这群泼皮，凤凰山是你们要来就来，要走就走的吗？”

高可立冷笑道：“怎么，鲁提辖还不准咱们下山了？是不是今日不与你们结盟，就要血溅凤凰山呢？”他说话时，身边的信众便已抽出刀剑，护在他的身边。就连赵虎等准备归附光之国的寨主，也纷纷向鲁智深怒目而视，手中握着刀柄，随时准备厮杀。

“大家少安毋躁。今日共聚凤凰山，也是为了寻找志同道合的朋友。如果大家有分歧，可以商议，道不同，不相为谋也没关系。大家各走各路。实在没必要兵戎相见，使亲者痛，仇者快啊！”唐霄见场面十分紧张，一触即发，随时会酿成大祸，忙开口劝慰道。

栾廷玉也拍了拍鲁智深的肩膀，示意他不要轻举妄动。

“不愧是兵诛城主的儿子，有胸怀，有见识，说的话也在道理上。高某佩服你。好了，既然话不投机，那我也不打扰各位的雅兴，各位后会有期。想要襄助光之国共举大业的英雄们，咱们另寻他处，再做商议。”高可立向鲁智深拱了拱手，带着光之国的信众们下了山。群雄中不少人也跟随他们离开了。

唐霄大略计算了一下，来参加这场结盟大会的人，至少走了三分之一。这令原本就不足的人数，变得更加捉襟见肘。张闲瞧出了唐霄的担忧，上前宽慰了几句。

人群之中，一个黑衣人用手指顶开黑笠，露出半张脸来，正是皇城司的副指挥使苏轸。苏轸推了推高胜的肩膀，在他耳边轻声道：“你留在这里。”交代完后，起身领了三四个随从，跟着光之国信众一起下了山。

那边厢，有个蒙着绿纱的女子，双眼始终紧紧盯着苏轸的背影。她正是之前推举张闲做头领的女子。见苏轸向山下走去，她和身边的蒙面男子也起身离开原地，紧随其后。

人陆陆续续走得差不多了，鲁智深才问道：“还有要走的朋友吗？洒家绝不阻拦！”

“不走了，咱们是来对付宋江的，和皇帝有何关系？”

“这光之国的人个个贼眉鼠眼，一看就不是什么好人！我们不走！”

“是啊，还拜什么明尊，听着就不靠谱。我们还是愿意追随鲁提辖，这种邪魔外道，还是少接触为妙！”

鲁智深见留下的人都支持自己，之前心中的阴霾一扫而光，又兴致勃勃地开始主持起大会来。留下的四十五个山头，几乎都愿意追随梁山叛军，对抗梁山泊。

武松大声道：“接下来就是咱们这个盟军的盟主之位，该由谁来当的问题了。大家有什么想法，都可以说出来，咱们讨论讨论。”

刘唐叹道：“只可惜晁天王重伤卧床，不然那这个位子，非他莫属！”

众人则议论纷纷，大多都推举鲁智深来统领群雄。

鲁智深听了，大摇其头，道：“让洒家冲锋陷阵，那没问题，要我统领大家，这可就为难洒家了。不行，不行，说什么也不行！”

唐霄道：“既然鲁提辖不愿意，那我还有一个人选。”

鲁智深催促道：“快说，快说，只要不让洒家做盟主，谁坐洒家都愿意！”

唐霄高声道：“祝家庄的教师，铁棒·栾廷玉。”

鲁智深抚掌笑道：“甚好！栾兄弟做这个盟主，洒家举双手赞成！”

栾廷玉在江湖中也颇有声望，众好汉见了，内心也服气，纷纷表示赞同。可栾廷玉听了之后，不但没有表现出欣喜，反而面色大变，忙推辞道：“万万不可，鲁提辖，唐霄兄弟，你们可折杀我了！”

但架不住众人起哄，甚至有人表示，如果栾廷玉拒绝做盟主，就不加入这个联盟。百般无奈之下，栾廷玉只能接受。

“不过栾某有言在先，这个盟主只是暂摄，他日晁天王身体好转，或者有其他兄弟能力出众，我便让出这个位子。”

群雄闻之大喜。鲁智深邀请众人去凤凰山后山的寺庙中，准备在那儿大摆宴席。今后众山寨一条心，共同对抗水泊梁山。

史进、李忠和周通见时机成熟，上前与梁山旧友相认，并把陈广和阿飞引荐给大家。

扈三娘见了杨采苓，上前紧紧握住她的手，激动道："妹子，还好你没事，我和师父一直为你担心呢。"

杨采苓笑道："三娘，你多虑了。我在桃花山过得很好。"

扈三娘道："那是自然。我听说你成了桃花山的头领，李忠、周通反倒成了你的下属，这究竟是怎么一回事呢？"

杨采苓道："都是阴差阳错，原本我打算回四川了呢。"她把桃花山的经历，如何被俘虏，又如何迷晕桃花山的强盗，细细说给了扈三娘听。

扈三娘听得啧啧称奇，回道："听来真像是传奇故事一般。对了，其实最担心你的，不是我也不是师父，而是这个人。"她说着，便把站在远处的唐霄拖了过来。

唐霄见了杨采苓，一时不知说什么好，杨采苓也是默然无语。

扈三娘见了他们两人的窘样，笑着道："我就不打扰你们了。"她转过身，拉住刚想上前慰问杨采苓的张闲，朝远处走去。

"师妹回去了。"唐霄用轻得几乎只有他自己听得到的声音说。

"我知道。"

"谢谢你留下的药。"

"不客气。"

"还有，恭喜你，做了桃花山的寨主。"

杨采苓抬起头，负气道："唐霄，你究竟想说什么？"

"你要我说什么？我……"

她又低下了头。没有接话。

"小苓，留下来吧，不要走了。"唐霄犹豫片刻，还是一把牵过杨采苓的手。

杨采苓没有挣脱，就这么让唐霄牵着，执手相看。忽然间，泪水从她眼角流出，如断了线的珍珠，潸然而下，沾湿了她的衣襟。

看着唐霄认真的脸，她想起这些日子来的付出，心中涌起一股难以抑制的情绪。她说不清这是什么，感动？悲戚？抑或是懊丧？又似乎都不是。

玄武远远见了这番情景，神色忽然有些黯然。他站起身，独自向山下走去。

凤凰山山顶人声鼎沸，笑语欢声连成了一片，却没有人注意到他的离开。

跟随光之国信众下山时，苏轸从怀中取出一块令牌，塞给一个随从，吩咐他调遣最近的朝廷军队前来凤凰山，镇压这群逆贼，自己则继续跟踪。那人接过令牌，便匆匆离开了。

苏轸在山顶没有见到徐燎，不得不说有些沮丧。但转念一想，连这样的场合，徐燎都没有参加，说明真是凶多吉少，可能已经死在了二龙山。念及此，他的心情畅快了不少。

不过，眼下他最重要的任务，还是紧盯这群光之国逆贼。窥探到光之国的行踪，不得不说是这次凤凰山之行的意外之喜。

高可立和他的追随者如何也想不到，他们竟是在皇城司密探的眼皮底下招揽人马的。

——这一切都是你们咎由自取！怪不得我！

苏轸压低黑笠，和另外一名随从快步跟在众人之后。

为了避免暴露身份，他们没有上前与其他人搭话，只是低着头前行。

待摸清这些逆贼的据点，便率官兵一举将他们拿下。届时回到京城，奏报给官家，又是大功一件！

想到自己或许又能升职，苏轸浑身都充满了力气。

这种感觉，最强烈的一次便是在将徐燎清除出皇城司的时候。可是，当他得知徐燎并没有死，而且下落不明之后，一种不祥的预感就一直萦绕在他身边。

徐燎不死，他寝食难安。

走着走着，忽然刮起了漫天狂风。风卷起山路上的落叶和沙石，在半空中飞旋起来。风吹得大家睁不开眼，只能放慢脚步，慢慢往前走。

苏轸被沙子迷了眼，他停下脚步，右手支在一棵松树上，左手揉了揉眼睛。在泪水的冲刷下，双眼才渐渐睁开。那种疼痛感过了好一会儿才退去。

风还在吹，可是人都不见了。

幸运的是，苏轸隐隐约约还能听见他们说话的声音，这说明他掉队并不太远，还能赶上。

千万不能再跟丢了！

他顶着风，循声跑去。只是那些话语声在狂风中难以辨位，苏轸来来回回走了几圈，也没能找到下山的路。渐渐地，众人说话的声音也听不到了，唯有山风的呼呼声陪伴着他。

苏轸心情郁闷，往地上狠狠啐了一口。

要是跟丢了，将来朝廷军剿灭光之国，这平叛的功劳簿上，就不会有自己的名字了。苏轸绝不容许这样的事情发生。

“卫龙，你在哪里！”

苏轸喊着随从的名字，希望从他那里得到回应。可等来的只是一阵沉默。

“他妈的，卫龙，你出来！聋了吗！”

还是没人说话。

风渐渐停下了，半空中的树叶又重新落到了地上。

苏轸发现，其中有一片落叶，沾到了一滴鲜血。

多年来在皇城司培养出的直觉，令他全身进入了警戒状态。苏轸从腰中抽出佩刀，警觉地望向四周。天色虽然有些昏暗，不过他的眼睛，还是能敏锐地察觉到四周一切细微的变化。

忽然，有个球状的东西朝他滚来。

苏轸连退五步，与这东西保持一定的安全距离，再去看它。

一看之下，苏轸倒吸一口凉气！

这是卫龙的首级。

卫龙双目圆睁，呆呆望着前方。头颅被斩下的瞬间，他一定还没有做出任何反应。

切口平整，杀他的人，刀一定很快。

四下一片寂静。一滴汗水沿着苏轸的额头滑下，“啪嗒”一声滴落在泥地的落叶上。

“有种的就出来一决生死，躲在暗处，算什么好汉？”苏轸压低声音，尽量使自己看上去很镇定。实际上，他已方寸大乱。

为皇城司出生入死那么多年，他从未如此害怕。

因为他嗅到了“那个人”的味道。

过了片刻，苏轸身后再次传来一阵响动。他转过身去，又滚来一颗头颅。

这是苏轸之前派出去的人。而死者的名字，已经不再重要。

苏轸深吸一口气，以低沉的声线缓缓道：“装神弄鬼，你觉得很有趣吗？是好汉，就站出来光明正大地打一场！”

“装神弄鬼，不就是你最擅长的伎俩吗？”

声音是从背后传来的，苏轸慌忙转过身，瞧见一个蒙着脸的黑衣人。那黑衣人身边，则是个蒙绿纱的女子。女子手上握着两把弯刀，上面还淌着鲜血。

“你们是谁？为什么要杀我的人？”

苏轸不敢怠慢，举刀摆起迎战的招式。

黑衣人徐徐揭开面罩，露出眉间的疤痕。

苏轸惊道：“你……徐……徐燎！你没有死？”

徐燎浑身散发出强烈的杀气。

他身边的女子，也学着他的样子揭开面纱，露出一张娇艳的脸来。原来是仙音阁的刺客赵元奴。她笑着道：“他这条命呀，是奴家捡来的！从今日起，奴家不许他死，他就不准死。谁要是敢动他，就得先问问奴家手上的两把弯刀！”

“苏轸，今天我们就在这里，做一个了断。”徐燎开口道。

他声音中带着一股阴森之气。

对于苏轸来说，这种感觉，这种气势，实在是太熟悉了。眼前这个人，不就是令整个京师闻风丧胆的皇城司“鬼刃”吗？

“你想杀我，却也没那么容易。”恐惧感虽爬满了苏轸全身，但他依然摆开架势，准备迎接徐燎的进攻。他知道，这可能是他最后一次活下去的机会。

“你滥杀无辜。我要用你的血，去祭奠沈氏父女！”徐燎的脸因怒气憋得通红。他从背后抽出一柄长刀，霜刃在光照之下显得极为耀目。

“沈氏父女？”苏轸寻思片刻，才道，“你说他们啊？呵呵，你还有资格说我乱杀无辜？鬼刃！当年你在皇城司做过的那些惨无人道的事，难道都忘了吗？”

“我做过，不代表我做的就是对的。苏轸，你和我双手都沾满了鲜血，我们两个注定是要下地狱的。”徐燎眼睛收紧，直视苏轸，同时将手中长刀横在胸口。

“下地狱？哈哈哈哈！”苏轸突然狂笑起来。像一个疯子。

“你笑什么？”

“我们此刻就在地狱啊！”苏轸挥舞手中佩刀，“这人世间，难道不是地狱吗？徐燎，你知道我为什么那么恨你吗？不是因为你在皇城司呼风唤雨，而是你的愚蠢，你的冥顽不灵。把自己禁锢在一个牢笼里，永远出不来。”

“你已经疯了。”徐燎长刀直指苏轸，“让我送你去死吧！”

“自从我和你在皇城司共事那天起，我就知道，这一天迟早会到来。你和我，必须死一个。只是没想到会用这种方式。你我都曾为官家效力，眼下竟然要互相残杀，呵呵，真是讽刺。”苏轸瞧了一眼赵元奴，“你们是一起上呢，还是一个个打？”

赵元奴笑道：“一起上？你先打赢他，再和奴家过招吧！”

苏轸收回视线，重新投在徐燎的身上。

他们两个人握着刀，心里计算着如何最快砍下对方的脑袋。他们身上都充盈着杀气，原本停落在树枝上的鸟儿，也都在他们摆开架势的那一刻，振翅离开。

赵元奴收起了笑脸。

她知道，在这片山间的林子里，这两个皇城司的绝顶高手，只有一个能活着走出去。

第五章 豺狼

风越吹越大了。起初是一阵微风徐徐掠过，卷起细沙落叶，吹得整片水泊波浪粼粼。紧接着是一阵恐怖的呼啸声，远远从山坡响起来，呜呜地叫着。狂风随啸声大作，山寨里那面绣着“替天行道”的大旗，被刮得猎猎作响，上下翻飞。

梁山上枯草落叶漫天飞扬，黄浊蒙蒙，铺天盖地，哨楼上的守卫被这突如其来的沙尘风暴吹得无法睁大眼睛，只能眯成一条缝。他们透不过气，也说不出话，耳边不断传来哗啦啦、哗啦啦，爆炸似的响声。

与此相对的，是忠义堂里格外宁静的氛围。

空旷的厅堂里只坐了两个人。这可怕的静默像是会互相传染，他们都没有说话。

关胜两条浓密的卧蚕眉紧紧皱着，神情肃穆，而在他对面的吴用却表现得十分淡然，轻摇羽扇，双目眺望远处。

他们刚刚得到莲台寺探事郎传来的最新探报，鲁智深等人在凤凰山召开结盟大会，正式与梁山泊宣战。那些原本臣服于宋江的山寨，也纷纷倒戈。虽然都是些小势力，但聚沙成塔，集腋成裘，这群家伙集结起来对抗梁山，其威胁亦不可小觑。

“军师，不如让我领军五千，下山剿灭这群乌合之众。”

关胜激动地紧握拳头，重重敲打在交椅的扶手上，脸上浮现出怒容。

“不必那么着急。既然知道他们是乌合之众，成不了大器，将军又何以如此焦虑？前些日子，卢员外率领逆鳞军，不费吹灰之力就平定了三座山头，即便如此，还不是有漏网之鱼？这些家伙，劳师动众地下山征讨，杀之不尽，咱们不如以逸待劳，等他们自己找上门来。”吴用收回远眺的视线，望向关胜，语调轻松地说道。

“军师以为，鲁智深他们会自己寻上门来？”

“而且时间不会太久，必然在朝廷正式招安咱们之前。”吴用微微一笑，继续道，“林教头还在我们手中，鲁智深不会坐视不理。栾廷玉一直介怀祝家庄被灭之仇，不踏平梁山泊，如何消解他心头之恨？再说宋万、杜迁、朱贵之流，早就对座次有所不满。大聚义时，三人脸上便是怏怏不乐。重新夺回山寨，对他们来说可是头等要事。”

“他们若是真的举兵而来，我们又该如何应付呢？”

吴用听见这句话，扬起了眉头。

“我要的就是他们举兵来犯。”

关胜不明白。但他知道军师一定有他的用意。

吴用解释道：“凤凰山结盟之后，鲁智深也好，栾廷玉也罢，都会被一时之盛冲昏头脑，自以为有了与梁山泊对抗的实力。由于要抢在招安之前，他们会选择速战速决，这样就更没时间整顿兵马了。只待他们贸然进攻梁山泊，便会落入咱们设计好的天罗地网。”

“军师英明！”

“不过在此之前，我们还是要做好准备。梁山上下都要严格布防，迎接叛军来袭。”吴用站起身来，把双手拢进衣袖，环抱在胸前，直视关胜的那双丹凤眼，“将军，这一仗，可是关乎梁山泊的生死存亡啊……”

“对付叛徒，关某绝不手软。”关胜口气坚决地说道。

话虽如此，但吴用心中其实也没有十全的把握。因为与梁山叛军的战争，还存在一些隐患。不论是意外介入的仙音阁，还是将天书阁付之一炬的张闲，都可能改变整个战局。

不过，我们还有那个人！

想到卢俊义还留在梁山泊，吴用才稍稍定心。在遇到卢俊义之前，吴用完全不相信靠一个人的力量能够扭转一场战争。

这时，忠义堂的大门被人推开。一个狱卒模样的小厮快步走了进来。

“禀报军师，林教头醒了。”

吴用挥了挥手，嘱咐道：“知道了，你先回狴犴房，让蔡氏兄弟好生看着。我等会儿就过来。”狱卒应了一声，便退下了。

想起林冲，吴用内心也是百感交集。

鲁智深出走之后，他就意识到林冲不会久留。但也仅仅是一个没有证据的想法而已。那日宋万、阮小二领着叛军离开梁山，林冲率兵去拦截，竟然临阵反戈，这是吴用万万没有想到的。当然，他更想不到，晁盖竟会在林冲的帮助下诈死，离开梁山去少林为僧。

关胜问道：“军师准备如何处置林教头？”

吴用转过身道：“这要看他什么打算了。林教头武艺高强，是个难得的人才。只是他尚未放下心头的大恨。”

“是不是与高太尉有关？”

“高俅之子高衙内害死了林教头的妻子，又在白虎节堂遭高俅陷害入狱，这血海深仇不报，你让林教头如何咽得下这口气呢？”吴用回头看了一眼关胜，意味深长地道，“如果是将军的话，又会如何应对呢？”

“这……”关胜张口结舌，不知说什么才好。

这种事，无论换作谁，恐怕都咽不下这口气吧？关胜心想，如果高俅胆敢侵犯他的家人，就算冒着死罪，也要砍下高俅的脑袋。

气氛忽然变得沉默。

这时，忠义堂外传来一阵杂乱的脚步声，来人应该是在山寨内巡视的守卫。

吴用见他不说话，继续道：“是啊，若不报此仇，如何称得上大丈夫呢？所以林教头若是执意不愿接受招安，也在情理之中，各人有各人的难处。到那时，我们也只能忍痛向他告别了。”

关胜明白吴用话里的意思，不禁心中嗟痛。林冲的面前，恐怕只有死路一条。

徐燎凝神屏息，双目直直盯着苏轸的步伐，随时准备调整自己的招式。

同为皇城司八虎，他们曾交手过无数次，但没有一次像今天这样全神贯注。演练与厮杀的区别，追求的不是比画招式，而是务求用最简单的方式，置对方于死地。

随着一声叱喝，苏轸向徐燎猛冲过来，顺着步势就是一刀！

皇城司里，能接下他这一记快刀的人，一只手就能数得出来。但他面对的人，也不是普通的刀客，而是皇城司的“鬼刃”！

徐燎低头闪过刀锋，同时做出反击，向上撩劈。苏轸迅速扭转刀柄，紧接双臂发力，刀刃与刀刃相互撞击，擦出一阵火星！

若是完全状态时的徐燎，在此交手之后，便会祭出下一招。可他之前刚被卢俊义重创，此时伤口未全长好，是以动作相对缓慢了许多。苏轸也是一样，他见徐燎杀气充盈，先怯了三分，手中刀法自然也不如全盛之时。

刀刃被撞开后，苏轸侧身转步，再转刀柄，横斩徐燎脚踝。

徐燎不及多想，虎翼刀朝下及时架住。

刃锋稍稍相触，苏轸就立刻变招，又刺击徐燎腹部。

徐燎立刻收刀回挡，化解了这招。他虽然能够应付苏轸的进攻，但局面却变得有些被动。苏轸的刀非常快，每次劈砍，耳边就会传来空气被斩破的嘶嘶声。作为他的头领，徐燎当然知道苏轸的实力，但以性命相搏，这是头一回。

眼下他才知道，从前在皇城司的演武场上，苏轸总是故意隐瞒实力。

——这样一直被快刀压制，始终不是办法！一定要打破他的节奏才行！

在一旁观战的赵元奴看得一颗心怦怦乱跳，这苏轸武艺之高，远远超出她的想象。原本觉得十拿九稳的战局，此时也变幻莫测起来。刀来刀往，金属相击声不绝于耳，两人周身如裹了一层银光，瞧得她目眩神迷。

不过十几次呼吸的时间，两人已对了三四十刀，刀速之快，当真世间罕有。

面对苏轸的横斩，徐燎突然弯腰闪避，同时一个疾进步，抢近苏轸。

苏轸没想到他这次没有选择举刀挡架，而是俯身躲开，并冲向自己，顿时乱了分寸，忙往后急退。徐燎并没有出刀去劈他的胸腹，而是猛地旋转身子，原地绕了一圈，再顺势劈出！劈砍的力量陡增了一倍！

这一刀威势慑人，苏轸目测已躲不开，只能硬着头皮出刀去和他对攻！

谁知徐燎这一记横劈力道太强，苏轸的刀一经碰上，就被生生弹开！

糟糕！

苏轸还未来得及调整身姿，虎翼刀已向他的咽喉刺去，他侧身避开，但动作略微迟缓了一些，刃锋擦着他的脸颊而过，带出一丛鲜血。

用力量打断快刀的节奏，这才是徐燎的目的。

手腕上变招很快，可要配合身体出招，动作就会变慢。徐燎将此算计在内，果然一击得手。不过苏轸不愧是皇城司的顶尖高手，千钧一发之际，还能靠本能做出闪避的动作，不然咽喉早被虎翼刀的刃锋割开，当场毙命。

苏轸脸上虽无痛觉，内心却悲愤交加，左腿绷直横扫徐燎右腰！

徐燎早就注意到他的偷袭，右腿抬起，以脚掌踩踏苏轸的脚背，使他左腿无法发力。同时手中长刀又是一记突刺！

虎翼刀的刃尖，直接刺入苏轸腹部！

可是，苏轸却没有停下招式，迅速把佩刀的刀尖扭转向上，瞄准徐燎的下颚撩刺！

徐燎不及躲避，下颚被刀划破，鲜血长流。但他亦来不及多想，长刀向下劈砍，又在苏轸胸口劈出一道又深又长的血口，大量的血液从伤口处喷出，洒在徐燎半张脸上！

“他妈的！”

苏轸彻底疯狂了，他连中两记致命伤，却也不去料理伤口，反而像一头疯狗般，继续向徐燎扑去！这种不要命的打法，徐燎也是第一次碰见。

经过皇城司特殊汤药炮制，他们两人的身体已失去了痛觉。除非死亡，不然他们会永远战斗下去，直到吐出最后一口气。

苏轸举刀朝徐燎狂劈乱砍，徐燎则凝神对敌。愤怒使得苏轸失去了判断力，浑身上下随着徐燎虎翼刀的刃光，不停地爆出血花，膝盖、手肘、额头、鼻尖，都有肉块被接连削去，四下纷飞，血腥异常！最后连左手小指都被齐根砍断！

可他却没有任何感觉，口中暴出怒喝声，手中挥出的刀越来越凌厉！

赵元奴远远看着他们这样血战，也忍不住皱起眉来。她虽身经百战，但这种血肉模糊的场景，却也是头一回见到。血与刀光缠绕在一起，令她窒息。

两个武者奋力向对方挥刀，却丝毫不顾身上四溅的血花洒向天边，只专注于砍杀本身。

血腥的味道弥漫在整片树林之中。

狰狞的刀风刮起地上的枯枝落叶，与溅射出来的血液融为一体，将这疯狂的二人裹挟其中。

这种只攻不守的打法，徐燎都有些招架不住，被压得连连后退。不一会儿，右腿不慎被苏轸扎了一刀，幸而伤得不重，不至于跪倒于地。

苏轸双目赤红，越战越勇。他挥舞长刀，冒着被一刀刺死的风险，照着徐燎的脑袋当头劈下！徐燎侧身抢近，朝苏轸下盘猛地挥刀！

这时，苏轸忽然脚下不稳，一个踉跄，险些摔在地上。

他本以为自己没有站稳，却发现自己的右侧小腿以下的部位，竟被一刀切断，鲜血狂喷不止，染红了他脚下的泥土。

他毫无感觉，他仍觉得自己能再站起来，觉得他的脚，还在那里。

虽然身体没有痛觉，可是失血过多，也会让他失去战力。苏轸也意识到了这点，这种不要命的打法，若面对冲动的敌人，或许可以在乱战中将对方砍死。但对于像徐燎这样身经百战的人，完全起不到任何作用。

"等一下！"苏轸单膝跪地，浑身上下已被鲜血染红，样貌十分恐怖，"我……我有话……有话要和你说……"说完这句话，他哇的一声，吐出一口血来。

"你要说什么？"徐燎收起招式，口气冰冷地问道。

"徐……徐燎……你……你现在是朝廷……廷悬赏的命犯，想……想必日子也……也不好过吧？"苏轸别有深意地说道。

"我日子过得如何，与你有什么关系？"

"不如咱们……做……做一个交易。"苏轸被血染红的脸上，浮现出恐怖的笑容，"你放过我……我回到皇城司……就……就说在凤凰山……遇到了你……经过厮杀之后……砍下了你……你的脑袋……回去之后……再将你的名字……从海捕文书上抹去……嘿嘿……至于替身么……就用地上的脑袋……回去复命。"

那颗被斩下的头颅，就在离他不远的地方。

"你想让我放过你？"

"错……错了……这是公平的交易……用我的命……换……换你下半生安宁……到时候你……你大可以远走西夏……或者大

理……重新找个地方生儿育女……享……享清福……我相信以你这一身本领……在那里混个不错的差事……也……也不是难事……”

这番话讲得苏轸十分费力，不时地咳出血来。

苏轸的双目，自始至终都没有离开徐燎的脸。他想从徐燎的表情中，读出些什么来：欣喜、期待、惊讶、愤怒，甚至失落。但徐燎的脸上，却没有任何情绪。苏轸感觉自己面对的，是一堵又高又厚的石壁。

“对不起，我没兴趣。”徐燎回答得极干脆，没有一丝犹豫。

苏轸眉毛抽动了一下，随即哈哈大笑起来，汩汩的鲜血从口中流出。

“你……你真的不考虑一下？”

“如果你当时没有杀沈老汉父女，或许我还会饶你一条狗命。”徐燎想起当日的情景，面色骤然大变，额头上暴起了一道道青筋，愤怒地盯着苏轸，“今天，我就要用你的人头，来祭奠他们。”

赵元奴远远见两人罢手，不知道说了些什么。忽见苏轸左手偷偷探到身后，像是在摸索什么。她心知不妙，向徐燎喊道：“小心！”

她出言提醒的同一时刻，苏轸左手倏出，三枚丧门钉向徐燎直直打去！

徐燎面不改色，挥舞手中虎翼刀，临空劈砍飞来的暗器。虎翼刀的刃锋砸在丧门钉上，一瞬间火星粲然！三枚中有两枚被击落在他的脚边，另一枚被徐燎用刀背反弹回去，射向苏轸！

多年来刀头舐血的经历，早就让他对敌人所使的手段了若指掌。在苏轸引他说话时，他便已猜到对方会趁机发射暗器。

苏轸低头避过反弹的丧门钉，用尽最后的力气，猛蹬左腿，朝徐燎扑过去，同时挥动手中长刀！那刀刃以一种极为诡异的角度，刺向徐燎小腹！

鲜血随之喷射而出！

得手之后，苏轸并没有急于拔出刀刃，而是瞧着徐燎狞笑。

“没……没想到啊……鬼刃……今日你要陪我一起……一起死……”

鲜血顺着霜刃滴落在地上，染红了一片片落叶。

“是么？”徐燎眼里透出一股异乎寻常的平静。

苏轸直愣愣地看着徐燎的脸，他不明白徐燎何以在小腹被自己贯穿之后，还能如此冷静。

“我要杀了你！”

苏轸竭力发出怒吼，同时单臂发力，想拔出插入徐燎腹部的长刀。

这个时候，他却发现刀刃被徐燎紧紧握在左手的手心，并没有刺入小腹。地上的血液，不过是从他手掌中流下来的。

徐燎握着刀锋，他握着刀柄。徐燎知道他绝对不会撒手。两个人在性命相搏的时候，丢掉兵器，无异于自杀。

“下地狱吧！”徐燎双目闪出杀意，虎翼刀向苏轸颈部横斩！

须臾之后，苏轸身体向后仰倒。

狴犴房尽头的黑牢中，空气中弥漫着一股腐臭的味道。

这牢房约莫一丈见方，残破的泥墙上尽是干涸的血迹。那门口的栏杆是用精铁打造而成，比木牢坚固数倍。这一根根拇指粗细的铁条，足以打消囚犯离开这里的希望。也许是因为潮湿，数不清的蛇虫鼠蚁在阴气森森的房间里徘徊。

林冲的双手被拷在镶入墙体内的铁链上，两条手臂向上吊着，早就没了知觉。他神志还算清楚，能够辨别眼前的人。

“教头一直是个明白人，何以在这件事上，犯了糊涂呢？”

说话的男子相貌端方，身躯极为高大，双臂垂膝，背负一柄宽大沉重的丧门剑。此人曾是青州慕容知府麾下的兵马都监，名黄信，人送外号“镇三山”。他武艺高强，也极为自负，曾扬言抓尽青州地面三座恶山的贼寇，故而有此诨号。

林冲低头不语，像是没有听见他说的话。

黄信当然了解林教头的性情，也不逼他回话，只自顾自道：“你原来也是八十万禁军枪棒教头，拿着朝廷的俸禄，受人敬仰。如今有机会再为朝廷效力，应该高兴才对，为何要像鲁智深、武松那样不识好歹？他们这群人，过惯了目无法纪的日子，只配当贼。”

林冲还是不说话，眼也不抬一下。

黄信又道：“你不一样，虽被高俅陷害，可如今咱们受了招安，就有了官家撑腰。那高俅如何也不敢和皇帝对着干吧？以你林教头这一身武艺，将来立下战功，指日可待，就算助官家收复燕云之地，也未必不能。届时别说高俅，便是蔡京也不敢动你。”

“你认为高俅能放过我？”林冲有气无力地道。

黄信微微一怔，随即反问道：“为何不能？这天下姓的是赵，又不姓高。”

“我们并没有那般重要。”林冲又说了一句。

“什么？”黄信不明白林冲话里的意思。

“如今大宋内忧外患，局势极为不稳。不论是耶律延禧，还是宋江方腊，都是官家的眼中钉，肉中刺。若欲将两者除之后快，黄大人，你会用什么法子？”

不知是否因为遭受了酷刑，身体羸弱，林冲的语速很慢，很轻。

“你是想说，朝廷欲利用我们，去对抗方腊和辽国？”黄信冷冷道。

“看来黄大人还算聪明。”

“这不过是你的无端揣测。更何况，咱们学了一身武艺，为国效力去杀那些逆贼，又有何不可？”黄信摊开双手，佛然道，“想当年，你做禁军教头，官家若是要你披甲上阵，难道你还会这般推辞？”

“黄大人有没有想过，即便梁山泊立了战功，班师回朝后，官家又会如何看待我们？”

“当然是加官晋爵，荣华富贵。”黄信脱口说道。

林冲抬起头看着黄信的眼睛，徐徐说道：“错了。官家只会认为我们功高震主，恃宠骄纵，文官鄙夷我们出身草莽，武将会感到颜面无光。最后所有人都想除掉我们。就像是那边的夜壶，需要的时候，根本不会嫌弃它的味道，一旦用过了，就会把它踢得远远的。”

这番话说得不无道理，官家招安的动机，黄信也不是没有想过。只是对于他来说，太想重回朝廷，而林冲的话太过真实逆耳，他无法接受。

“你说这些，不过是因为你与高俅有私仇罢了！”黄信横眉怒视林冲，“如果现在高俅死了，第一个主张招安的人就是你林冲！”

他这话不知是在反驳林冲，还是在说服自己。

“黄大人要这样想，我也没办法。你爱当官，自己去投朝廷便可，没必要搭上梁山那么多兄弟的性命。”说完这句话，林冲别过头去，不再看黄信的脸。

黄信被林冲说中心事，气急败坏地骂道：“你……你这个小人！鲁智深上山之后，为何不待见你，林教头，你当真不知吗？就是瞧不起你是个孬种。在东京城，夫人被高衙内调戏，大气不敢出一个。

鲁智深说他不想当官，我姑且信了，你林冲也配这么说？”

若在从前，黄信敢话中带刺地说林娘子，林冲必要怒目相视，甚至会要了他的性命。可此时林冲已经没了那股子冲劲。他只求速死，什么都不在乎了。

黄信见他这副满不在乎的模样，气得脸色白一阵红一阵，额角的青筋随着呼吸一鼓一张。他知道自己说服不了林冲，完成不了吴用交给他的任务了。

“林教头，你要一心想死，做兄弟的也救不了你。好自为之吧。告辞。”黄信转过身，大跨步走出牢房，对两边守卫的狱卒吼道，“好生看着！要是出了差池，把你们一个个都剁成肉泥去喂狗！他妈的！”

黄信离开后，黑牢又恢复了宁静。这是一种可怕的宁静。

林冲闭上了眼，他想起了妻子张氏，忽然苦笑起来，继而又变成了狂笑。

门外的狱卒见了这个情景，不由瞠目结舌。原本内向木讷的林教头，怎么忽然变成了这样？难不成疯了？

笑了一阵，林冲又开始啜泣起来。

没错，他心想，黄信方才说的话，一点也没错。若不是我贪恋八十万禁军教头的虚名，又怎会家破人亡？若起初便舍弃官职，带着娘子远走他乡，而不是留下一封休书，她又怎会不堪受辱，选择投缳自尽？林冲啊林冲，你上了梁山泊，当了头领，不愁吃喝，你娘子在东京城日日惊怕，没有一日安宁。你让她改嫁，她心里却只有你一人。林冲啊林冲，你当真是个孬种！不配做好汉！

“娘子，我对不住你啊！”林冲号啕大哭起来。

狱卒听见他在喊“娘子”，以为他苦念夫人成疾，害了相思病，一个个都散了。

林冲哭了一阵，泪水都干了，只是干号。此时，忽然头顶传来一阵响动。他虽筋疲力尽，耳目却还灵敏，视线忙向动静处投去。

果然，一个人影从牢顶跃下。奇的是，这一丈多的高度，此人双脚落地，却没发出一点儿响声。林冲见了他这身手，便已猜出了此人的身份。天下间，有如此轻功造诣的人，除了兵诛城的唐霄，就只有眼前这人了。

在梁山泊排行第一百零七位的**鼓上蚤·时迁**，正笑嘻嘻地瞧着林冲。

“教头，什么事情让你哭得这样伤心，我来替你排忧解难如何？”

这时迁身材虽然矮小，但手脚极长，看上去像一只猿猴。

林冲冷哼一声，不理会他。他知道，这又是吴用派来的说客。

“我知道你在想什么。”时迁嘿嘿一笑，“你是想，吴用让黄信来说服你不成，又让这时迁来当说客。镇三山都摆不平的事，这鼓上蚤如何能成？是也不是？”

“难道不是？”因为刚才放声哭号的关系，林冲的声线变得有些沙哑。

“林教头武艺高强，我是佩服的。可脑子还是差了点。你也不好好想想，我若是说客，何以要从牢顶来，不从门口进来？”时迁的眼神中闪过一丝狡黠。

“你来此地，难不成还要救我出去？”

“没错。”时迁对着林冲，席地而坐，跷起二郎腿来。

“且不说你没有救我的理由，只说这狴犴房层层守卫，你如何救得我出去？”

“徐宁府也是层层守卫，他那雁翎圈金甲，不也被我盗出来了吗？”时迁晃着腿，信心十足地说道，“至于救你的理由，嘿嘿，我只是想要林教头一个承诺。”

“什么承诺？”

“我自打上梁山以来，没有功劳，也有苦劳。可别说莲台寺的主事，就连当个副手的资格都没有。就如你之前对黄信所说的那样，宋江何曾不把我当成一个夜壶呢？宋江不重用我，看低我，林教头，你可知道这其中是什么缘故？”

林冲不语。

时迁继续说了下去：“大家都以为，是因为我出身不好。可果真如此吗？杨雄、石秀与我同时上山，他们这杀人的两兄弟，就比我偷盗的勾当更入流？当然不是。关键在于我没有靠山。既不是出自三山派，又非登州派，也不是朝廷旧部。没人和我抱团，出点岔子，恐怕连替我说话的人都没有。”

“所以你想反宋江？”

“不，你错了。”时迁摇了摇头，“我只想要再找一条出路。”

林冲有点明白他的意思了。

时迁抬起头，一扫之前轻浮的语调，郑重地说道：“我将你从这里弄出去，今后我就追随林教头左右。我虽武艺不济，却也有点别人没有的本领。留我在身边，迟早会有用处。这笔买卖，你不亏，不知教头意下如何？”

“时迁老兄，多谢你的好意，可是我已经累了。”

“你还有仇没报。有仇没报的人，不会想死。这点我比任何人都明白。”时迁站起身来，掸去身上的干草和灰尘，“你不用急着回答。明日子时，我还会来这里找你。林教头，你好好想想吧。”

说完，时迁奋力一跃，右脚踩上墙壁借力，左手一搭，整个人倏地翻上屋梁，消失不见了。

击杀苏轸之后，赵元奴焦急地跑上前来，查看徐燎的伤势。他因徒手去抓苏轸的刀刃，划出了一道又深又宽的血口。虽然他没有痛觉，但放任这样的伤口不处理，也会引起感染。赵元奴忙从随身的包裹里取出针线，替他缝伤口。

徐燎看着她焦虑的模样，心里一阵感动，低声道："赵姑娘，我这条命也是你捡来的。你如此恩情，在下不知如何报答你才好。"

赵元奴正低头缝针，也不抬眼看他，口中道："初次见面的时候，你手下留情，你以为奴家不知？那时你不出杀招，奴家还刺了你两刀。眼下我们扯平了，你也不欠奴家的。"缝好之后，她又细细替他擦干净血痂，撒上金疮药，用布条包起来。

那日赵元奴受李师师所托，上桃花山寻觅幸存者未果，只得转道去了二龙山，却在一处山洞里找到了奄奄一息的徐燎。她将徐燎背负下山，在附近寻到一个村庄，准备让他在此治伤。

起初那些村民见了他这模样，以为是哪里的流匪强盗，不敢接纳，纷纷闭门不开。赵元奴一气之下，以放火烧村相逼，还扬言要把村里大大小小一百口人，杀得一个不剩。她这一恐吓，倒也有用，村里几个德高望重的长老赶紧跑来求情，大喊女侠饶命，并答应引荐一个行脚医师给徐燎治伤。

说来也巧，这位行脚医师曾是随军征战的军医，尤其擅长刀枪外伤。因误诊以至伤者死亡，愧疚不已，于是愤而辞官，一边云游四海，一边悬壶济世，见穷人看不起病，也不收取分文报酬。这几日，正巧来到这个村庄，给村里的孩子医伤寒。

他瞧了徐燎的伤势，也大为吃惊，说从未见过体质这般强健之人，若是普通人，恐怕早就死了十次。可是这山沟沟里的村庄，草药资源极为有限，再去镇里买药，时间上也来不及，急得赵元奴搓手顿足。幸而这行脚医师经验丰富，他用葱白、红糖和面粉调成糊状，敷在伤处止血，又切碎生姜，撒在伤口处防止溃烂。这医师随手取来食材，亦能当作疗伤药使用，村民见了，也是惊奇不已。

经过十多日的调养，徐燎才慢慢恢复元气。医师见徐燎醒来，身体并无大碍，便向赵元奴留了几句医嘱，又去云游山河了。

休养了几日，徐燎已能够下床走动，便执意要回二龙山寻找栾廷玉他们。虽然赵元奴已告诉他，二龙山宝珠寺被烧得片瓦不留，但徐燎终是不死心。赵元奴拗不过他，便答应陪他去一次二龙山，寻不到人，再跟她回景阳冈。

在养伤期间，赵元奴已托村里的铁匠将断裂的虎翼刀修补完整。离村那日，徐燎去铁匠铺取了刀，和赵元奴谢过村民，一起向二龙山进发。

到得二龙山，他们寻遍了整个山头，除了一片焦墟和一些喽啰的尸体，毫无收获。当真是活不见人，死不见尸。下山后，他们又听说凤凰山结盟的消息。得知栾廷玉一众安然无事，徐燎大喜过望，便和赵元奴马不停蹄赶到这里。

上山的时候，徐燎就注意到了不庭山众人。这群人走路的姿态极为古怪，脚步快密，路过无声，徐燎一看便知，这是一群受过皇城司训练的亲事官。为了探清他们的目的，徐燎在结盟大会时，并没有立刻与栾廷玉、唐霄等人相认，而是隐身于群雄之中。之后，见高可立花言巧语，为光之国招揽群雄，领下山去，徐燎便决定与赵元奴在暗中跟踪。就在那个时候，徐燎认出了苏轸。

那一刻，新仇旧恨顿时涌上徐燎心头。他隐隐觉得，这是上天赐给他的机会。于是，在狂风怒号的掩护下，他们偷袭了苏轸的两个下属，得以围捕苏轸。

苏轸这头“豺狼”，狩猎了一辈子，没想到在最后关头，自己也沦为了别人的猎物。

“好了，你这几日可别再和人动手了。遇到杂毛，交给奴家就行了。”赵元奴收起针线，语调中充满了对徐燎的关切之情。

徐燎握了握左手的拳头，感觉掌心处有些紧绷。

“你别乱动，当心伤口再裂开。”赵元奴嗔道。

“我们必须快些回到山顶，还有部分亲事官混迹在群雄之中，栾大哥他们的处境很是危险！”徐燎捡起地上的虎翼刀，插在背后的刀鞘里。

他们二人正准备离开，忽然听见一声尖叫。

赵元奴循声望去，见到一个穿着少林僧衣的和尚，一脸惊慌地看着他们。

徐燎环视四周，见地上躺着一具无头尸体，三颗人头，景象确实骇人。他问道：“玄武兄，你怎么也来了？”

玄武从震惊中缓过神来，支支吾吾道：“小……小僧是护送杨姑娘到此地，来参加结盟大会的。”

徐燎喜道：“原来杨姑娘也来了，太好了。对了，你这是去哪儿？”

玄武低下头，叹了一声，幽幽道：“小僧也不知道。”

“既然如此，不如一同上山去见栾大哥他们。”徐燎上前，携起玄武的手，“他见了我们，一定会很高兴的。”

“可是……”

“别推脱了，走吧！”

玄武本也不想下山，只是见了杨采苓与唐霄和好，觉得自己甚是多余，还不如独自离开的好。可是徐燎的盛情难却，他仔细一想，这样不告而别也失了礼节，也就不再推辞，跟着徐燎和赵元奴朝山顶行去。

他们三人走了一会儿，来到后山废庙，只听得阵阵喧嚣。徐燎往门里一探，只见里面高朋满座，桌上堆满了酒食，群雄正聊得热火朝天。

唐霄眼尖，远远就喊了徐燎的名字。接着栾廷玉、扈三娘、杨采苓、张闲、柴叔等旧识见了他，纷纷站起身来，又惊又喜。

栾廷玉大步走上前，双手搭在徐燎的双臂上，欢喜道："好兄弟，你终于来了！当日遣你下山打探，谁知竟一去不返，我本想下山来寻你，可梁山逆鳞军的进攻迫在眉睫，只能带领山寨的兄弟先行撤离。之后鲁提辖也派人回二龙山找过几次，却都没你的踪影。唉，要是你出了什么差池，我这一生都不会安宁。"

徐燎回道："栾大哥言重了。多亏这位赵姑娘救了我。"

栾廷玉见了赵元奴，哈哈笑道："多谢赵姑娘！"并向她作揖。赵元奴听徐燎当众夸赞她，不禁红了脸，屈膝回了栾廷玉一个万福。

"元奴，原来你救了徐侠士，做得很好。"

李师师领着梁红玉、骆琪花、阎凤羽三女，款步朝她迎来。

赵元奴见了李师师，单膝跪下，尊敬道："拜见主上。"

阎凤羽讥诮道："赵师姐救的是自己的夫君，当然卖力啦！"

赵元奴听了又羞又怒，喝道："小妖精，你在主上面前，胡说什么！"

阎凤羽还嘴道："我是小妖精，你是老妖精！"

李师师轻轻咳了一声，低声道："凤羽。"阎凤羽吐了吐舌头，不敢多言。赵元奴瞧在李师师的面上，也不再多说什么。

这时，鲁智深、武松也走上前来，与徐燎、玄武寒暄了几句，并将在座群雄一一向他们引荐。玄武是少林和尚，少室山一战，空手击杀八部鬼帅之琼妖纳延，名震天下，众人见了他这副柔心弱骨的样子，都感叹人不可貌相，少林神僧果然与众不同。徐燎虽曾为朝廷鹰犬，但主要职司还是针对辽国，毒辣的手段也都招呼在别国间谍的身上，也算是为汉人效力，群雄都是性情中人，也不计较。

此后歃血为盟，众人推举栾廷玉为头领，指挥进攻梁山泊事宜。当夜群雄传杯弄盏，觥筹交错，一直喝到三更。徐燎、唐霄、张闲、玄武、杨采苓等人讲述各自际遇。众人听了张闲背下几千卷典籍，又放火烧了天书阁，个个瞠目结舌，啧啧称奇。

凤凰山聚义后，众人各回山寨，整顿军备，静待栾廷玉号令。不在话下。

第六章 祝家庄

郓州独龙冈，祝家庄。

原本鳞次栉比的房屋，大多已残垣断壁，墙不挡风，瓦不避雨。空地上堆满了砖瓦碎片，一片狼藉。入夜之后，军备精良的将士在庄内生火照明，一间间废弃的空屋被重新点亮，使一排排屋子重新焕出生机。门楼上排着战鼓铜锣和弓弩，不时有守卫来回巡逻，视察有无梁山泊细作趁着夜色，潜入作乱。几个时辰之前如同鬼城般的祝家庄，此时却是一副百废待兴的模样。

凤凰山聚义后，栾廷玉率领众人来到了独龙山冈上的祝家庄中。

自从宋江领兵剿灭祝家庄之后，这里已是一片颓垣败壁。所幸防御用的军备却还都齐全。庄园前后，树木葱郁，石塔耸立，为天然屏障，冈上的盘陀路曲折难行。祝家庄外由用三层顽石垒砌、高约二丈的城墙围绕，只有前后两座庄门、两条吊桥通往庄外。驻军在此，易守难攻，不失为一个理想的军事要塞。

除此之外，选择在祝家庄驻军，对于栾廷玉来说，还有另外一个重要的意义。关于这一点，尽管他从未说出口，但大家都体会得到。

用过晚饭，唐霄跟在栾廷玉身后，在庄内行走视察。

由于众多山头的兵力集结于此，大多好汉都出身绿林，脾气暴躁，相互之间难免会有些纷争。但凡出了这种事，总要栾廷玉亲自出面调停。大家看在盟主面上也只能罢手。

“栾大哥，我听小苓说，晁天王这些日子恢复得很好，已经能下地走动了。”路过晁盖住处的时候，唐霄随口说了一句。

“这几日我太忙，倒把这事给忘了。”栾廷玉拍了拍自己的脑袋，仿佛惩罚自己记性太差，“走走走，咱们这就去探望晁天王。”

他们来到晁盖住所，石阶前的守卫见了栾廷玉，朝他躬身行礼。

“没什么，我来看看天王。”栾廷玉说着，伸手推开大门，大步跨了进去。唐霄也跟在他身后进屋。

屋内有三个人。晁盖坐在床上，床边立着个少林和尚，正是玄泓，他对面又坐着鲁智深。栾廷玉进去后，感觉屋内的气氛有些凝重。玄泓与鲁智深都愁着脸，唯有晁盖面色淡然，见了栾廷玉，眉开眼笑道：“栾兄弟，你来啦。”

“你们快来劝劝他！”鲁智深面露不愉之色，指着晁盖道，“他说要回少林寺去。”

晁盖大手一摊，笑着道：“众位兄弟，何必大惊小怪。”他摸了摸光头，又道，“我本就是少林寺的弟子，因修为不够，让仇恨冲昏了头脑，直到看见玄泓师侄才清醒过来。唉，我对不起师父的教诲。昨天我就把想法和玄泓说了，让他陪我回少林。自此之后，江湖中事，与我再无关系。”

“万万不可！”鲁智深一掌重重拍在桌上，“你走了，众位兄弟可怎么办？把宋江赶出梁山泊后，这山寨还需要你来主持大局呢。”

“占山为王，终非正道。”晁盖长叹一声。

“你此时一走，我等士气必会受到影响。决战前夕，万万不可输了士气。天王，还请你三思！”栾廷玉倒不是怕晁盖离开，而是怕因此造成的连锁反应，威胁到整个战局。

“我只想安安静静地待在少林寺，做个普通的和尚。栾兄弟，不必再劝我啦。”

晁盖从床上站起来，拍了拍栾廷玉的肩膀。

唐霄走上前道：“晁天王，人各有志，你一心向佛，也是好事。只是能不能暂缓行程，待我们拿下梁山泊，杀了宋江，你再回少林不迟。”

唐霄见晁盖去意已决，心知无法劝他留下来做寨主，唯有退后一步，延缓他离开的时间。

“不行。”晁盖看着唐霄，摇了摇头，“这次攻打梁山泊的行动，我无论如何都不会参与。”

“可是……”

“不必多言。”晁盖先转头看了一眼床边的玄泓，再对唐霄道，“我已和玄泓说了，我们明日就启程回少室山，还请你们见谅则个。我是一个死过两次的人。这世间的恩怨情仇，于我来说，早就没有太大的意义了。”

既然如此，唐霄也不好再劝，他看了看栾廷玉，也是不住地叹息摇头，一脸无可奈何的模样。至于鲁智深，已是气得说不出话来，一张脸憋得通红。他们都了解晁盖固执的脾气，知道强留他不得。

“好吧，晁天王既已决定，我等也不便多言。将来在少林寺待腻味了，想要下山，只需托人带个口信，栾某亲自来接天王回来。”

栾廷玉朝晁盖拱了拱手，脸上又露出豪迈的笑容。

“多谢栾兄成全。”晁盖也双手合十，躬身行了佛礼。

鲁智深长叹一声，温言道：“哥哥，此去少林寺路途遥远，形势又乱，不如洒家与武松兄弟亲自护送你回寺，如何？”

“眼下大家正忙着筹备攻打梁山泊事宜，你堂堂一个山寨头领，怎能随意离开。再说，我有玄泓师侄保护，他的武艺你们可都领教过，还不放心吗？”

“贫僧武艺虽然不济，但对付几个山贼还是绰绰有余。”一边的玄泓听见，语调平常地说道，“师叔的安全，就包在贫僧身上，请各位侠士宽心。”

几个人又说了些话，见天色不早，生怕打扰晁盖休息，纷纷退出房间。

出门之后，鲁智深有些悒悒之色，说要喝酒，栾廷玉和唐霄敬谢不敏，玄泓是出家人，也婉拒了。鲁智深嚷道：“洒家也是出家人，为何就喝得？”于是骂骂咧咧，嫌他们不爽利，自己拿着酒坛去找武二郎了。

玄泓听了，哭笑不得，回自己的屋子歇息去了。栾廷玉则和唐霄继续在庄内巡视。他们深知晁盖的离开必会动摇军心，却也毫无办法，尽皆面露愁容。

二人向前走了一段，忽见张闲匆匆忙忙地向他们跑来，满是焦急之色。

栾廷玉问道：“张闲兄弟，何故如此张皇？”

“图……我的图不见了……”张闲气喘吁吁地道。

“什么图？”唐霄问道。

“《水浒图》，我从天书阁带出来的那一张。”

经张闲这么一说，唐霄才想起这件事来。

那张《水浒图》上，详细标明了梁山泊的地形与关口。旱寨在哪儿，水寨在哪儿，守将是何人，都标记得清清楚楚。唐霄还准备近期以这张图为参考，做出一些战略上的对策。可以说，这张图对于准备攻打梁山泊的他们，极为珍贵。

“怎么会不见了？你放在何处？”唐霄忙问。

“就在我的屋子里，我明明记得放在藤箱中，今天打开，却不见了。唉，这点事情我都办不好。”张闲知道这张地形图的意义，语调中颇有些自责。

栾廷玉抱臂站在一边，沉默地看着他们，过了一会儿才道：“先不要着急，也不惊动别人。一起去张闲兄弟的屋子里瞧瞧再说。”

他们三人向西走过两排屋子，来到张闲住处。房间不大，放了一张床和一套桌椅。张闲钻到床下，取出藤箱，搬到桌面上打开。栾廷玉和唐霄凑上前看，箱子里只有三四件衣物和几个铜钱，除此之外，别无他物。

张闲哭丧着脸道：“昨日我还看见图在这箱子里呢，刚才打开便不见了。”

唐霄环视四周，在房间里来回踱步。过了一会儿，他在窗口止住脚步，低头去看，脸上忽然浮现出豁然开朗的表情。张闲不明所以，凑过头来。唐霄指着窗户，张闲细看之下，发现有个破洞。不待唐霄解释，张闲便想明白了。

“有人在偷窥我？”

“应该是这样。他在窗外窥探你的一举一动，当然也会注意到你将那《水浒图》藏在了藤箱之中。待你离开房间之后，他便潜入房中，将《水浒图》盗去。换言之，这个人一定藏身于祝家庄。”

唐霄说道。

“你是说，有敌人混迹于我们祝家庄之中？”栾廷玉问道。

“没错。”唐霄回过头来，看着他们，“这祝家庄中，恐怕有梁山泊派来的细作。而这细作，一定知道张闲兄弟藏有《水浒图》一事。”唐霄说着，眉宇间的凝色愈加沉重，眼下进攻梁山在即，却又逢多事之秋，这一战的胜负，越来越难以预料。

“可知道这图的人太多了，如何才能抓出这个内鬼呢？”

张闲记得他曾在凤凰山聚义时展出过，当时在场的人数以百计，若要从中找出梁山的细作，简直如大海捞针。

“现在我们没有更多的线索，不过我相信这人总会露出马脚。这几日要严密监控山庄内外，不许一只苍蝇飞出去。”唐霄道。

“早知如此，就该让人临摹一份备用。现在说什么也都迟了。”栾廷玉不禁扼腕叹息。

“那个……”

栾廷玉注意到张闲欲言又止，便道：“张闲兄弟，你想说什么，但说无妨。”

张闲踌躇片刻，开口道:“我想，我或许记得那图上所画的一切。”

此言一出，栾廷玉和唐霄的眼睛突然亮了起来。

“此话当真？”唐霄半信半疑地问道。

对于张闲的“龙虎瞳”，他们也略有耳闻，但无论如何也想象不到，他竟能将《水浒图》中的诸多细节，一一记下。

“偶尔也些谬错，虽没有十成把握，七八成总有的。”

“不碍事，你记得多少便画多少。”

张闲挠了挠头，傻笑道：“不过，我画画的水平实在太过糟糕，恐怕……”

“不必担心，我可以执笔。”

唐霄说完向栾廷玉望了一眼，栾廷玉朝他点了点头，示意可以一试。

决定之后，栾廷玉便差人送来文房四宝。唐霄裁了纸张，摊在案上，张闲一旁磨墨。待一切准备就绪，唐霄便提起笔，看着张闲，笔尖悬在纸面上。

张闲默默闭上眼睛，在脑海中搜寻那幅《水浒图》的模样。

起初，脑海中只有一张白纸，渐渐地，那些山川寨营在空白的纸上慢慢浮现出来，越来越生动。那张丢失《水浒图》，重新出现在他的眼前，清晰无比。

“先是水泊南面的南山酒店，大概在这个位置。”张闲在白纸上用手指点出了几处，口中道，“这里，这里，还有这里，都有莲台寺布下的暗哨。这南山酒店的头目，在地煞军排行八十九，名叫**鬼脸儿·杜兴**。”

蘸满墨汁的毫尖点在白纸上，随着唐霄的手腕笔走龙蛇，瞬时便精确地绘出了梁山布防安插的暗哨位置。他虽多年不作丹青，但幼功扎实，重操起来也极为顺手。

“过了水泊，便是金沙滩了。这里有两大水寨，分别是东南水寨和西南水寨，亦即梁山泊解水卫。东南水寨原本由阮氏兄弟带队，现下就只剩**混江龙·李俊**一人了，以鲛人突击队为主力，潜水作战；西南水寨则由**浪里白条·张顺**和**船火儿·张横**主持，亦是水军。”

唐霄工整地写下这些人的名字。他想起前些日子，童贯带领大宋水师攻打梁山水寨，连金沙滩都没踏上，就被全员剿灭。

“再往前几里路，就是南山第一关。”张闲再次闭上眼睛，嘴里却没停下来，“这一关名唤‘兽关’，由解氏兄弟驻守，分别是

两头蛇·解珍和**双尾蝎·解宝**。再过山岛，就是南山第二关‘箭关’，由**小李广·花荣**和**浪子·燕青**来守。这一关卡主要由弓箭队组成。再往后，南山第三关，是赫赫有名的‘焰关’，由**美髯公·朱仝**和**插翅虎·雷横**驻守，**轰天雷·凌振**为副手。主要是火炮台。”

张闲口中滔滔不绝，唐霄也是下笔如飞，栾廷玉在一旁见了，心中拜服不已。

张闲不仅把《水浒图》原本的内容复述了出来，还将自己在梁山泊中的亲身见闻也一一细说。诸如哪里有哨楼炮台，哪里有巡察守卫。唐霄听了，不时在地图上画出标志。

“东西北三个方位，有环山平地，方三五百丈。西山关在此处，守将是**病关索·杨雄**和**拼命三郎·石秀**，东山关则是**圣水将军·单廷珪**和**神火将军·魏定国**。而北山关……”张闲偷偷瞥了一眼栾廷玉，低声道，“把守之人，是**黑旋风·李逵**。”

栾廷玉听见这个名字，目光突然收紧，双手握拳，握得指关节发白。

张闲生怕栾廷玉发作，忙继续道：“东北和西北也设有解水卫，不过规模小得多，由童氏兄弟带领。过了山关，便是梁山本部，这才是他们重兵屯聚之地。在此之前，我先将杏花村、莲台寺和戢军处的位置说一下。这里是杏花村，名字只是个代称，实则是梁山泊的兵械制造之地。神兵府在东南角的位置，分为兵器与制船两部分，兵器由**金钱豹子·汤隆**管理，制造船舰则由**玉幡竿·孟康**负责。往西是**通臂猿·侯健**的被服厂，其后是天书阁，前些日子我便住在那里，离开梁山泊之前，被……被我一把火全都烧了。”

说到此处，唐霄赞道：“张闲兄弟，干得漂亮！”栾廷玉也大笑起来。

“西北边是莲台寺，就是梁山泊的情报汇集之地，戢军处紧挨在莲台寺边上。这里是审判所，头领为**铁面孔目·裴宣**，他的副手是**催命判官·李立**。这儿是狴犴房，由蔡氏兄弟驻守。狴犴房是一个建在山洞中的牢房，其中暗无天日，惨绝人寰，很多人都被关在里面。”说到此处，张闲顿了顿。

狴犴房给他的印象太深刻了。漆黑无光的地牢中，充斥着惨叫和哀号的声音，鼻腔内也充满了腥臭的味道。

唐霄见他怔怔出神，提醒道：“张闲兄弟，不碍事吧？”

“不碍事。”张闲缓过神来，笑了笑，指着地形图上的一个点，继续说道，“在莲台寺与戢军处的南面，便是梁山泊的旱寨，宛子城。”

宛子城便是梁山泊的中枢，忠义堂的所在。这里驻守上万兵马，名将云集。

城中最有名的战将，便是五虎将与八骠骑。由于此前的诸多变故，林冲又临阵反水，原本的五虎将如今只剩下了**大刀·关胜**、**霹雳火·秦明**、**双鞭·呼延灼**、**双枪将·董平**四将。林冲的位置，不知要由谁人来替。而原本的八骠骑，也被吴用改为**小李广·花荣**、**金枪手·徐宁**、**镇三山·黄信**、**急先锋·索超**、**没羽箭·张清**、**美髯公·朱仝**、**百胜将·韩滔**、**天目将·彭玘**八人。这几位将军在吴用九宫八卦阵的布置下，天下罕有敌手。

听了张闲所言，唐霄将宛子城内部境况细细记下。

栾廷玉放不下心，问道：“贤弟们可有破阵之法？”

“大哥不必忧心，总会想出对策。别说他吴用，就算诸葛孔明在世，我们也不必惊慌。”唐霄伸手拍了拍张闲的肩头，咧嘴笑道，“我们还有一座天书阁呢！”

言毕，三人笑作一团。

栾廷玉又道："战事将近，不如择日召集大家，一起商议对策。唐霄兄智谋无双，张闲老弟又身负天书阁所有典籍的知识，你们两个合力，必能想出一个攻破水泊梁山的法子。至于我，只有一个请求。"

唐霄笑道："栾大哥是这次联军的头领，何故说话如此客气？你想要做什么，直说便好。"

栾廷玉点点头，正色道："北山关，由我来带兵去打。"

"你想杀李逵？"笑容从唐霄脸上渐渐消失。

"不止我，三娘也想杀李逵，为扈家庄老小报仇。"栾廷玉道。

"可是，据说那个李逵武艺高强，一双板斧更是有横扫千军之力，甚是危险。栾大哥，你带兵攻北山关一事，待过几日聚首时再做商议如何？"

唐霄虽没见过李逵，但对他的事迹也略有耳闻。

张闲也道："那个黑厮可不一般，杀起人来，眼睛都不眨一下。"

栾廷玉不悦道："你们是怕我打不过他？"

唐霄摇头道："自然不是。只是北山关在战略上，并不十分重要，不过若是你执意如此，我也不会阻拦，只想劝你小心为上。毕竟对手是天罡将领，与你之间的实力差距实在有限。"

"是我唐突了。"栾廷玉意识到自己之前有些失态，语气有些惭愧的意味，"你们说的也有道理。那一切就留待之后再作决议。"

"栾大哥能理解，那是最好不过了。"

唐霄说着，弯下腰去，对着那张新绘制的地形图吹了口气，双手小心地捧起。

栾廷玉也立在一旁，把脸凑近去看，口中不住赞道："有了这张图，攻下梁山泊，我们便又多了一分把握。"

“是啊，这多亏了张闲兄过目不忘的本领。”唐霄啧啧叹道。

“说来，我还有一事，想要告诉唐霄兄弟。前几日太忙，总是忘记。”张闲拍了拍自己的脑袋，十分懊恼。

“什么事？”

“我在天书阁的时候，曾见过一部名叫《唐门考工记》的书，应该是令尊所著吧？”

唐霄瞪大双目，问道：“确为家父所作。你当真见过此书？”

“不仅如此，我还认真读过一遍。”张闲不好意思地说道，“不过却完全看不懂。”

“那……那此书现在何处？”

“当时情况紧急，来不及回天书阁取书。实在对不住。”张闲歉然道。

唐霄一听，怅然若失，嘴上道：“这也怨不得你。唉……当年宋江举兵攻打兵诛城，为的就是《唐门考工记》中所记载的一种兵器。此后白胜想要骗我上山，也是因为梁山神兵府的工匠看不懂书中所记。据说，父亲曾研制出一种极为厉害的兵器，都写在这部书中。那时我年轻贪玩，也不甚在意。现在想来，真真后悔不已。”说完又叹了口气。

“这本书……我也记得。”张闲低声道。

“此话当真？”唐霄一扫之前的颓丧。

“当然，我知道这本书对唐霄兄弟来说极为重要，故而读了不止一遍。都记在这里了。”张闲指了指自己的脑袋，成竹在胸地说道。

“太好了！我本以为有生之年，再也读不到此书了。真不知如何谢你才好。”

“不如我们俩今晚就把这部书誊写出来。如今战事迫在眉睫，有了此书便可以让工匠重新打造咱们手里的刀剑，唐兄你也可以多留点时间，来研究令尊所研制的兵器。你以为如何？”

“只是张闲兄你会不会太过劳累？”

“不碍事！我若倦了，自然会与你说。”张闲爽快地应道。

唐霄以兵诛城少主之尊，能如此重视他张闲，这是他此前未敢想象的。

“如此甚好！那就拜托兄弟了！”

两人一拍即合，说做便做。唐霄重新取来一张白纸摊开，张闲则闭上眼睛，开始回忆《唐门考工记》的内容。他想了片刻，便冲口说出，唐霄摇动笔杆，毫尖在白纸上化成一个个汉字，将唐非君的遗作再现人间。

栾廷玉见他二人如此投入，也不便打搅他们，轻轻退出房间。

他自南向北，穿过祝家庄的演武场，往自己的住处而去。可他没有注意到，在演武场东边的一棵槐树下，坐着一个和尚。这和尚穿着少林僧衣，怔怔出神，正是玄武。

杨采苓与唐霄和好如初，让玄武备受打击。他不知道自己还留在这里做什么，但若真的要走，却又有点舍不得。

玄武摇摇头，试图驱散这些让他感到不快的念头，心道：“小僧明明是出家人，何以对杨姑娘有了这般非分之想？人家与唐公子乃是天造地设的一对，我应该为他们高兴才是。”说完，他左右开弓，打了自己几个巴掌，算是惩戒。

就在这时，他忽然听见背后传来一声女人的笑声。

此时已是深夜子时，演武场上除他以外，再无他人。

一阵凉风拂过玄武的脖子，将他身上的汗毛一根根吹得竖起。这种感觉，仿佛有人用一双冰冷的手，在他后颈来回轻抚。

“谁在那里！”玄武壮着胆子吼了一声，可这声吼叫，如同丢入水池中的石子，渐渐被黑暗吞没，没有回音。过了一会儿，林子深处，传来一阵沙沙声响。

像是有人在林中来回走动。

玄武站起身来，口中念诵佛号，往身后的林子走去。

借助微弱的月光，他勉强看清前方有个人影。

“你是谁？为何躲在这里吓人！”玄武冲着人影喊了一声。

既然知道是人非鬼，他的胆子也大了许多。

那人影并不理睬他，而是继续往林子深处跑去。玄武又喊了几声，见人影并不打算停下脚步，也只能硬着头皮追去。

两人一前一后，出了庄外。那人往树林深处奔窜，动作极为灵敏，玄武则跌跌撞撞，脚步笨拙，好几次都险些跌倒在地。

“你……你站住！”

冲出一片树林，来到一处小路，那人影忽然止住步伐，伫立在月光之下。玄武只能看清她的背影。那人穿着黑色的夜行衣，从身形来看，应该是个女人。过了一会儿，那女人缓缓转过头来，她脸上蒙了黑色的面巾，完全瞧不清本来的面貌。

玄武刚想问话，黑衣女子突然迈腿向他冲来！玄武下意识地想要转身逃跑，脚下绊了块石头，一个踉跄，额头向下，重重磕在地上。黑衣女子见他身手这般笨拙，在他身前停下脚步，冷哼道：“原来是个废物。”

这一撞之下，玄武的脑袋顿时起了个大包，耳朵里嗡嗡声不绝。他只觉自己的意识渐渐淡去……

黑衣女子弯下腰，伸手抓住玄武的衣襟，将他整个人提了起来。她刚想开口，谁知玄武突然右手五指成爪，搭上了她的右肩。黑衣女子反应也快，右肩迅速下沉。玄武见状，中途变招，按住女子手背，左手抓其右肘反拧，同时左小腿跪压其右腿！

这路少林擒拿手在瞬息间使出，立刻便将女子制住。

“就你这点微末功夫，还想和佛爷我斗？”玄武冷笑着道。

可黑衣女子并没有挣扎，反而又发出了一阵笑声。

“臭和尚，几日没见本宫，连我的样子你也认不出了吗？”女子伸手扯下面巾，回头冲他一笑，正是延庆公主赵福金。

玄武忙撒了手，急道：“怎么是你？这些日子，你去了哪里？我们找得好苦！”

原来，桃花山众人躲过梁山逆鳞军的追击后，杨采苓、玄武二人四处打探延庆公主的下落，却始终没有半点消息。见到徐燎之后，二人这才得知，这古灵精怪的“仇琼英”原来并非徐燎的旧部，而是堂堂帝姬，兀自惊讶不已。而心中对延庆公主的担忧，亦是多了几分。

延庆公主起身拍去衣袖上的尘土，漫不经心地说道：“我回宫了啊，但是又溜出来了，嘿嘿！父皇要把本宫嫁给蔡京的儿子，我才不要呢！可是父皇不听本宫的意见，一定要我嫁人。哼，本宫一气之下，在琼英的帮助下，决定浪迹江湖！”

这延庆公主乍见了玄武，内心满是欣喜，一时间将自己隐瞒身份之事忘得一干二净，好在玄武早已知晓她的身份，故而并不在意。

上次延庆公主被擒，宋徽宗震怒，命皇城司上下速速找回公主，且不得声张。仇琼英将延庆公主带回宫后，又受了宋徽宗的责骂。虽然她是宋徽宗最爱的女儿，可几次三番地溜出皇宫，没有一点当公主的样子，宋徽宗也觉得不能再这样娇惯下去了。

蔡京听闻之后，便向宋徽宗提亲。蔡京五子蔡鞗，乃是宣和殿待制，人品与相貌都不错，宋徽宗十分满意，立刻应下了这门亲事。延庆公主知道后，跑去和宋徽宗哭诉，说不愿意嫁人，想一生陪伴父皇。一向宠溺女儿的宋徽宗唯独在这件事上毫不动摇，十分坚定。延庆公主见劝说无用，就起了离宫逃婚的念头。

“真是胡闹！”玄武皱眉道，“你堂堂大宋公主，整日荒山野岭地跑来跑去，出了事怎么办？赶紧回宫去！”

“臭和尚，要你管我？还有，如果不是我胡闹，你们这祝家庄早就被人一把火烧了！你们是不是该谢谢我？”延庆公主故作娇嗔地顶了他一句。

“纵火？谁要纵火？”玄武追问道。

延庆公主神秘一笑，伸出双手，击掌三下。

掌声在静谧的树林中回荡，过不多时，只见皇城司的密探仇琼英从林中走了出来，腰间挂着一柄长刀，单手提着两个仍在滴血的首级。

延庆公主继续道：“这两个家伙呢，是梁山派来的探事郎，在祝家庄四下打探了许久，正在商议纵火烧了你们的粮仓，再去报告后继部队突袭。密谋的时候，正巧让我们撞见。要不是我和琼英多管闲事，此刻祝家庄恐怕早已火光冲天了吧？”

玄武把目光从延庆公主脸上移开，投向仇琼英，问道：“她说的是真的吗？”

仇琼英将手里的两颗人头往玄武跟前一丢，冷冷道：“千真万确。”

人头顺势滚了两圈，到了玄武的脚边。玄武蹲下身子，伸手提起其中一颗头颅，仔细端详起来。延庆公主见首级阴森恐怖，忙别过脸，不再去看。

“这恐怕不是宋江派来的人。”

“你说什么？”仇琼英凑过身去。

“瞧这里。”玄武指着首级上的一处，“是不是有些眼熟？”

仇琼英看过去，发现头颅的耳后，有一块火焰样式的黑色刺青。

“没见过。”她摇了摇头，干脆地道。

“这是光之国信众的刺青，象征他们所信奉的光明神。”玄武把人头随手一丢，拍了拍手掌，“我先前在凤凰山上见过，决计不会认错。”

“可他们身上穿的却是梁山探事郎的衣服啊！”延庆公主奇道。

“也就是说，纵火烧祝家庄这件事，是光之国所为？他们穿着梁山探事郎的衣服，只是为了被人发现后，能把责任推到宋江身上。”仇琼英接着延庆公主的话，继续说了下去。

“你说对了一半。”玄武冲仇琼英咧嘴一笑，“他们穿这身衣服的目的，就是要让人发现，坐实梁山泊纵火烧祝家庄的恶名。”

“可是我搞不懂，凤凰山与梁山泊之间的战争一触即发，何苦多此一举呢？”

对于光之国这一举动，延庆公主百思不得其解。

玄武解释道：“你说得没错。不过，屯聚在祝家庄的这些山寨来自五湖四海，有的互相之间还不待见，说句不中听的话，确实是群乌合之众。这群人在祝家庄人心不稳，随时可能会叛逃。而光之国正是用人之际，与其让这些人跟随栾廷玉去梁山送死，不如煽风点火，制造些事端消消他们的士气。”

延庆公主点头道：“明白了，光之国想让他们在开战之前，就没了信心，只要怯意一生，自然不想打仗了。”

玄武“嗯”了一声，继而道：“没错，人总是不喜欢冒风险。这次凤凰山联盟之所以士气大振，无非是因为三山势力与梁山元老俱在，尤其是栾廷玉、鲁智深等江湖好汉的名声，令他们觉得这场仗，势在必得。但若是粮仓被焚，先被挫了锐气，那人心可就不定了。届时光之国再要些手段，这些人便会纷纷倒戈，转而投向光之国了。”

“这群人真是太狡诈了！”延庆公主气鼓鼓地说道。

玄武站起身，望向一片漆黑的林子，口中道：“兵者，诡道也！打起仗来，谁还光明磊落，互相使绊子是常有的事。何况方腊这次公然挑战朝廷，面对强大的禁军，目前最棘手的便是缺兵少马。为了争取兵马，他们什么事情都做得出来。而且，这次纵火，恐怕只是一个开始。”

离开少林寺之后，玄武随着杨采苓上了二龙山，又助她桃花山夺权，这一路也经历了不少争端。对于人心的险恶，也比往常多了一份体会。

延庆公主平生最厌恶背后使诈之人，刚想开口大骂方腊，却被玄武一手捂住了嘴。

“别吵，有人来了。”

仇琼英以为玄武要对公主不利，正要迈腿上前，却见玄武使了个眼色，三人忙藏进路边的灌木丛中。

过不多时，南边由远及近，渐渐传来两个男人的声音。延庆公主不由瞧了一眼玄武，压低声音说道：“你这个臭和尚，还有两下子嘛。”玄武双目盯着前方，对延庆公主说的话置若罔闻。延庆公主讨了个没趣，哼了一声，不说话了。

“这么简单的事都搞不定，还要咱们兄弟出马，你说他们两个干什么吃的？”

远远走来一个高瘦男子，同样穿着梁山探事郎的夜行衣。

“你消消气，唠唠叨叨说个没完，耳朵里都听出茧子来了。”

跟在高瘦男子身后的是个十分肥胖的男人，挺着肚子，一步三喘，走路对他来说都是难事。

瘦子听了这话，有些不高兴，骂道："若不是你胆小，这事我们去办，早就成了。至于还跑这一趟吗？一泼油，一点火的事，能有多难？"

"你就只会说，之前我也没见你这么积极。"胖子翻了一个白眼。

"待会儿找到他们两个，你可别拦着我，害老子走了那么多冤枉路，非好好教训他们一顿不可！"瘦子一边骂，一边往地上踢了一脚。

他这一脚踢中一个奇怪的东西，往前滚了几圈。起初，瘦子觉得踢上去软软的，定是猫狗的尸体。但仔细一看，形状与动物尸体又差了太远。

"他妈的，什么东西！"瘦子骂骂咧咧，低头去看。

微弱的月光映照下，一颗人头赫然出现在他眼底！

一声惊叫从瘦子喉咙爆出，响彻树林。

"怎……怎么啦……"胖子吓了一跳，慌忙间抽出朴刀，刀尖对着瘦子，双手不停地颤抖。可他刚问完这句话，便明白了一切。

因为在他的脚边，还有另一颗人头。

"赵……赵老三……"他用颤抖的声音喊出了死者的名字。

便在此时，玄武从灌木丛中倏然蹿出，未等瘦子反应过来，就一拳轰在了他的太阳穴上。瘦子骤然遭到重击，双目一翻，直直倒下。胖子见对方是个和尚，又是一惊，本能地挥刀朝玄武砍去，却被玄武侧身避开。玄武攥起拳头，一记勾拳重击在胖子下颚！

只听"咔嚓"一声，胖子的下颚骨被打得粉碎，硕大无比的躯体朝后重重倒下！

玄武走上前去，一脚踏在胖子的胸口。

血水从胖子口中涌将出来，染红了他的半边胖脸。

玄武脚下用劲，那胖子痛得嗷嗷直叫。玄武冷笑一声，沉声道："给我们带个路，否则，佛爷现在就送你上西天。"

第七章 焚舟

玄武提着胖子喽啰的领子，大步往冈下走去，仇琼英和延庆公主则亦步亦趋地跟在他身后。被玄武威胁之后，胖子吓得什么都说了，也承认自己是高可立派来，扮成梁山探事郎的模样，故意扰乱祝家庄上下军心的。最后，胖子交代，独龙冈下还藏有六个光之国的信众，准备进行第二波偷袭。

听说光之国还有余孽留在山冈下，延庆公主主张先回祝家庄，将此事禀告栾廷玉。

可是玄武却不想这样。

“区区几个杂毛，何必要惊动栾廷玉？我一个人就够了。倒是你们两个，如果觉得害怕，想要回祝家庄，就快点回去吧。”说完，玄武露出了轻蔑的笑容。

延庆公主见了，一跺脚，道：“怕什么？刀山火海本宫也没怕过，我们和你一起下去！”

她从小最讨厌被人看低，脾气也倔，越是不让她干的事，她就越要干。玄武和她相处久了，自然了解她的脾气秉性，所以才出言相激。

延庆公主见他得意扬扬，明白他是在激自己，心里更气了，嘴里左一句“臭和尚”，右一句“坏和尚”地骂着。

玄武听了也不做反应，就当是耳边风。

独龙冈的山路蜿蜒曲折，加上黑夜难以辨路，三人逶迤而下，走了一个时辰才遥遥瞧见远处有隐隐火光。再往前走了十几丈，玄武方看清有四个身穿梁山探事郎夜行服的男子，正团团围坐在火堆边上。其中有三个人正歪着头打鼾，只留一人守夜。

“我替你解决两个。”仇琼英抽出背负的长箭，搭在弓弩上，瞄准了守夜人的咽喉。

玄武冷笑一声，刚想出言嘲讽，耳边忽然传来嗖的一声，箭镞挟着破风之音擦过玄武的耳郭，疾速向守夜人飞射而去！

耳郭被箭镞的刃锋擦破了皮，带出几滴鲜血。

这娘们是故意的！

玄武咧嘴一笑，手肘倏地猛击胖子后颈，将他打晕，紧接着整个人以不亚于箭镞的速度，向火堆处蹿射而出！仇琼英射出箭镞，也同时发动身形，紧随玄武向火堆处奔去。

守夜之人听见北面有异常响动，手指刚刚搭上腰间的刀柄，一支长箭便贯穿了他的脖子。他喉口发出呜呜声，双手捂住咽喉，像是想将扎入脖子里的箭镞拔出。只可惜，就算神仙在世，也救不了他了。挣扎片刻，守夜人脖子一歪，摔倒在地。

他的身形崩倒时砸中一根燃木，溅起点点火星。

三个正在打鼾的黑衣人猛然醒觉，纷纷去抓腰间的佩刀。其中一个喽啰的手指还未触及刀柄，咽喉就被仇琼英的长剑刺穿。第二个喽啰的额头被玄武的重拳砸中，脖子一仰失去了知觉，第三个喽啰刚抽出腰刀，还来不及进招，胸口的肋骨就被玄武一记后摆腿扫中，瞬间断了三根！他口中惨叫一声，整个人摔出一丈远！

那喽啰摔在地上，滚了一圈，往前爬行时，被玄武一脚踏在背上，顿时动弹不得。

“还想往哪儿去？”玄武恶狠狠地问道。

“大师饶命……我……我不想死啊……”喽啰口中不住地喷出鲜血，还在苦苦哀求。

延庆公主捡起地上的腰刀，在喽啰的脸上比画了几下，柔声细语地说道：“想要活命，也不是不可以。本宫问你一句，你就答一句，多说一句废话，我就割了你的鼻子。听没听懂？”

“懂！我懂！”喽啰点头如捣蒜。

“很好，非常好。看来你还不算太蠢。第一个问题，你是不是光之国的人？”

“这个……”喽啰为难起来。

见喽啰犹豫不决，说话也支支吾吾，延庆公主恼道：“看来你的鼻子是不想要了！不如切下来喂狗！”

“我……我说！我说！”喽啰知道这姑娘不是开玩笑，忙答道，“小的是光之国的探子，奉太岁神之命，在此做接应。太岁神吩咐，只要让人见了我们这一身行头便算完成任务，不必恋战。不过分配的任务一定要完成，不然提头去见他。”

“什么任务？”玄武俯下身子，大声喝问道。

“偷偷潜入祝家庄，把粮仓烧了，让祝家庄的人以为是宋江手下干的。”

“还有呢？”玄武又问。

“没……没了……”

这一句话，喽啰说得吞吞吐吐，眼睛还不住地打量延庆公主，像是怀有什么心事。

玄武冷哼一声，向延庆公主道：“割了他的鼻子。”

喽啰一听，发急大叫道：“大师饶命啊！我什么都说了，为何还要割鼻子？”

“因为你不老实。明明还有其他计划，却不肯说。”

说罢，玄武朝延庆公主使了个眼色。延庆公主会意，作势要拿刀去割。

“不要啊！不要啊！”刃锋刚触到喽啰的鼻尖，他就杀猪似的惨呼起来，“焚舟！还有焚舟！大师，仙女，千万不要割我的鼻子啊！”

这喽啰号了几声，转而又痛哭起来，显然是吓坏了。

玄武与延庆公主对视一眼，心中大惊。他们其实并不知道，光之国是否还有第二个计划，刚才这般说，只是诈一诈他，谁知竟诈出这么大的秘密！

“什么焚舟？你说清楚一点！”

玄武将喽啰翻过身来，揪住衣襟，起手打了他一个耳刮子。那喽啰被打得眼冒金星，右脸颊顿时高高肿起。

“阮氏兄弟在南山酒店那儿的水泊边上，藏匿的几十艘舟舰，今夜就会被焚烧殆尽。你们来迟了一步，我们的行动提前了。”

玄武扫视一下，心中大惊。之前胖子喽啰说有六人留守在山下，而这边才四人。

——给溜了两个！

“不要追了，我们也追不上。”仇琼英走近他们，手中抓了一把泥土，土中混有些许马粪，“他们是骑马走的。”

“妈的！”玄武怒火中烧，猛地一踹，脚跟蹴中喽啰后脑，瞬间就将他踢晕过去。

“臭和尚，他说的焚舟是什么意思？”

延庆公主将腰刀丢抛在地，又取了块锦帕，将手中的尘土和血污擦拭干净。

“这事说来话长。”玄武抬起头，向独龙冈的方向望去，“如果你们有兴趣听，我们边走边说。眼下当务之急，是把消息带回祝家庄。”

阮小二放下酒杯，怔怔看着一桌狼藉的残羹冷炙。

他叹了口气，心想自己体力已大不如前，才没喝几杯，头脑就开始晕胀。想当年在石碣村，多少坛酒下肚，仍然可以在水流最湍急时蹿下河底，徒手捞起几十斤的大鱼。可如今双臂的力气早不如从前了，摇一个时辰橹棹，手臂便酸得抬不起来。

在梁山泊上做头领，身侧有人伺候着，饭来张口，衣来伸手，人都快成废物了。

他摇晃着站起，不小心撞歪了桌子。桌面上的碗杯倒下，汤羹洒了出来，鱼骨掉了一地。阮小二浑不在意，只顾踉踉跄跄地往门外走去。

五郎和七郎早去睡了。这些日子，他这两位兄弟晓夜催促，督造船只，也是累得疲惫不堪。今天晚上喝酒，两人俱是推脱不来。阮小二知道他们辛苦，也不强求，只是找了几个喽啰来陪酒。席间一个喽啰拿晁天王开玩笑，把阮小二激怒了，痛打了他一顿。

——天王的名字，哪里是这种泼皮配提的？

若不是为了晁天王，他们三兄弟也不会反出梁山泊。此前，七郎因为招安之事，早就对宋江满腹怨言，可为了成全大义，阮小二一直苦心劝他。兄弟反目，在他这种人看来，是最不能容忍的。头颅可抛，命也可以丢，唯独兄弟间的道义，切不可忘了。

出了房门，周围尽是排栅，抬眼望去，前方的茅草厂屋，也有七八十间。白日里数百个匠人在此解板造船，人流滚滚，阮小二没想到，到了夜间却这般冷清。

凤凰山结盟之后，栾廷玉指派阮氏三雄监造船舰。梁山三面水泊环绕，没有船只，根本无法登陆旱寨作战。换言之，梁山解水卫是宋江的第一道屏障。要破解水卫，就必须有能与他们抗衡的水军。阮氏三雄经过商议，决定选址在离梁山泊三十里外的地方，搭起船场，打造战船。阮氏旧部之中有不少造船的能工巧匠。众人上下一心，砍木建船，连日赶工，倒也在限日之内完成了大部分战船的建造任务。

战船是有了，另一件让阮小二忧心的，便是攻破解水卫的策略。

且不说梁山泊的军师吴用韬略无双，单说解水卫的几个头领，就足以令阮小二头疼不已。李俊、张顺，还有童氏兄弟，不论手下的水军还是自身的实力都不亚于他们。若是双方都全力以赴，恐怕这八百里水泊中的水，都要被他们的鲜血染红。

但事已至此，已没有退路，唯有拼死一战。

阮小二正自沉思，突然瞥见远处有个黑衣人，在翻越排栅。他不及多想，拔腿追了上去。那黑衣人跃过栏栅后，还回头看了一眼。

四目相对，阮小二瞧出那人眼中的挑衅之意。

黑衣人并不打算逃走，突然转过身来，右手一扬，一枚银光闪闪的飞镖向阮小二掷了过去！

阮小二俯下身子，躲过飞镖，怒道：“你是莲台寺的人！”

黑衣人不语，左手又是一镖，直直向阮小二打去！

阮小二从腰间取出鱼鳞手套，戴在手上，见那镖打来，伸手一拨，便将飞镖弹到了一边。

这鱼鳞手套是用薄如鱼鳞的铁片制成，虽然轻薄，却异常坚固，戴上之后，可徒手接兵刃。当年晁盖登上梁山之主的座位，为了感谢阮氏兄弟相助，特意请金钱豹子·汤隆打造，世上仅有三副，分赠予他们三兄弟。

见暗器被阮小二轻松化解，黑衣人也不惊讶，从背后抽出一柄宽剑，横在胸前。

阮小二在他两丈外停下脚步，弯腰从靴里抽出一柄短刀，反手握着。

两人僵持片刻，谁也不动。阮小二终于开口道：“是燕青派你来的吗？”

黑衣人只是冷笑，并不搭话。

“你笑什么？”阮小二问道。

“不愧是阮氏兄弟，匆匆几日，便可造出这般气派的战船。在下佩服得紧！”

“既然让你瞧见了，便不能让你活着回梁山。”

“你不如回头瞧瞧。”

黑衣人眼中闪过一丝狡黠。

阮小二突然有种不祥的预感，他回过头去，只见右方厂屋有红光映天，他再细看，才瞧出竟是火光！

——有人在船场纵火！

像是被人当胸击中了一拳，阮小二刹那间感到胸口一阵窒塞。

焰火腾腾烧起来，将周围的茅草厂屋燃成一片，火光把四下照如白昼。

快……快来人……快……

也许是因为太过惊愕，阮小二双脚像被钉在地上，寸步不能移动，他想喊人，一时间也发不出声来。

“走水啦！走水啦！”

过了好一会儿，才有工匠水手开始扯嗓子大喊。有人推翻众栅，奔逃四散，有人取来皮袋唧筒，喷水灭火。船场顿时一片混乱，哀号声四起。

“怎么样？如今杀不杀我，恐怕都无济于事了。”黑衣人道。

阮小二缓过神来，不再去理会他，而是疯了般向置放战船的场地冲去。那边都是即将完工的船舰，大部分只需装上弩楼便可下水作战。他被热浪一吹，酒都醒了，可一见那些船身上腾起的熊熊烈火，脑子一热，浑然不顾自己的性命，向燃烧的船舰奔去。

被焚烧的一艘艘战船，都是他的心血。

阮小二正自出神，身侧蓦地跃出一个人影，将他扑倒在地。

“你不要命了！”

那人按住他的手脚，冲他大喊。说话的人方面大口，赤着上身，正是他的兄弟阮小五。

“五郎，你不要管我，快去灭火！”阮小二绷紧着脸，眼中布满血丝，“这船不能烧，不能烧啊！”

“这火太凶，灭不了！咱们快走吧！”阮小五的声音带着哭腔。

燃烧的火焰将数十间厂屋连成一片，浓烟如一条黑龙，旋绕着升上天空。那些拿着唧筒灭火的喽啰，也纷纷放弃了挣扎，丢下水袋，各自逃命。

“为何还不走！”阮小七匆匆奔来，见他俩还在磨蹭，十分不解。

“他不肯走！”阮小五喊道。

阮小二嘴里还嚷嚷着放手，阮小五和阮小七只能一人一边架着他，往排栅外拖拽。阮小二抵不过两人，被迫离开了船场。可他那双血红的眼睛却不忍移开。

他怔怔地看着这几十日的心血，化成缕缕黑烟，消散在空中。

天渐渐亮了。

唐霄推开房门，伸了个大大的懒腰。他回头往屋里瞧，桌上铺满了纸笔，每张纸上都密密麻麻写满了文字，也有不少废弃的纸张被揉成一团，随意丢弃在地上。张闲趴在桌上打鼾，脸上还有没擦拭干净的墨迹。

昨天夜里，张闲背诵了整整一册《唐门考工记》，由唐霄记下。当然，他的工作不止听写那么简单，由于此书有大量兵器铸造的内容，免不了要绘制图纸，所以唐霄不仅写字，还要一边听张闲的描述，一边绘图。

终于完成了！

仅一夜时间就完成了这部巨著，实在令人难以置信。

唐霄接下来要做的，就是细细揣摩此书的内容，并与庄内的工匠合作，在有限的时间内提升祝家庄的军备。让他倍感惊讶的是，父亲口中讳莫如深的“终极兵器”，竟然和他之前灵光闪现的设计如出一辙。

就是那杆射杀李应的火器！

唯一的区别，就是唐非君的设计更为合理。不论是材料的选择，还是火药的配比，都比唐霄考虑得更多更全面。在此之前，唐霄制造出的火器威力虽大，但射程太短，竹管易裂，没有太多实战价值。如果用唐非君的方式来改造这个兵器，威力和射程将提升许多。

——怪不得父亲不愿意将这样的兵器公诸于世，威力实在太过可怕……

身后传来毛笔掉在地上的声音。唐霄转过身，发现张闲醒了。

“什么时辰了？”张闲打了个哈欠。

“寅时三刻。”唐霄走回桌边，伸手拍了拍桌上厚厚一沓纸，“昨夜辛苦了。如果不是张闲兄过目不忘的本领，父亲这么多设计恐怕都要失传了。大恩不言谢。”说罢，朝张闲深深作揖。

张闲忙上前扶起，矍然道：“举手之劳，何足挂齿！我不过是东京城里一个打杂的喽啰，承蒙你和栾大哥瞧得起，称我一声兄弟。你们不在乎我出身低微，还把我当自己人，已是我张闲此生最大的荣幸了。”

两人正说话间，就见樊瑞匆匆忙忙推门而入，朝唐霄一拱手，又对张闲恭恭敬敬地行了拜礼。

樊瑞对张闲尤其尊敬，唐霄早已见怪不怪，只是不知他何事如此惊慌。

“道长，发生什么事了？”张闲上前扶起他。

“回掌教真人，栾头领让大家去大堂集合，出大事了！”

“什么大事？”唐霄急切地问。

“适才玄武和尚带着两个女子回到庄里，说是有人要烧阮氏兄弟的船场，眼下恐怕已经动手了。栾头领刚才派了一支骑队去打探，希望只是一场虚惊。”

唐霄与张闲对视一眼，心中均感不妙。要知道，船场的所在极为机密，除了凤凰山联盟中的寥寥几个头领知晓之外，再无他人。

梁山泊的人要烧船场，他们如何知道地点？想到此处，唐霄夺门而出，向祝家庄大堂跑去，张闲与樊瑞紧随其后。

他穿过几排房屋，来到大堂，只见几十位头领默然坐在交椅上，面色凝重，偶有几人交头接耳，似在谈论些什么。鲁智深不停地来回踱步，骂骂咧咧，情绪十分烦躁。栾廷玉见了唐霄，立即从椅上站起来。

“究竟是怎么回事？梁山泊的人如何知道我们船场的位置？”

唐霄也不等他人开口，抢先问道。

“不是梁山泊，是方腊。”玄武走近唐霄身边，双手抱臂，“高可立派人伪装成梁山探事郎的样子，试图烧毁我们的粮草和船只，欲用这种方法，动摇祝家庄的人心。”

“他们想要分化凤凰山众人，而后坐收渔翁之利？”

唐霄何等聪明，结合高可立在凤凰山时的言论，立刻猜出了光之国的用意。

栾廷玉也道：“没错，方腊眼下为了招揽人心，无所不用其极。起初我还以为方腊有和宋江联盟的心思，细想之下才明白毫无可能。宋江是官家的走狗，一心想要招安，而方腊则不一样，野心大得很，他想要自己做皇帝。”说罢，他又叹息道，“如今方腊势力日盛，所到之处民不聊生，他日待我们平了梁山泊，若还有余力，倒想与这方腊一较高下。”

唐霄点了点头。他环视大堂，发现除了仙音阁的刺客之外，这里坐着的几乎都是梁山旧部。他知道栾廷玉的用心。光之国遣人焚烧船场的事，切不可泄露出去。若是让其他山寨的头领得知，必会乱了阵脚，也必会有人脱离联盟。这么一来，就中了高可立的奸计。

这时，张闲和樊瑞也赶到了大堂。他们不会轻功，腿脚自然比唐霄慢了许多。

李师师起身走近张闲，柔声道："哀家听人说，昨天你一夜没回房间。"

"我本是要将唐霄父亲的《唐门考工记》背给他听，让他记下。没想到竟弄了一整夜。唉，谁知眼下又出了烧船的事，真是一波未平，一波又起。"张闲挠了挠脑袋，叹道。

"你别太着急。船到桥头自然直，即便方腊的人烧了你们的船，也未必没有法子化解。"

张闲和李师师相处时间久了，对她也有几分了解。此时见她气定神闲的模样，便知道她心里已经有了法子，只是暂时不肯说。

"你有办法了？"

"姑且一试。"李师师回首瞧了一眼。

张闲循着她的视线望去，见仙音阁五女站了一排，却独独不见梁红玉的身影。

他刚想询问，却被身后一声暴喝打断。

"他娘的，方腊这腌臜泼才，处处与咱们作对！洒家恨不能一禅杖砸烂他的鸟脸。让他去阴间做他的光明皇帝！"

武松见鲁智深暴怒，快步上前一把抓住他的手臂，劝道："师兄，切勿动怒。"他深知鲁智深的秉性，生怕他发起狠来，在祝家庄胡闹一番。

杨志和史进也了解花和尚的脾气，急忙上来劝他。

"方腊哪日要落入洒家手中，非砸烂他的鸟头不可！"鲁智深瞋目切齿，心中愤愤难消。

"鲁提辖，栾某答应你，他日若是拿了方腊，用他的心肝来给你做醒酒汤！"栾廷玉伸手拍了拍鲁智深的肩膀。

“也罢……也罢……”

鲁智深长叹一声，气呼呼地坐回交椅上。

栾廷玉对众人道：“今天房里的一切，切不能透露出去。不然祝家庄乱了人心，接下来还怎么打梁山泊？眼下正是最关键的时刻，若是伤了士气，那这场仗我们必败无疑。”

此时，站在唐霄身后的柴叔站了出来，对栾廷玉道：“晁天王今天就要离开，若是被其他人瞧见了，恐怕也会伤了士气吧？”

柴叔这话一说，大堂内像是炸开了锅一般，众头领七嘴八舌地议论起来。刘唐、白胜两人默默坐在角落，并不搭话，想来他们已经知道了此事。武松也没有丝毫惊讶之色，昨天夜里鲁智深找他喝酒，便把这件事与他详细说了。

扈三娘忧心道：“且不说其他山寨头领，听了这消息会如何，要是被阮氏兄弟知道，他们还会不会助我们攻打梁山泊，可就难说了。”

众头领听了，均觉得有理。阮氏水军是祝家庄唯一可以与梁山解水卫抗衡的水军部队，倘若他们放弃联盟，那联军连登陆梁山的机会都没有。

栾廷玉想了片刻，道：“晁天王的事，终究还是要和大家说的。不过现在形势紧急，暂时瞒住，待将来有好的时机，我们再向大家公布。另外，徐燎兄弟，我需要你领一支亲信兵马，下山去接迎阮氏兄弟，他们回庄的时候，务必不能声张，否则后果不堪设想。你在皇城司当过差，想必不会有什么问题。”

徐燎点头应道：“栾大哥放心，我一定小心行事。”他说完，取了虎翼刀背负在身上，推开栾廷玉身后的木门，大步跨了出去。赵元奴本想嘱咐两句，却因李师师在场，略有不便，而生生咽了回去。

待徐燎离开之后，栾廷玉又合上大堂的门扉，转过身来。

“适才说的事，希望大家烂在肚子里。在阮氏兄弟回来之前，不要讲出去，别的山寨头领若是问起来，就往我身上推，让他们亲自来找我。”

众头领听了，也都表示不会泄露半句。栾廷玉这才移开身子，空出大门的位置，让头领离开。复仇宋江的希望就在眼前，他绝不容许因为一些小问题，而功亏一篑。

这次密会结束之后，果然有不少山寨头领前来打听。梁山旧部在一起议事，虽然不是没有过，却也并不常见。

当天夜里，夜行者的首领陈广便带着他的徒弟阿飞来找栾廷玉。陈广虽没有直接开口询问，却也是旁敲侧击，话中有意无意地提到大堂密会之事。但栾廷玉毕竟是老江湖，每当陈广要触及这个问题，栾廷玉总能及时打岔，不是和他讨论武功招式，就是聊当年祝家庄之战如何战胜欧鹏、生擒秦明等风光事迹。陈广也是个精明的人，言语中也听出了栾廷玉的意思，又聊了片刻，推说旧疾发作，身体感到不适，起身拜别。

栾廷玉送他到门口，吩咐阿飞好生照顾，见他们走远，才回了房间。

但是其他山寨的头领就没有陈广这么好说话了。

第二天一早，黄名山寨主钟旭和鳌子山寨主倪元龙就候在栾廷玉的门口，要他给个说法，何以联军内部还要分派系，和梁山旧部商议的内容，为何不能说给其余山头的首领听。栾廷玉只能赔笑，说这是梁山众人的要求，他这个联军的头领也无可奈何。倪元龙脾气暴躁，说要去和鲁智深理论，好不容易才被栾廷玉劝下。

这一天把栾廷玉累得够呛，中午来了两批，下午九玉山的头领李鹏飞又来质问，栾廷玉实在吃不消，只能让守卫传话，装病躲过。他又吩咐喽啰叫来刘唐，让他带着几个亲兵，护送晁盖悄悄回少林寺。由于怕被外人发现，没法给晁天王大张旗鼓地送行，栾廷玉也十分内疚。

挨到了戌时，栾廷玉实在憋不住了，偷偷从屋里溜出来，准备去茅房解手。

谁知他没走几步，就被一人拦下。栾廷玉心中暗暗叫苦，不知哪个杀千刀的头领，又要纠缠于他。但又不能发作，只是低头不语。

“栾大哥，他们来了。”

尽管庄内有火把照明，却也不能瞧得十分清楚，直到那人开口说话，栾廷玉才转怒为喜。

徐燎回来了。

“他们现在人在哪里？”栾廷玉左右张望，却不见阮氏三雄的身影。

“且随我来。”徐燎携着栾廷玉的手，往南走去。

“兄弟，先让我解手去。今天可一直没上茅房。”栾廷玉露出哭笑不得的表情。

徐燎会意，随即哈哈大笑起来。

解决内急后，栾廷玉随着徐燎来到一间茅草屋。一推开门，他便看见满身焦黑的阮氏三雄。其中阮小二看上去尤其狼狈，头发也被烧焦了一块，眼睛血红。

不需要问话，他便知道玄武所报之事成真了。

“栾头领，我办事不力，被人暗中潜入船场也不知道，你罚我吧！”

说完，阮小二便向栾廷玉俯身跪拜。栾廷玉见状，忙上前托住他的双臂。

“你快起来，这事咱们从长计议。攻打梁山泊的计划，还可以再延期。”

阮小二心中悔恨不已，大声道：“都怪我太疏忽了，自以为船场隐蔽，不会被发现！我对不起晁天王，你……你杀了我吧！”

此言一出，阮小五和阮小七也上前扶着他，劝他不要冲动。

栾廷玉温言道：“兄弟，这件事怪不得你，是方腊的奸细所为。他们纵火烧船，为的只是让我们攻不得梁山泊，这样就可以分化凤凰山联盟，招揽群雄为他们所用。”

“此话当真？”阮小二抬起头问。

“千真万确。”栾廷玉又将玄武在山冈遭遇光之国信众的事说了一遍。

听完之后，阮小二勃然大怒，道：“这方腊竟然如此奸猾，自己做了反贼，还想拉别人下马。我们辛辛苦苦造的船，却让他一把火给烧了，这仇我阮小二不报，誓不为人！”

阮小七也道：“既然知道是他们做的好事，不如咱们先去端了他们的老巢，也算帮了皇帝老儿一个大忙！”

阮小五附和道：“如此甚好！”

“兄弟们少安毋躁，方腊纵火烧船的仇，将来我们一定会报。眼下我们最重要的目标，是水泊梁山。方腊越是要我们后院起火，我们越是要镇定，万万不可中了他的奸计！”栾廷玉见他们兄弟一个个激愤填膺，生怕他们召集人马，杀去帮源洞。这样不仅延误了进军梁山的好时机，又让兄弟们白白送了性命。

近年光之国极力发展信众，招募了不少高手，麾下除了名震天下的“江南十二神”之外，还有“浙江四龙”“二十四将”，可谓猛将如云，绝不逊于梁山的一百单八将。更何况宋江麾下的头领已损失泰半，以光之国目前的实力，不论兵马还是军备，早已超越水泊梁山。眼下，他们的总舵帮源洞就算朝廷的禁军也攻克不下，更别说他们这支“乌合之众”了。

徐燎也道：“栾大哥说得没错。攻克梁山泊之后，方腊也必被朝廷军耗费掉不少兵马。这时候我们再去攻打他们，事半功倍。”

阮小二长叹一声，久久没有说话。

栾廷玉道：“战船的事情，我们还要另想办法。”

阮小七冷冷道：“还能有什么办法？时间拖得越久，咱们的胜算就越低。几十艘战船，哪里是说有就有的。没有船，就渡不了水泊，也没法登陆金沙滩。这仗你说还怎么打？”

他说的道理，栾廷玉自然明白。可他不想就这么放弃。

这些年做赏金猎人，捕杀梁山贼寇，过的是风餐露宿，刀口舐血的日子，栾廷玉能坚持下来，全是因为心中有着信念。他相信总有一日，会杀上梁山，拿宋江的人头去祭祝家庄的英魂。而今这个目标就要实现了，却半路杀出个方腊，搅乱了他的全盘计划。

栾廷玉回答不了阮小七。正如他所言，没有战船，一切都没了意义。

徐燎道：“办法总会有的。这样，阮氏三兄弟先住在这间屋子里，这几日不要出门走动，以免被其他山寨撞见。过个几日，我假装接你们回来，就说船场的工作正进行着。让大家不要担心。”

阮小五道：“纸包不住火，总有一天会有人发现的。”

徐燎坚定地说道：“争取一时是一时，我们也顾不得那么多了。”

五人经过商议，决定让阮氏三雄按照徐燎的计划，暂住在这间茅草屋内。这边离演武场尚远，除了取粮草时会有人经过，平日里几乎见不到几个活人。

但是人算不如天算，原本打算拖个三天，谁知第二天就被人发现了。

也不知是谁把阮小二回祝家庄的事告诉了鳌子山的寨主倪元龙，晌午时分，倪元龙就带了六个喽啰，大摇大摆地来到茅草屋前。他先是叩门喊人，阮氏三雄都没回应。倪元龙知道屋内有人，竟大起胆子，让手下的喽啰砸门。

这个举动可是彻底惹恼了阮小七。

三兄弟中，本就以他的脾气最为火暴，听外面有人砸门，二话不说，提了朴刀就冲了出去，一脚踢翻了一个喽啰。倪元龙见自己手下被打，也是暴怒。他一直以来都不待见水泊梁山，见阮小七这般霸道，没忍住火气，提着长剑便与阮小七杀成一团。

可这倪元龙哪里是阮小七的对手，三五个回合打下来，便有些抵挡不住。阮小二和阮小五在身后苦劝，阮小七不仅不听，更是一刀扎在倪元龙的腿上，鲜血如泉水般涌将出来。倪元龙吃痛倒地，苦苦哀号起来。

他这么一闹，四面八方便围起了人。

众人见了阮氏兄弟，均感到奇怪，都说他们兄弟在船场督建战船，何以会出现在祝家庄？难道船造好了不成？可船若是造好了，为何没人告知大家？阮氏兄弟口拙，也插不上话，一时众口纷纷，现场混乱之极。

“头领来了！”

不知是谁突然喊了一声，随即人群分成了两半，中间让出一条道来。

栾廷玉领着徐燎、唐霄朝众人大步走来。

“头领，为何阮氏兄弟回来了？”

“战船到底有没有造好？”

“是啊，头领，这究竟是怎么回事？”

众人见了栾廷玉，将他团团围在中心，七嘴八舌地问起来。

“船场被烧了。”未等栾廷玉开口，阮小二抢先答道。

顿时，屋内瞬间陷入了沉默。

片刻宁静之后，众人又哄闹起来，有沮丧，有激愤，有辱骂，有丧气，各种情绪、各种声音都在同一时间爆发，愈演愈烈。尽管栾廷玉等人已做好了心理准备，但他们也想不到，船场被烧这件事对大家竟有如此大的影响。

“他妈的，说好的联盟，却什么事儿都不跟咱们说！若不是倪老大硬闯这屋子，你们几个龟儿子还不知要藏到什么时候！”

“就是！结盟时装得义薄云天，真遇到事了，还不是拉我们做垫褥！我看啊，他们早就想好出路了！”

怒骂声在耳边炸开，甚至有人开始动手推搡。可栾廷玉却不还手，不做抵抗，任由他们随意羞辱。徐燎和唐霄一人一旁伸手去护，替他挡下不少。

“够了！”唐霄抽出腰间的龟兹短剑，架在最前方一人的脖子上，“你再动一下试试！”

“你……你想杀人……”那人缩回了手，原本凶恶的神色变成了惊慌。

“再这么闹下去，大家一起死！都给我住手！”

徐燎也从身后抽出虎翼刀，横在胸前。众人见识过他的本领，均不敢轻举妄动。

此时场面两相僵持，剑拔弩张。除了少部分准备暴动的头领，多数人还是在一旁观望。既不支持栾廷玉，也不支持那几个推搡栾廷玉的山寨头领。

唐霄握剑的手在冒汗。

同时，他心中亦是疑窦丛生。阮氏兄弟明明匿藏得很好，何以会被倪老大发现？

难道有人暗中告密不成？

他想开口询问，却忽然听见一声急促的尖叫。

众人闻声望去，竟发现倪元龙“啊”的一声，一口鲜血，喷在地上。他手下众人立刻聚拢上去，倪元龙伸出手指，指着阮小七，口中喃喃道：“有……有毒……”

“什么有毒？”阮小七也是大惑不解。

“刀……刀……刀上……”

倪元龙还未来得及说完，便倒地死去。

阮小七站在原地，瞧了瞧手里的刀，又瞧了瞧躺在地上的倪元龙，惊愕莫名。

第八章 决战之前

众人望着倒下的倪元龙，自相惊扰，乱成一片。这时，杨采苓拨开人群，来到倪元龙身边。她蹲下身，伸手去搭倪元龙的颈动脉，又翻开了他的眼皮。倪元龙的瞳孔逐渐放大，对杨采苓的手势已经毫无反应。

杨采苓并没有放弃，她取来一根银针，浅浅扎入倪元龙的人中穴。她回头见一群人怔怔看着自己，恼道："都站着不动作甚？快替我脱了他的鞋子！"

离她最近的两个喽啰忙弯下腰，两个人一人一边，将倪元龙的鞋子脱去。

紧接着，杨采苓又取了一根金针，分别刺破倪元龙的手指和脚趾，嘴上吩咐道："再来两个人，替他把十指的血挤出。注意皮肤不要触血，血里有毒。"言毕，好几个喽啰也跑上前去，紧握倪元龙的手指放血。

此乃十宣穴放血法，治一切暴死恶候，不省人事，乃起死回生之妙诀。杨采苓不知他中了什么毒，唯有死马当活马医。最后，杨采苓将金针深深扎入他头顶中心的百会穴，同时空出一只手用手指按压天突穴。

忙活了许久，倪元龙并没有醒来。可叹这毒药毒性太烈，倪元龙中毒之后又是牙关紧闭，药水不下，就算华佗再生，只怕也救他不得。

杨采苓又扎了几针，见无反应，只得长叹一声，放下了手中的金针。

倪元龙手下的喽啰见状，一个个抱头痛哭起来。

阮小七感觉到数百人的目光，突然聚集在他的脸上。他忙将手中的朴刀丢在地上，怒道："我没下毒！这刀，也是我在屋内随手拿的！"

柴叔捡起朴刀，递给杨采苓。杨采苓在刀锋处嗅了嗅，一阵恶臭扑鼻，只觉头晕眼花，忙移开了朴刀。

"好不要脸的东西！在兵器上抹毒，算什么英雄好汉！"

"我瞧啊，这梁山出来的人，没一个好东西！亏栾侠士还信任你们！"

"今天我就要为倪老大报仇！"

众人沸沸扬扬地闹起来，有的索性拔出兵刃，准备与阮氏兄弟决一死战。

这时，杨采苓避开人丛，走近唐霄，在他耳边嘟哝了几句。

阮小二对栾廷玉道："七郎是被人陷害的，栾兄，你可要为他做主啊！"

讨伐声四起，栾廷玉喊了几声，也压制不住众怒。要知道这些江湖中人，虽是匪盗出身，却极重道义。在兵刃上下毒和淫人妻女一样，是江湖大忌。杀人可以光明磊落，但暗暗下毒，绝对会被天下英雄所耻笑。

阮小七也是火暴脾气，本来就觉得冤，辩解了几句，越描越黑，忍耐也到了极限，怒喝道："毒不是我下的！哪个要我的命，上来受死吧！"

阮小二和阮小五见他这么说，只能挡在他身前。

"他妈的，这阮氏兄弟都不是好东西！索性一起宰了！"

"不错，蛇鼠一窝！"

阮小五听了这话，气得暴跳如雷，吼道："好好好！咱们三兄弟今日就和你们拼了！"话音未落，便右拳一挥，直直打在刚才说话那人的脸上。

那人被打中面门，鼻梁顿时歪了，鲜血从鼻腔中喷溅出来。

"理亏还伤人，没有王法了嘛！"

"大伙儿上！宰了他们三个无情无义的东西！"

鲁智深见了，低声对身边人道："待会儿闹将起来，你们要护住阮氏兄弟。不准这群泼皮伤了他们。"杨志听了，拇指默默将槛兽刀的刀镡顶出几寸，裸露的外霜刃在太阳底下闪着白光。他只待倪元龙手下上前，便要抢先剁了一人的手掌，震住场面。

"大家先听我说几句！"便在此时，唐霄忽然走到阮小七身前，双手向两边摊开，"如果听完我说的话，你们还想要阮小七的性命，我绝不插手。"

被阮小七打歪鼻子的泼皮伸手指着唐霄，横眉怒目道："你们还有什么好说的？船场被烧的事情，瞒着我们不说，现在又纵容阮小七下毒杀人。口口声声说把我们当作兄弟，却做出这种背信弃义之事，你们和宋江有什么区别！"

唐霄不紧不慢地回道："不要血口喷人。船场的事，确实没有第一时间告知大家，至于其中缘由，栾大哥稍后自会解释。至于这下毒的事，恐怕就是有人故意陷害阮小七，为了让我们起内讧。"

那人又道："你这么说，有什么证据？"

"证据？"唐霄低低笑了一声，接着道，"这倪元龙所中之毒，名为裂筋散，是用十五种不同的剧毒药材混合制成。调制这种药材，需要极漫长的时间，起码要一个月。而且此药维持毒性的时间也短，制成当日，尚有毒性，时效一过，毒性全失就没什么用了。"

"那又如何？"另一人喊道，"这与是不是阮小七下的毒，有何干系？"

"当然有关，而且大有关系！"唐霄捡起地上的朴刀，在众人面前挥舞了几下，空气中顿时充斥着一股难闻的气味，"我就先问大家三个问题。其一，阮小七一直在船场督造建船，哪里来的时间调制裂筋散？其二，裂筋散时效有限，即便调成之后，带上独龙冈，毒性也散得差不多了，何以还能毒死倪元龙？其三，阮小七自小在石碣村长大，水性极佳，却不谙医学，如何能调制这天下奇毒裂筋散？"

众人听了，均觉得唐霄所言，有几分道理。

阮小二沉吟片刻，对唐霄道："依唐兄的看法，此事又是何人所为？"

唐霄回道："至于是什么人干的，目前还不得而知。眼下最要紧的是洗脱七郎的嫌疑。"

有人道："好，就算人不是阮小七杀的，但也因他而死，这笔账怎么算？"

又有人应道："船都被烧没了，还打什么梁山，我看啊，不如大家就此散了！”

场面一度混乱之极。倪元龙的死给众人刺激太大，加上战船尽数被焚烧，没有船就无法登陆梁山，无法作战。没有船，一切都无从谈起。绝大部分的头领纷纷上前请辞，欲带着手下离开祝家庄。

“且慢！”

正当栾廷玉一筹莫展，计无所出之时，忽然从身后响起一个浑厚的男声。

他回头望去，只见英姿勃勃的韩世忠，正大步流星地向他走来。韩世忠身后，紧跟的是仙音阁的刺客梁红玉。他们两人穿过人丛，径直走到栾廷玉的身边。仙音阁众女见了梁红玉，兴奋地围了上去，问个没完，李师师则立在原地，和张闲站在一起。

唐霄灵机一动，抢在栾廷玉开口之前，对众人道：“战船有了，原来是虚惊一场！”

栾廷玉有些不解，却也没多说什么，韩世忠则笑而不语。

唐霄继续道：“大家先回自己的营寨，一个时辰之后，首领们在演武场集合，我们必会给大家一个满意的答复。”

一位满面虬须的头领走出人群，质问唐霄道：“唐兄弟，你可为自己所说的话负责？”

“当然，咱们击掌为誓。”

说罢，唐霄上前，与虬须头领相对击掌三次。

击掌盟约是宋人立誓的仪式，极为郑重，众人见唐霄做出此举，也就不再多疑。

人群散去，栾廷玉先是嘱咐手下厚葬倪元龙，再领着韩世忠、徐燎、唐霄、张闲、玄武以及梁山群雄、仙音阁众女来到一间空屋。栾廷玉安排韩世忠上座，韩世忠武将出身，不拘小节，也不再推辞。

少林寺一役，栾廷玉一众与韩世忠并肩作战，杀退梁山远征军，自此结下了深厚的友谊。此番异地重逢，均是喜不自胜。

群雄依次坐定后，韩世忠道：“适才多谢唐兄。”唐霄笑着回礼。

众人见了，大惑不解。还是徐燎机敏，解释道：“韩将军有官职在身，贸然到这祝家庄来，如被人知晓了身份，恐怕大有不便。若是传出去，说朝廷将军和我们这群流匪勾结，来日韩将军回到朝中，再被宵小参上一本，那可就麻烦了。”

徐燎在京师为官多年，对朝堂上尔虞我诈十分了解，是以能够体会韩世忠的忧虑。

韩世忠笑着道：“此番我是奉命而来，不节外生枝，自然是最好不过。”

栾廷玉歉然道：“是我大意了。”

若不是唐霄抢在他之前说话，他怕是要当着几百人的面，喊出韩世忠的名字了。

韩世忠摆了摆手，道：“栾大侠，这种小事，不必挂在心上。言归正传，船场被人纵火的事，我听说了。”

这话一说出口，方才热闹的氛围便一扫而空，低落的情绪又笼罩在群雄的心头。

阮小二喟然长叹道：“损失惨重啊，数十艘战船，一把火烧得干干净净。”

每次想到攻打梁山泊的计划会因焚船的事而前功尽弃，他内心就自责不已。如果可以用性命去换回那数十艘战船，他会毫不犹豫地答应。

“我这次来祝家庄，为的就是这件事。”

韩世忠的话听得众人一头雾水。

只有唐霄听出了他的意思，忙问道：“难道将军有办法？”

听他这么一说，在场一双双眼睛都亮了起来。

“正是。不过……”韩世忠说到此处，略微顿了一顿，“不过我想让栾兄给我一个承诺。这件事十分紧要，我也不敢擅作主张。”

“韩将军，但说无妨。”栾廷玉道。

“战船，我们可以提供给你。但是这件事，切勿声张出去。毕竟官家正准备招安宋江一伙，若是被人瞧出朝廷中人助你们攻打梁山，传到官家耳朵里，那可不是闹着玩的。弄不好，不仅张大人和我，牵扯进来的官兵，都要掉脑袋。”

韩世忠说话间神色凝重，可见对此事十分谨慎。

唐霄立刻道：“请韩将军宽心，此事除了这间屋子里的人，谁也不会知道。”

“既然如此，我也不再多问。”韩世忠清了清嗓子，才接着说道，“大家应该都还记得，先前颁布征寇令，童贯带领大宋水师，征战水泊梁山之事吧？”

众人当然记得，这一战，童贯的舰队被梁山泊的鲛人突击队凿破船底，导致战船漏水，自己还险些被李俊生擒。水师大败而归后，引得宋徽宗震怒不已。

“当时，为了战胜梁山解水卫，童贯信用了一个名叫叶春的造船师，打造了数百艘名为大海鳅船的战船。征战梁山泊时，启用了其中大部分战船，还留下一批略有瑕疵的。原本要被销毁，却被张大人拦了下来。”

“我记得此事。那个时候，宋江委派李俊的水寨迎战，张顺的部队用来吸引童贯的注意。也是因为大海鳅船战力太强，且一次可运输数百人之众，梁山解水卫无可与之争锋的战船，才出动鲛人突击队。”

当时阮小二也参与了防御计划的商讨，可是宋江最后也没有任务安排给阮氏兄弟。

“大海鳅船果真如此强悍？”张闲插嘴问道。

韩世忠从袖中取出一卷图纸，在桌上缓缓展开。这是一张大海鳅船的设计图，其中详细描绘了舱板、弩楼、压筋等船体构造。唐霄凑过头去看，见大海鳅船设计精妙，口中啧啧赞叹道：“这叶春何许人也？真是个奇才！”

兵诛城也建船，但就算是兵诛城主唐非君来操刀，也未必比这个叶春造得更好。

“这船真是厉害。若不是鲛人突击队剑走偏锋，抢先一步破坏船体，一旦禁军主力登陆金沙滩，这一仗，恐怕就没那么轻松了。”

阮小二回忆起那次水战，不禁发出一声感叹。

若不是童贯仗着大海鳅船之利，刚愎自用，以大宋水师的装备和实力，梁山解水卫恐怕也抵挡不住。

“张大人的意思，剩下的这批大海鳅船可以赠予祝家庄，助你们攻打梁山泊。但此事决计不可声张，只能暗中进行。”最后，韩世忠还是放心不下，再次强调这次赠予是张叔夜私人所为，若是有所差池，牵连者众多，麻烦可就大了。

众英雄听了这个消息，无不欢呼雀跃。原以为已到了山穷水尽的地步，谁知还有柳暗花明等在后面。塞翁失马，焉知非福。这大海鳅船虽有些瑕疵，但比阮氏兄弟日夜赶造出来的战船，不知强了多少倍。

栾廷玉上前深深作揖，感激地道：“大恩不言谢！”

韩世忠凑到栾廷玉耳边，低声道：“助你铲除宋江，可不是因为我们的私人交情。张大人了解宋江的为人，知他城府极深，若是让他入朝为官，后果不堪设想。而且，事成之后，韩某还有一事相求。好了，船只的事自会有人与你接洽，我也差不多该回去了，栾兄，告辞。祝你早日踏平梁山泊，杀了宋江，祭奠祝家庄的英魂。”

栾廷玉知道以他的身份，不便在此久留，也不为难他。

韩世忠走到梁红玉面前，柔声道：“梁姑娘，后会有期。”

梁红玉听了，白玉般的脸庞泛起了一抹红晕，接着点了点头，道：“你路上保重。”

仙音阁众女见他二人拘束的模样，笑作一团。

待韩世忠下了独龙冈，栾廷玉立刻召集各山寨头领到了演武场。

他先是宣布战船已经完备，安抚人心，又详述了大海鳅船的体量与军备，独独隐去韩世忠等人不提。可倪元龙的手下仍是不依不饶，坚持为自己死去的头领讨个说法。栾廷玉只得承诺先厚葬倪元龙，待与梁山泊的战事了结之后，再犒赏其麾下众人，才勉强压了下去。

他说这些话时，唐霄早已在演武场四周布下弓弩手，倪元龙的手下若有不轨举动，便视作叛乱，当场射杀。

这些喽啰本就是一群乌合之众，之前有其他山寨头领撑腰，还嚷嚷着要阮小二血债血偿，此时见栾廷玉施行霹雳手段，顿时方寸大乱。几个小头目心下寻思，此时若是依了栾廷玉，尚有犒赏，若是忤逆了他，立刻就要死在乱箭之下。众人不敢出声，也算是默认了栾廷玉的安排。

平息内乱后，又过了几天，栾廷玉重整兵马，调集各路头领，商议攻打梁山事宜。

再过两天，祝家庄就准备启程，向水泊梁山进发！

栾廷玉委任唐霄为联军军师，负责攻打梁山泊的战略部署。会议的地点在露天的演武场，众人围坐在一张巨大的桌子前。桌面上放置着按照梁山地形图所制作的战略沙盘。沙盘上摆放了各种军旗和建筑木雕，包括梁山宛子城、莲台寺、戢军处、神兵府等机构的位置。

这几日，唐霄与张闲、朱武等智囊不分昼夜，将自己关在房屋内，进行沙盘推演，拟定战略计划。敲定攻击策略后，才召开这次战前集议，分配战略任务。

“首先，我们要分成四队人马，分三路进攻梁山本部。”唐霄一边说，一边动手将沙盘上的兵棋，分成三部分，“第一队，凤凰山联盟，由头领栾廷玉指挥，副将为唐霄、徐燎、玄武、陈广、扈三娘、刘唐、白胜；第二队，三山联盟，由鲁智深率领，副将为杨志、武松、史进、施恩、曹正、张青、孙二娘、朱武、陈达、杨春、周通、李忠；第三队，梁山元老，由杜迁率领，副将为宋万、朱贵、樊瑞、项冲、李衮；第四队，阮氏水军，由阮小二为主将，阮小五、阮小七为副将，水军为先锋，正面对抗梁山解水卫，为联军登陆护航……”

凡是被点到名字的好汉，无不高声应和，个个精神焕发。

像张闲、延庆公主、仇琼英、仙音阁诸女等，算是祝家庄的客人，所以唐霄并未将他们安排进部署之中。

唐霄指着水泊，对阮小二道：“梁山解水卫是块难啃的骨头，这一点，想必你比我更清楚。虽然我们有大海鳅船，但也要小心他们的鲛人战术。我的计划是，每一艘船的船底都配备十个蛙人护航，这样就算宋江发动鲛人突袭，也不至于被凿漏了船底。”

阮小二拍着胸口应了下来。

石碣村一带有很多水性极好的渔夫，以潜水捞鱼为生，他们在水底来去自如，自诩“蛙人”。阮氏兄弟随晁盖上梁山时，曾带走了一些蛙人。此番叛出梁山泊，这批蛙人也随他们下了山。这些蛙人在梁山泊被李俊训练的鲛人压制多年，心头早就憋着一股恶气，这次反攻梁山泊，他们都铆足了劲，要和鲛人一决高下。

“大海鳅船由东南西北四个方向，登陆梁山。西山关由三山联盟主攻，守将为杨雄和石秀，他们俩不好对付，不过我想也难不倒众位！”唐霄说着，瞥了一眼三山群雄。

鲁智深将手里那六十二斤的水磨镔铁禅杖往地上狠狠一砸，顿时将地上的青砖砸得粉碎，他怒斥道：“这两个撮鸟若胆敢阻拦，洒家就一禅杖砸烂他们的鸟头！”武松单手搭在腰间雪花镔铁戒刀的刀柄上，露出豪迈的笑容，杨志则将槛兽宝刀抱在胸前，一言不发。

“东山关是单廷珪和魏定国，此二人被唤做水火二将，必有过人之处，不可小觑。这一仗，交给众位梁山元老，阮氏水军登陆后，也一并协助你们，如何？”唐霄将一枚刻有“杜”字的兵棋放置在东山关之前，抬眼望向杜迁等人。

杜迁与宋万对视一眼，同时向唐霄道：“此番若不从宋江这黑厮手中夺回梁山泊，誓不为人！”其余一些上了年纪的梁山喽啰，也个个摩拳擦掌，跃跃欲试，准备讨回这些年所受的屈辱。

“至于北山关……”

唐霄说到此处，忽然停顿了下来。

众人不明所以，唯有栾廷玉知道唐霄在顾虑什么。他希望唐霄能够成全自己。

“本来北山关口，无足轻重，可按照计划，要有一支队伍从后方捣毁梁山泊的粮仓和神兵府，那就必须从北面突入。是以凤凰山联盟再分两队，栾廷玉和扈三娘带一支小队，攻下北山关！”唐霄自然明白他的意思，犹豫再三，还是做了这个决定。他将刻有“栾”和“扈”的两枚兵棋放在北山关口，“北山关守将，李逵！”

此言一出，大家都明白了唐霄的用意。

栾廷玉向唐霄微微点头。扈三娘听了这个名字，想起自己的父亲，双手紧紧握住腰间的双刀刀柄，恨不能立刻斩杀仇敌。她告诉自己，这一次，绝对不会再让他逃走了。

“最后，就是这次的重头戏，南山三关。”唐霄伸出右手的食指和中指，在沙盘上敲打了三下，郑重地道，“南山第一关，名唤‘兽关’，由解氏兄弟驻守。他们猎户出身，有驱使猛兽为己所用的本领。”

“若那猛兽来袭击我们，该如何应对？”

问话的人是刘唐。他在梁山泊多年，早就见识过解氏兄弟的手段，也曾经与他们在演练时对阵过几次，对他们的“兽军”心有余悸。

唐霄神秘一笑，道：“刘大哥不用担心，山人自有妙计。”

刘唐知道他已有对策，便也不再多问。

唐霄又将指尖点在南山第二关的关口，沉声道：“之后，就是南山第二关‘箭关’，花荣和燕青把守。顾名思义，这一关口建了许多弩楼。只要有敌人出现，便是万箭齐发，任你来多少人，都能射成刺猬。”

扈三娘面露忧色，道：“我们虽也有弓弩队，但他们居高临下，占了地利，我怕……”

“我们不会那么愚蠢，用弓弩与他们对决，三娘，你放心。”唐霄接着说了下去，“至于第三关，倒是我认为最棘手的一个关口。”

众人知道，唐霄所说的关口，正是南山第三关——焰关！

“朱仝和雷横虽是主将，但真正的敌人则是原东京甲仗库副使，炮手凌振。我们若是硬攻此关，会付出很大的代价，所以这一关，攻心为上！”

“攻心？”孙二娘反问道，“怎么个攻法？”

“兵法云，不战而屈人之兵，善之善者也。朱仝有心结，我们替他解开心结，他未必会和我们过不去。”见众人没有继续追问，唐霄又道，“攻破南山三关，咱们四路兵马将在宛子城聚首。真正的硬仗，也会在这里打响！”

即使唐霄不说，大家也知道，名震天下的五虎将和八骠骑，便驻守在此处。

稳坐水泊梁山第一把交椅的男人，也在这里。

“如果我没猜错，吴用会布下九宫八卦阵，等着我们。实际上，这次梁山泊的真正目的，也是请君入瓮，把我们引入宛子城，尽数歼灭于此！”

唐霄说到最后六个字的时候，提高了音量。

九宫八卦阵是吴用根据《周易》的原理衍生而来的绝高阵法，九人分别立于乾宫、坎宫、艮宫、震宫、中宫、巽宫、离宫、坤宫、兑宫的方位，随乾、震、坎、艮、坤、巽、离、兑等卦象变换，整齐划一，连绵不绝。用于临阵破敌，厉害至极，正是战无不胜，攻无不克。最关键的是，敌军根本无法捉摸这来去如潮的阵法。

“说实话，我并没有十足的把握击溃吴用的九宫八卦阵，其中关节实在太过复杂。”唐霄抬起头，把目光投向张闲，“不过，如果张闲兄弟在的话，咱们未必就不能破解这个阵法。”

适才唐霄布置战略计划的时候，张闲一直在神游，蓦然听到自己的名字，他不由身子一震，整个人都挺直了。

“你……你说我吗？”张闲指了指自己的脸，慌张失措的模样。

“是。要破九宫八卦阵，非用你这双龙虎瞳不可！”唐霄说到此处，却又叹了口气，“不过你不会武艺，若是随我们深入梁山泊，恐怕……”

“没关系的，我不怕！我真的不怕！”张闲急忙辩解道。

他生怕刚才的犹豫，让大家误以为他是个贪生怕死的小人。

“他的安全，由仙音阁来负责。唐少侠就不必多虑了。”

唐霄闻声看去，只见李师师一袭白衣飘飘，腰间悬着一柄针剑，风姿绰约，身后梁红玉、赵元奴、骆琪花、阎凤羽、玉娇枝、谢素秋众女一字排开，虽俱是女子，但身上散发出的气势却不让须眉。

“好，在下先谢过李姑娘！”唐霄冲李师师行了个揖礼。

众女亦随李师师向唐霄回了万福。

唐霄转过身，扫视众人，朗声道：“这次的计划，可能并不周全，风险也极大。但大家若是信任我，愿意陪我一试，那么……”

“事到如今，还有什么好说的。”武松一只手搭上唐霄的肩头，“咱们的命，便交给你了。无论是生是死，咱们一起面对！”

武松此言一出，效仿者如潮。

众人纷纷把手搭在唐霄肩上。

唐霄回望他们，看着一双双充满热忱的眼睛，他的胸膛间，隐隐升腾起一股暖意。

灶屋内回荡着一股浓烈且刺鼻的草药味。

杨采苓坐在地上，熬制最后一批金疮药膏。她回过头来，逐一检视地上一包包丹药和膏药——都是这些天连夜制成的。她知道双方一旦开战，药品的需求就会急速上升。山寨里虽有几个药师，却也是供不应求。

灶火已经熄灭了。杨采苓将药膏用油纸包裹起来，放在地上，再逐一仔细检看一遍。确认无误后，才唤来门口轮值的喽啰，将地上的五十包药品分发下去。

累了一天，杨采苓坐在藤椅上，感觉浑身都快要散架了。

她心里估算着这些膏药能够对付多少伤员，又有多少医师能够临场治疗受了刀剑伤的病患。但越是细想，那种不安的情绪就越是强烈。

——我还能怎么帮到他们呢？

杨采苓将余五娘赠予她的《毒经》取出，置于腿上。

自从卸下桃花山主之位后，杨采苓就不断告诫自己，不能再翻看这本《毒经》，也决计不能再用这里面的毒药害人。

医者应该悬壶济世才对。

可是，大战在即，她不像扈三娘、李师师这般武艺高强，只能眼睁睁看着自己的情郎冲在前面，自己却只能留在庄内，默默等待他的消息。

要是遇到危险，自己也帮不了他。

——不到万不得已，绝对不能用毒！

杨采苓在心里默念这句话，像是在说服自己。

最终，她还是打开了《毒经》，翻到了最后一页。

玄武站在灶屋门外。

他抬起手想敲门，可犹豫片刻，终于还是垂下手来。他知道杨采苓正在屋内忙着制药，就这样进去，会打扰到她。

可他心里却有好多话想和她讲。但这些话说出口后，又会给杨采苓带来怎样的困扰，说出口，又有什么意义呢？玄武每次想到这里，都会退缩。因为有些事还是不要说出口为好，给各自都留有余地。

玄武转身离开，回到了自己的房间。

推开门，他就看见了依在墙角的齐眉棍。这根棍子是唐霄亲手为他打造，棍子首尾都用铁皮包裹，棍身采用白蜡木材，柔韧性极佳，挑、刺、劈、撩、扫各种棍法施展开来，都十分顺手。不愧是兵诛城的手笔。

他走近墙角，拿起齐眉棍，低声怒喝，左足向前一跨，齐眉棍当头劈下，速度之快，隐约能听见一阵空气撕裂的鸣音。棍头在他视线前方止住，不停地颤抖。

这是少林六合棍法中的起手式。

——我为什么而战？

他问自己。

是为了被宋江灭门时，受了株连的姐姐吗？

还是为了保护她？

玄武舞起齐眉棍，将整套棍法在逼仄的房间内尽数施展。棍花在他手心绽放开来，缭绕在他周围，随着他的身影不停移动、变换。挟着猛烈劲道的棍子扫过茶杯，扫过幔帐，扫过木梁，都是轻轻扫过，却没有砸碰到任何东西。

每一招，每一式，都精确至极。

他像是在发泄内心深处的某种情绪。唯有不停出招，才能将这些淤塞已久的情绪发散出来，幻化成棍棒的力量。

木桌上的烛火随着棍风不停跳跃。

最后一招走完，玄武收棍直立，吐出绵长的一口气。他褪下僧袍，挂在架子上，露出汗水淋漓的上身。果然，专注于棍法让他暂时忘记了烦恼。

这一刻，他恍然醒觉，原来佛法亦在棍法之中。

人生一世，五阴烦恼因缘合成此身，恒以生老病死之无量苦恼搒笞众生。只要专注于战斗，不停地战斗，就不会有烦恼。

玄武的五指再次握紧在齐眉棍的白蜡杆上，指节泛白。

他参悟到唯有战场，才是自己真正的归宿。

对面屋子传来的呼喝声将张闲从梦中惊醒。

他揉了揉眼睛，从床上爬起来走到窗边。推开窗，他能瞧见玄武在屋内舞棍的样子，烛光将玄武的人影投射在纸窗上。他瞧了几眼，隐约辨认出这是少林六合棍的招式。这套棍法，他曾在天书阁内见过誊抄本，也不知宋江如何得来。

合上窗，张闲重新躺到床铺上。

他回忆起曾经在东京城的日子。那时候，每天干着同样的活儿，重复着同样的人生，自己也没觉得有什么不妥，谁又会想到，如今的他，会和这些个江湖上赫赫有名的人物围坐在一起，商议攻打梁山泊这样的大事呢？

——若是让父亲知道我现在这般威风，该有多好。

他不记得自己离开客栈有多久了。他想，卢掌柜应该回到客栈，重新开张了吧？韩四不知娶媳妇了没有？玩大象戏的时候，是否还会作弊？陆二爷赊的账，不知孙大官人有没有替他补上？对了，客栈对面卖糖糕的朱七姐总是对我抛媚眼，眼下我已经有了李姑娘，以后见了她可要回避，不能让李姑娘疑心……

过去的景象在张闲脑中一一闪现，清晰无比，又恍如隔世。

严格来说，他与梁山泊并无血海深仇，一步步走到今天，也都是形势所迫。起初只是为了帮助栾廷玉他们躲避探事郎的追击，在登封县认了爷爷，成了龙虎宗的掌教真人，此后又上了少林，还阴错阳差被梁山的人当成燕青，带去梁山泊做了天书阁的主事……

想到这里，张闲自己都不禁苦笑。这一路真是够莫名其妙的。

不过，在选择相信栾廷玉这一点上，张闲从未犹豫过。

徐燎背着虎翼刀，穿过张闲与玄武的屋子，大步向演武场走去。

此时他已恢复了九成的记忆，身手虽不能说达到过去的巅峰状态，但已非常接近。

为了大宋，为了皇帝，他的手上曾经沾染过无数人的鲜血。其中有孱弱的老人，幼小的孩童，毫无反抗能力的女人，也有身手不凡、武艺高强的异邦谍者。

皇城司上下称他作“鬼刃”，并不是说他的刀法有多鬼魅莫测，而是他这个人，简直像阴间来的判官，心狠手辣，冷血无情。

徐燎毫不在乎别人如何称呼自己，看待自己，也不在乎自己做了多少冤孽，刀下有多少冤魂。他认定自己所做的一切皆是为了大宋的前途。为了朝廷的稳固，为了官家能永葆江山，阴间多几个冤魂，又算得了什么？

直到他翻开了原本不该他阅览的机密文书。

这时徐燎才知道，自己替官家卖命，换来的竟是一场牢狱之灾。

在皇城司当差时，徐燎曾以为自己已尽知朝廷上下各种机密，他以为手下眼线遍布东京城，整个京师在他眼里没有秘密可言。

可事实却给了他沉重一击。

九天玄女计划，这六个字，他就闻所未闻。

徐燎冷笑。自己到头来，也不过是条狗。

踏入演武场，徐燎卸下身上演练时所披的重甲，接着抽出背后的虎翼刀，握在手中。刀身在月光的反射下，闪烁着耀目的光芒。

一阵狂风掠过，卷起演武场上的滚滚黄沙。

徐燎瞳孔突然收紧，手中虎翼刀席卷而出，随利刃裹挟而出的刀风将沙暴生生劈砍成两半！

这次杀上梁山，徐燎只为了一个人——皇城司最高统帅，柯引！

当然，柯引不过是此人的化名。

整个九天玄女计划，参与者只有三人，官家、柯引和宋江。只此三人，将庙堂与江湖俱玩弄于手掌之中。而这位徐燎的老上司游走于朝堂与绿林之间，游刃有余，除了他高超的交际手腕和雄厚的财力之外，还有另两个重要的原因。

那就是显赫的出身背景，以及江湖上的名望。

若不是在玄泓的协助下破解了天书，此人的真实身份，自己只怕永远不会知晓。

——柯引……不，**小旋风·柴进**柴大官人！这才是你的真实身份吧！

忽然，一朵花瓣随着疾风上下飘飞。

徐燎左足迈前，手中刀芒大作，下一瞬间，那朵花瓣已一分为二。

这一刀狠狠劈下，像是下决心斩断未来与过去一般。

远处传来的呼啸风声，并没有影响到正在铁匠铺中研制兵器的唐霄。

此时，他在四面扑来的热浪侵袭下，身躯已被汗水湿透，衣服湿嗒嗒地贴在身上。完成粗竹管镂空的工作后，他又在竹管的外壁钻了个小孔。装填火药的位置按照《唐门考工记》的建议，往后移了几寸，这样喷射子窠时就不太会发生爆裂的情况。

不过，毕竟是竹管，连续发射四五次后，管身还是会裂开，不过父亲的设计大大提升了射程，远达一百五十步。唐霄拿起一张纸，仔细端详片刻，将柳炭、铁淬、磁末、硫黄、砒霜等混合药剂塞入竹管内部。

完成火枪的装填后，他转身来到锻造台，伸手拉动风箱的把手。

推拉之下，大量空气涌入冶炼炉中，炉火顿时旺盛起来。新制的数十枚暗器排在锻造台上，飞刀、金钱镖、掷箭、梅花针、如意珠等各色暗器，应有尽有。其中大部分已完成烧刃和淬火步骤。唐霄取出一枚飞刀，用拇指轻轻抹过刃锋，指腹便多了一道血口。

刃口已十分锐利，说明覆土的温度恰到好处。

唐霄满意地点了点头，将飞刀放回锻造台上。同时，他又取出龟兹短剑和五把炽焰回旋刀，在水缸中浸泡。平静的水面映射出他那张乌漆墨黑的脏脸，唐霄却毫不在意。

干了一天的活，他连洗把脸的工夫都没有。

他扫视锻造台上的兵刃，父亲的影子若隐若现。

——正所谓一锻一称一轻，直到斤两不减，即成百炼钢，你要记牢了！

——水淬虽硬，却失了柔韧性，油淬较为折中，柔中带刚……

耳边响起父亲的谆谆教导，唐霄喉头一紧，眼眶中溢出泪水。

“父亲，我要拿着你设计的兵械，攻打梁山泊，为咱们兵诛城复仇。”唐霄抬起头，脸上的泪水已与污浊混在一块，“待踏平梁山之后，我就回到四川，重建兵诛城。让天下人瞧瞧，我们唐家的兵器，是否天下无双！”

影子消失了。唐霄抹干了泪水，从水缸中取出龟兹短剑，剑刃在一块巨大的磨刀石上来回修磨。这个动作，通常要重复数百次，直到剑刃刃线变细。

但此刻的唐霄却一点也不觉得疲劳。

他在心中已向父亲立下了誓言，竭尽所能，为兵诛城报仇雪耻！

离铁匠铺数十丈外的空地上，有一群四五十人的兵团，赤着上身，正整齐划一地挥舞着手中的长枪，口中则发出震耳的叱喝声。他们手中的长枪有力地挺刺，收回，又挺刺。每一次踏足，扭胯，展臂，都充满了力量和决心。

挥动长枪突刺的时候，这些青壮身上总会洒出点点汗水，在月光下闪闪发亮。

扈三娘手持长枪，伫立在兵团边上，监督他们操演。

这些年轻人都曾是扈家庄的家丁。得知祝家庄在栾廷玉的带领下东山再起，他们纷纷放下锄头和农具，加入联军。这让扈三娘十分感动。

他们同时也是负责攻打北山关的部队，这自然也是家丁们自己提出的要求。

想当年宋江不分青红皂白，领兵攻破祝家庄，又血洗扈家庄，老幼妇孺死伤不计其数，其中不少死去的人，都是他们的兄弟，朋友，亲人。

“再果断一点！你手肘都太低了，腰沉下去！”

扈三娘走近其中一个家丁，在他面前做了个示范。她这一记突刺，隐隐挟着风声，力量与技巧恰到好处，引得众人拍手叫好。

“小姐，这招可真厉害！”

“不愧是一丈青，当年祝家三杰联合起来，也未必是您的对手呢！”

“就是，就是！刚才这一下，恐怕栾头领都未必接得住！”

众人你一言我一语地称赞起来。

“少拍马屁！”扈三娘冷道，“刚才那个动作，再练二十遍！”

她退到众人身后，继续观察他们出招时的身姿。临敌对战时，稍有差池，对方的枪尖便会刺入咽喉。在战场上，没有重来的机会。

念及此处，扈三娘不禁忧心起来。

对她来说，这些人虽是扈家庄的家丁仆役，可是在危难关头，并没有退缩，而是舍命相助联军，为扈家庄复仇。从某种意义上讲，他们也是扈三娘的家人。

不论如何，一定要保证他们活着回来！

扈三娘看着他们演练时的英姿，暗暗下定决心。

供桌前放着一排牌位，上面分别刻着祝朝奉、祝龙、祝虎、祝彪等人的名字。

黑漆漆的屋子里，隐约能看见栾廷玉高壮宽厚的身躯跪在供桌前。他身披丧服，腰间插着风雷电三棒。供桌上堆放着贡品和各类吃食点心。香炉上燃着三炷香，飘着袅袅白烟。

他这样默然跪在此地，不声不响，已经有两个时辰了。

门外的喽啰见到这样的场景，也不敢贸然进去打扰。适才白胜来到这里，本想向栾廷玉打听奸细的事。栾廷玉只说了句他自有安排，三言两语便把他打发走了。若换作平日，即便他再不待见白胜，起码也会和他说上一时半会儿。想必栾廷玉此时心情应是极为沉重。

他们眼中的栾廷玉，总是神色豪迈，任何事情都不挂于心上，却从未见他这般伤心难过。

这是当然。祝朝奉老爷子，可以说是栾廷玉的再生父母，对他恩重如山。至于祝氏三杰，更是栾廷玉一手调教出来的徒弟。对于祝老爷子，栾廷玉敬他如父，对于祝氏三杰，栾廷玉爱他们如子。

栾廷玉将风雷电三根铁棒从腰间抽出，放置在眼前的地上，开口说道："老爷子，这个兵器，是你当年在我生辰时送给我的。你对我栾廷玉有大恩，我绝不敢忘。栾廷玉生是祝家庄的人，死是祝家庄的鬼。这些年，这风雷电棒也一直随身带着，权当提醒自己有仇未报，有耻未雪。为祝家庄复仇的大业，我一直铭记于心，不敢忘记。可是，宋江那厮势力太大，兵多将广，以我栾廷玉一人之力，实在难以撼动。因此，我才委身成为一名赏金猎人，专门猎杀梁山贼寇，暗中寻找覆灭梁山泊的机会。

"皇天不负有心人，如今让我找到这么一群志同道合的好汉，准备发兵梁山泊，替祝家庄复仇。不知这一切，是不是老爷子你在天显灵，保佑我成事。没想到有生之年，我还能够踏上梁山，以牙还牙，以血还血，让他们尝尝当年祝家庄被戮的滋味。尤其是李逵这黑厮，杀了老大和老三，我绝对不会放过他。老爷子，你安心地等着。过几天，我就把李逵的人头带回来祭奠你。"说到"李逵"的名字，栾廷玉紧捏双拳，胸中血气翻涌。

言毕，栾廷玉捡起风雷电三棒，站起身来。

这一切，是该结束了。他低声告诉自己。

第九章 解水卫

夜幕降临，明月悬挂在空中，月光倾泻下来，把广阔的八百里梁山水泊，照得如明镜一般，闪闪发亮。梁山泊自古四面八方，茫茫荡荡，都是芦苇烟水，这得天独厚的地理优势，使得它易守难攻。当年白衣秀士·王伦选此立寨为王，也正是这个原因。

要登陆梁山本部作战，就必须先过水路！

彼时朝廷颁布征寇令，童贯率水师讨伐宋江，就是栽在了这水战上。

数十艘大海鳅船在水面上一字排开，甲板上满是英姿焕发的联军战士，船坚帆高，气势非凡。栾廷玉所在的头船上立着两面大红绣旗，分别绣着“祝”字和“栾”字，迎风猎猎飞扬。深夜子时，舰队在黑暗和浓雾的掩护下，熄灭火把，悄悄向金沙滩进军。

趁着夜色奇袭梁山，是唐霄提出的策略，期望能在解水卫最松懈的时候，给予他们致命一击。对此，阮小二却有不同的看法。梁山解水卫对水泊周边的巡视，绝不会因为夜晚而懈怠。可以这么说，一天十二个时辰之中，子时、丑时、寅时的巡察反倒是最严格的。

“安排任务给他们，就一定会认真执行吗？阮兄贵为解水卫头领，自然不明白身处底层的喽啰的想法。这些家伙，能偷懒一定会偷懒。夜间行军，即便被他们发现，要即时做出反应也需要一定的时间。那时我们便可抢占先机，杀他们个措手不及。”

唐霄对夜袭的战略信心满满。实际上，他也认为浩浩荡荡的舰队一定会被敌军发现，水战也在所难免。可是在夜色笼罩下，水中难以视物，对凿船的鲛人部队来说便是一大难题。这才是他坚持夜间突袭的主要原因。

每艘大海鳅船的甲板上，都立着十个身穿黑色水靠的蛙人。他们身上的水靠乃是用鳄鱼皮制成，较普通鱼皮更坚硬，口鼻处则配以锡造弯环空管，入水中之后可用来连接水面呼吸，以便长时间水底作战。这套潜水装备，乃是唐霄参考《唐门考工记》中《水衣全论》的章节制成。换言之，这套水底战衣，其实是唐非君的设计。

栾廷玉立在大海鳅船的船首，向对岸眺望。可惜夜色太浓，又有芦苇蒹葭遮眼，瞧出去只是一片黑暗。如同这次战役的胜负，亦是前景未卜。

唐霄见他愁眉紧锁，上前劝慰道：“栾大哥，尽人事听天命，你不要有太大负担。”

栾廷玉苦笑道：“这一战若是失败，断送了弟兄的性命，我可是难辞其咎啊！”

唐霄道：“大家跟着你打梁山，并非瞧在你的面子上。这条船上的每个人，都是为了自己的信念而战，你又何必把责任都揽到自己身上呢？”

栾廷玉刚想开口，忽然四面的芦苇丛里，传来阵阵哨音。

——这是梁山解水卫的暗号！

数十艘大海鳅船上的首领纷纷下令备战，蛙人们一个个翻身入水，弩楼上也传来一片箭镞上弦的咔嚓声。空气仿佛在刹那间凝固了，所有人都绷紧着神经，等待下一步指示。

浓雾深处，有一簇小船朝联军舰队缓缓行来，每艘船上，都埋伏着十四五个人影。

“鲛……鲛人突击队！”

不知谁在黑暗中惊呼出声。紧接着便是一阵慌乱。

梁山解水卫的鲛人曾击溃堂堂大宋水师，论水战实力，天下间罕有敌手。水手们见了鲛人慌乱，也不是没有道理。

可是阮氏水军的蛙人，眼中却毫无惧意，个个精神抖擞，浮在水面之上。这不仅是因为出身解水卫的缘故，他们的信心，更多来自于唐霄拟定的战略。

——只要依照唐少侠所说的办，就一定没有问题！

那些小船体积不大，与大海鳅船更是无法相比，但见船上的成员，眼中全无惧意，反而透露出一股凶光，仿佛要将眼前一艘艘巨兽般的战船，全都吞噬下去。

身为梁山解水卫的鲛人，就应该有这样的自信。

海鳅舰队与鲛人部队的距离慢慢拉近，船头上的水手渐渐能看清鲛人的样子。

他们身上也是紧裹着鱼皮水靠，每个人腰间均悬着铁凿，手中则反握着弯刀。鲛人们死死盯着大海鳅船上的众人，面无表情，不发一言，如同雕像一般。可阮氏水军都了解，等到适当的距离，他们便会一齐跃入水中，对船底进行破坏。

唐霄额上满是冷汗，心里默默计算着舰队与鲛人之间的距离。

四十五丈……四十丈……三十五丈……三十丈……二十五丈……

忽然，为首小船上的一个鲛人，轻轻移动了一下脚掌。就在这个瞬间，唐霄顿时眼目收紧，抽出腰间的龟兹短剑，向前猛然一挥，高声喊道："发射！"

与此同时，弩楼上的弓箭手瞄准鲛人部队，纷纷扣下悬刀，漫天箭镞如雨点般朝鲛人部队飞射而去！

为首那鲛人冷笑一声，心想这招朝廷军也用过，可箭镞入水后威力大减，根本伤不了潜入水下三四米的鲛人。只要在箭镞射中小船之前下水就可以了。

可事情发生的轨迹，并非如他预料这般。

箭镞射出后，在半空中忽然爆开，漫天绿色的粉末朝鲛人身上撒去！

——难道是毒箭？

鲛人们大吃一惊，开始依次跃入水中。

不过他们的动作终究是晚了一步。粉末倾撒在他们的身上，散发着绿色的光芒。他们跳入水中，身上绿色的粉末并没有被水流冲去，触水之后，反而绿光大盛！

起初，他们以为联军射的是毒箭。但转念一想，在水中下毒，事倍功半，鲛人入水后毒性也会被稀释不少，很难达到致命的剂量。

那这绿色的粉末又会是什么呢？

直到他们潜入水底之后，才明白对方的用意。

黑暗的水下，上百个鲛人身上都持续散发着绿光，像是一只只萤火虫。这种情况，在伸手不见五指的水中，无疑是致命的。

有了光源，等于暴露了自己的位置。

其中一个鲛人用手不停地抹擦身上的绿光，想抹去沾在鱼皮水靠上的粉末，可他越是用力，那光芒就越强，怎么也弄不干净。正当他打算用手中弯刀剜去那块发光的鱼皮时，忽然背脊传来一阵剧痛，他回过头去，眼前一片漆黑，紧接着胸口一凉！

一柄长枪直直刺入了他的心脏。

临死之前，他都没能看清杀死自己的人是何容貌。

鲜血从他胸口涌将出来，在水中迅速扩散开来。随后，一个个身上散发绿光的鲛人接连被蛙人的长枪刺穿身体。他们在水中无法发声，只能徒劳地张大嘴巴，吐出一大串气泡。

无数气泡混杂着血液，滚滚涌上水面，大片水域仿佛被煮沸了一般。

梁山鲛人部队从未经历过如此耻辱的夜晚。数不清的蛙人潜在暗处，刺杀那些身上发着绿光的鲛人，而鲛人因绿光耀目，无法看清对手，在毫无还手之力的情况下，逐次被杀。恐惧、惊愕、慌乱、胆怯，各种情绪在他们心底滋生出来。可他们如待宰的羔羊，除了任人鱼肉，什么也做不了。

不到一盏茶的工夫，上百个梁山鲛人俱被杀尽。

见此情景，联军舰队发出一阵欢呼。唐霄见时机已到，下令两边水车，一齐踏动，大海鳅船瞬间提速，风飞电走地向前驶去。那些鲛人的尸体浮在水中，变成上百个绿色光源，照亮了一大片水泊，如同仙境。

数十艘战船航行在这点点绿光衬托的水面上，破浪前行！

原来，那些绿色粉末是以萤石磨成。这种萤石极难寻找，大多开采于火山岩之中，因其颜色艳丽，夜间能发绿光，多被工匠用来做成工艺品。为对付梁山鲛人，唐霄费尽心思，才想到这个计策，利用萤石粉遇水极难清洗的特性，成功击溃了鲛人军团。

蛙人上船之后，阮氏水军点清人数，发现己方没有伤亡，全歼敌军。

栾廷玉见了这一边倒的战况，此前的阴郁情绪一扫而空，口中不住赞叹道:“唐霄兄弟，你真是百年难遇的奇才！愚兄现在才明白，何以宋江毁灭兵诛城，也要赚你上山。你若愿为宋江效命，那祝家庄的仇，恐怕永远都报不了了！”

唐霄脸上却一如既往的镇定，笑着道：“栾大哥过誉了。好戏才刚开始呢！”

忽闻一声号角，远方驶来十多艘战船。

每船上八把橹，十六个人摇动，百余个小喽啰。竖着一面红旗的船上，簇拥着一个蓝色皮肤的怪人，那旗上写“混江龙李俊”五个大字。左边这艘战船上，坐着个手臂异常粗壮的头领，手持一支巨大的船桨，傲然挺立，船上竖着一面绿旗，上书“船火儿张横”。右边那艘船上，站着个头领，上面不穿衣服，下腿赤着双脚，腰间插着几个铁凿，身后竖着一面黑旗，绣着“浪里白条张顺”。

李俊伸出那双带着蹼的怪手，往前一挥，数百支箭尖带火的箭镞向大海鳅船射去!

“和他们保持距离！”唐霄见对方想用火攻，忙下军令，“备快船！”

阮氏水军得令，立刻从大海鳅船上降下十多艘快艇。同时，蛙人也一个个取来铁凿，别在腰间，随着阮氏兄弟一齐翻着筋斗跳下水去。

唐霄、徐燎、玄武、扈三娘、鲁智深、武松、杨志、史进、陈广等一众武艺高强的头领，各领十多个精兵，上了快艇，向解水卫的战船驶去。

李俊见对方十余艘小艇破浪而来，下令弓箭手对准快艇放箭。待解水卫放箭之时，小艇上人则各自取了木板，顶在头上。只听耳边不停地传来噌噌噌的声音，过不多时，数百支箭镞便钉满了木板。

“杀！”

快艇靠近解水卫战船时，鲁智深怒吼一声，抛去扎满箭镞的木板，背起小艇上的葫芦便往战船上爬去。其余头领也学着他的样子，丢开木板，背上大葫芦，爬向解水卫的战船。

爬上船后，四个喽啰举刀来砍，被鲁智深禅杖一扫，四人同时飞出战船，跌到水里。武松与杨志此时也上了甲板，和冲来的喽啰厮杀起来。

武松亮出戒刀，冲入人群，顿时扬起一阵腥风血雨；杨志则沉腰坐马，手中槛兽刀刀光纵横，靠近他的喽啰无不被一刀封喉。

唐霄轻功极佳，一搭上绿旗船的船体，如猿猴般攀上船去。几个解水卫的喽啰用弓箭去射，都被唐霄轻松躲过，自己反而中了飞刀，一个个掉入水中。上船之后，唐霄右手抽出龟兹短剑，左手扣上各色暗器，冲入敌军，与数十喽啰拼杀起来。这些个喽啰哪里是他对手，远的被暗器击中要害，纷纷倒下，近的被龟兹短剑割开咽喉，鲜血横飞。

红旗船上，徐燎的虎翼刀也是刀芒四起，玄武在他身后掩护，舞动齐眉棍将向徐燎冲来的喽啰都打下船去。

张横瞧不下去，双手握着那支巨大的船桨奔踏上前，伴着怒喝声朝唐霄横挥而去！

船桨未至，但已有一阵飓风般的压迫感向唐霄袭来。他来不及躲避，右手反握龟兹短剑，左手抽出炽焰回旋刀，交叉格挡船桨。

谁知这船桨力量极大，碰撞之下，炽焰回旋刀脱手飞出，船桨的余力还将唐霄打出一丈之外。唐霄往后退了几步，无法卸去这个力道，整个人飞摔在甲板上。

此时，有个喽啰想趁机一刀扎向唐霄，却被一箭刺穿咽喉。

原来是另一艘船上的徐燎，见形势危急，取了地上的弓箭，射死了意欲偷袭的喽啰。

唐霄来不及答谢，左手一挥，数枚金钱镖直直打向张横。张横反应也极快，不闪反进，挥舞着船桨将射来的暗器一一打飞。

黑旗船上，鲁智深和武松已杀红了眼，脚边尸体堆积如山。不少喽啰见了他俩，腿骨都发软，但碍于军令，只能硬着头皮上前。结果也是被一刀一个，轻松了解。有几个滑头的喽啰见状，偷偷拿了快艇，往水寨方向划去。被人问起时，只说头领命令他们回山寨搬救兵。

张顺取了长枪，正与杨志杀成一团，可他不擅陆战，几个回合下来，身上便被杨志的槛兽刀划出好几道血口。他知道再打下去，非被杨志杀死不可，突然心念一动，计上心来，向前一枪刺去！杨志避开这记突刺，准备还击时，却发现张顺立在了船舷边。他也不及多想，上前横斩，谁知竟劈了个空。

原来张顺竟仰面蹬腿，跃入水中。

杨志竟也收不住惯性，随着张顺一齐跌下船去。

他甫一入水，忽然感觉自己背后一轻，原本绑在身上的葫芦被人除去。他想往水面游，又被人一脚蹬踏在鼻梁上，整个人往水深处沉去。

由于游水速度太快，张顺在水中幻化成一道白影，在杨志身边来回穿梭。

杨志出刀去砍，却因水中的阻力，出刀的力道和刀速都不及在陆地上的十分之一。

而这种攻击，对水中的张顺来说，无疑太过缓慢。

每当杨志想要上浮，总会被张顺一脚踩下。他挥刀，对方则躲开。此时，他的肺脏仿佛快要炸开，再呼吸不到空气，他会死在这里。

我不能死！

杨家将的后人，决不能死得那么窝囊！

求生的欲望和愤怒的情绪突然激发出杨志的潜能！

只需要一刀，只要能伤到他就行！

刀还在手中，希望就还在。

他在水中闭起眼睛，放松身体，不再挣扎。他将所有的力量和感受，都集中到了掌心。

张顺见他古怪的模样，以为他闭气太久，已失去了知觉，便在水中翻了个跟头，摆着腿向杨志游去。眼见自己离杨志越来越近，张顺却不害怕，毕竟身在水中，若是杨志突袭，待他准备拔刀的时候，自己早就游到好几丈外了。

浪里白条的名号，可不是白叫的！

张顺慢慢游近杨志。长年在水中作业，赋予了他普通人没有的敏感程度，在水中他总能感觉到水纹的变化。这，也是张顺自信的由来。

可是这一次，他却失算了。

当他离杨志还有十尺的时候，杨志突然瞪开了眼睛！

下一瞬间，槛兽刀出鞘，刀光在水底闪烁起来！

水纹没有任何变化。张顺也没有反应过来。

刀刃硬生生撕开水流，两侧顿时形成极大的冲击波，刹那间，杨志的槛兽刀仿佛劈开了水流，在水底形成了一个真空的空间！

张顺的瞳孔瞬间收紧，他双腿猛力往前蹬去，想要将自己的身体推离槛兽刀的劈砍范围！

他慢了一步。

槛兽刀的刃锋深深割开他的跟腱，一团鲜血从刀尖往四周水中晕染开来！

不可能！

中招之后，张顺还是不肯相信，竟有人可以在水中斩出这样的刀法！

惊愕之后，他生怕杨志追击，于是忍着剧痛往战船游去。由于折了一条腿，游水速度比普通的水手更加缓慢。

然而，杨志用尽全力斩出这一刀后，亦已是浑身力竭，手指一送，槛兽刀便要沉入水底。忽然，一只手接住了刀，另有一只手托住杨志的腰背，带着他往水面游去。

浮出水面后，那人用手按压杨志的腹部，逼他吐了几口水，才令他醒转。

“杨制使，你没事吧？”

出现在杨志面前的，是阮小七的面孔。

“你救了我？”杨志才说了一句话，又剧烈咳嗽起来。

“好了，你别说话，我们先回船上。”

说罢，阮小七托着杨志，向大海鳅船游去。

红旗船上，扈三娘虽用日月双刀接连砍翻喽啰，自己也负了伤，徐燎则如虎入羊群，近他身者不是被砍断手脚，就是人头落地，哀号声一片。陈广正与李俊捉对厮杀，一时不分胜负。

众人正杀得兴起，忽然脚下一阵晃动，耳边听得喽啰们尖叫道：

“漏水啦！漏水啦！”

原来阮氏水军的蛙人学着鲛人的样子，一直潜在战船底部凿船。船底凿开之后，湖水滚滚涌入，船体开始倾斜起来。

唐霄听了呼喊，忙用暗器逼开张横，朝另外两艘船上的头领喊道：“这船要沉了，大家快下水，上快艇！”说着一个后空翻，直直坠入水中。可过不了一会儿，唐霄又神奇地从水下浮起，四肢并用，向快艇游去。

其余人也效仿唐霄，逼开身边敌人，从船上跳入水中，一个个激起浪花，又一个个浮出水面，向各自的快艇游去。原来他们上船之前，唐霄让每个人都背负了一只大葫芦。古人以瓠系于腰间，用以渡水，称之为“腰舟”。是以有中河失船，一壶千金的说法。

李俊本想下令让解水卫放箭，但这时战船晃动得更加厉害，众喽啰脚下不稳，滑倒在地。

三艘战船开始倾斜，不少喽啰呼喊着掉下水去。刚一下水，便被蛙人一刀一个结果，百余人丧生在蛙人刀下。

李俊、张横等解水卫的头领见形势不对，也潜水向对岸游去，但水性再好，哪里比得上快艇的速度。眼看就要被联军的快艇追上，芦苇丛后突然也闪出好几艘快艇来。众人定眼看去，船头上站着两人，正是童氏兄弟。

童氏兄弟将落水的头领一一救上快艇，向联军射了几箭，就调头往东南水寨驶去。

“给我追！”鲁智深指着童氏兄弟骂道，“两只腌臜泼才！来吃洒家一禅杖！”

唐霄瞧了一眼四下的情况，只见浓雾遮目，芦苇丛生，便出言制止道：“穷寇莫追！他们像是故意要引我们往深处走，恐怕有诈！”

武松也道："唐少侠说得有理，这东南水寨方向，确实有不少陷阱。"

这一仗大胜解水卫，唐霄的作战策略功不可没，众人也都信服于他。加上武松也这么说，众人对东南方向的陷阱，更是深信不疑。

鲁智深听了，也道："既然你说不追，那洒家便不追了。且让他们多活几个时辰！"他虽脾气耿直，在战场上倒也服从唐霄。众人遂回到大海鳅船上。

登船之后，联军数十艘战舰分为四组，按唐霄计划，朝东西南北四个方向登陆，合围梁山。栾廷玉和扈三娘领了十艘战船，千余人马，向北山关进发。其余头领，按战略部署各自领军，攻下其余三关。

栾廷玉如何也想不到，梁山北山关竟是如此模样。

北山关建立在南北两山不足百米的狭口中间，地势极为狭仄。除此之外，真正让栾廷玉疑惑的，是眼前的关隘毫无戒备的模样。连城墙上也无一人把守，更别说箭窗及哨楼了。最让他惊愕的，还属朝他们大开的北山关关门。

关门入口处空荡荡的，不见一兵一卒。

"师父，这北山关怎么没人把守？"扈三娘驱马上前，远眺关口，"难道发生了什么意外？这守关的部队去做支援了？"

他们的舰队绕到水泊北面，耗时不少，按理说东南西三个方向的联军已发起攻势，所以扈三娘的这个猜测也合情合理。

栾廷玉沉吟片刻，回道："且派人去瞧瞧。"言毕，便招来一队十来人的斥候，派去探查。这些斥候原是各个山寨的探子组成，耳聪目明，对各地山形地貌也比较熟悉。斥候领命之后，就策马向北山关奔去，入了关内。

过不多时，斥候从关口又折返回来，向栾廷玉呈报道：“报头领，没有发现人影。关内倒是狼藉一片，不少盔甲兵械随意丢在地上，像是已被人攻破！”

“攻破？”栾廷玉心中疑云大起，“难道有人抢先我们一步？”

可唐霄部署战术时都已言明各队人马的任务，怎么会有人替栾廷玉攻了北山关？

“先别管那么多，既然他们开了关门，那咱们也不必客气！”

扈三娘长鞭一挥，催马上前。栾廷玉原本还想再商议一番，见她复仇心切，也就抛开顾虑，领着千余人马，朝北山关关口行进。因关门褊狭，众人排成一条长龙，缓缓而入。

约莫进了三分之一的人马，忽然之间，众人耳边又传来了一声哨音。

与芦苇丛中发出的如出一辙！

强烈的不安感顿时涌上栾廷玉心头，他立刻朝身后的兵卒大喊道：“撤退！”

哨音又再次响起！

扈三娘领着众人转过身去，后军改前军，向关外撤退。但此时已有大量人马入了关卡内部，要全军撤离，一时半会儿根本行不通。

哨音第三次响起！与此同时，城墙上忽然闪现出一排排弓箭手。联军见中了埋伏，军心大乱，拼了命地往关外跑，不少人在推搡中被绊倒，在乱军中被踩踏而亡。

栾廷玉抢过喽啰手中的弓弩，对准城墙上一个弓箭手就是一箭！那箭镞嗖的一声没入弓箭手的额头，鲜血喷射而出，当场毙命！

“放箭！”

也不知谁喊了一声，一通乱箭冲着联军当头射下！

联军在漫天箭雨中急急后退，还困在关内的将士几乎都被射成了刺猬。

栾廷玉作为先锋，来不及随后军撤离。因关门狭隘，被大量联军兵卒的尸体堵了出口，还有人拼命往尸堆上爬，想出去，也要被一箭箭射穿。

面对阵阵箭雨，栾廷玉挥舞着手中的风雷棒，左格右挡，拨开射来的箭镞，但体力渐衰，眼看就要支撑不住。

就在此时，箭雨忽然停止了。

栾廷玉疲累地垂下双手。他环视四周，发现千余人的兵马，如今只剩不足百人。地上横七竖八躺满了浑身箭镞的尸体。幸而扈三娘带了数百人已逃出关外，避免了全军覆灭的危险。

随之而来的是一阵杂乱沉重的脚步声。四面八方拥出大量的梁山喽啰，手持长枪，将栾廷玉一众团团围在中心。

“俺还以为是谁，原来是你个鸟人！”

只见一个粗壮高大的黑汉，手提两把板斧，从人群中挤出。

栾廷玉一见此人，顿时心中蹿起了怒火，五指把风雷电棒握得更紧了。

黑旋风·李逵脸上挂着轻蔑的笑容，看着暴怒的栾廷玉，仿佛在欣赏自己的猎物。

“独眼龙，你胆子可不小，带这么点人就敢杀上梁山？俺敬你是条汉子，留你一条全尸如何？”李逵将手中板斧一碰，擦出点点火星。

“敢不敢和我单打独斗？不过，我谅你也不敢。江湖上传闻，黑旋风能坐上天罡军团的位子，完全是靠对宋江卑躬屈膝、阿谀奉承。和鲁智深、武松这样响当当的好汉，有霄壤之别！现在看来，所言非虚！”

栾廷玉了解李逵的性情，故而出言相激。

“这话谁说的！俺一斧子劈死他！”李逵果然被他激怒，一张黑脸气得直颤。

李逵身边的喽啰劝他道：“头领，他这是胡说。再者，什么阿谀奉承，话说得如此难听！咱们对头领效忠，那是本分！千万不要中了他的激将法！”

“啰唆！”

谁知此人话还未说完，便被李逵一斧子劈开了脑袋。众喽啰见了，也不敢再劝。

“江湖上都在传，我哪儿知道是谁说的。好了，咱们也不必废话。你们人多，一起上好了！我栾廷玉今日能和兄弟们并肩战死，也算不枉此生！”

栾廷玉话音一落，身边便响起一阵喝彩。

“敢说俺不是好汉？来来来，亮出你的兵器，咱们就单打独斗，比画比画！看俺怎么一斧子劈烂你的鸟头！”李逵跨前一步，摆开架势，“谁也不准上来帮忙，不然俺绝不轻饶！独眼龙，俺能杀过你一回！就能杀第二回！”

祝家庄毁灭的场景，再次闪现在栾廷玉眼前。屋宇尽毁，金银被劫，满庄被屠。尤其是这个李逵，连刚出生不久的孩童也不放过。

他伸手轻抚自己脸上的疤痕，想起被李逵废去的一只眼睛，目光盛怒。

“新仇旧账，今日与你一并结清。”

第十章 过关

南山兽关是梁山南面防御体系的第一道关卡，位于金沙滩后方数十里。

众人下了船后，由唐霄、徐燎、玄武、陈广各带千余人马，向兽关行军。临近关口时，唐霄将部队分成两路，玄武和陈广的部队暂时在原地驻军，他和徐燎正面攻坚。若有突发意外，再向他们讨援军。

张闲本想和唐霄一起去兽关，却被仙音阁众女拦下。李师师劝喻道："你不会武功，去攻关隘只会给他们带来麻烦。到时对方若是当头乱箭射下来，谁能分心救你？"她这一番话说得轻声细语，但语调中有一股不可违逆的威严，吓得张闲不敢再提。杨采苓则与几位医者一道，留守在玄武的部队。

联军带了登云梯、攻城车、投石机等攻城用具，继续向前进发，一路摇旗擂鼓，呐喊筛锣，杀到南山兽关。那关前摆着枪棍刀剑，弓弩戈矛，四面都是檑木滚石。

关隘城墙上站着一排弩手，中间有两人负手而立。一个七尺以上身材，腰细膀阔，披着虎皮，正是哥哥两头蛇·解珍，另一个也有七尺以上身材，面圆身黑，披着豹皮，两条腿上刺着两个飞天夜叉，乃是弟弟双尾蝎·解宝。

解珍站在墙头，见关外乌泱泱一片，大声喝问道："来者何人？报上名来！"

唐霄驱马上前，朝对方喊道："在下兵诛城少主，唐霄是也！"

解珍冷笑道："兵诛城早就没啦！不如你缴械投降，归顺梁山，供我宋江哥哥驱使。这样咱们兄弟俩今日就饶你一命！"

徐燎抽出虎翼刀，遥指解珍，破口骂道："水洼草贼！有种下来决一死战！"

解氏兄弟听了，俱都放声大笑，挑衅道："走的不是好汉！"各自拿了浑铁点钢叉，开了城门，放下吊桥，引了三百喽啰出城迎敌。

唐霄、徐燎没想到解氏兄弟竟敢亲自出关，但二人心中毫无惧意，率联军，拍马上前。

两方喽啰亮出兵刃，在阵前厮杀起来，冲锋在前的马匹均被砍断马蹄。

跌下马后，徐燎顺势滚了一圈，刚稳定身形，便见解珍提着钢叉向他戳来！徐燎来不及思考，手持虎翼刀朝上撩击！

下一刻，虎翼刀和钢叉都被弹开。由于徐燎刀劲太猛，解珍被震得后退一大步，心中惊骇之极！他没想到，眼前这么一个平平无奇的青年，刀法之霸道，竟不下关胜。徐燎仓促接招，手腕也是微微发麻。

不愧是猎户出身，力气果然比较大！

解珍向来自负，之前突袭徐燎不成，有些恼怒，立定身形后即刻反蹬一脚，举着浑铁点钢叉再度向徐燎发起进攻！

此番徐燎已做好准备，待钢叉叉尖离自己胸口五寸的时候，右手虎翼刀忽然翻转，以刀背抵住钢叉，欺身抢进解珍身前，刀身复又翻转，刃锋朝着解珍胸口猛斩下去！

这一变故让解珍十分惊愕，手中钢叉被徐燎这么一格一拨完全失去了准头，力道也被卸偏，此时虎翼刀当胸一劈，非死不可。

可就在这个当口，银光闪烁，徐燎的刀锋却猛烈地撞上了另一根浑铁点钢叉！

原来在间不容发之际，解宝从旁替兄长硬生生挡下斩击。解珍见状，立刻向后急退，同时挥动钢叉，猛扫徐燎头侧。徐燎想抽刀去挡，谁知解宝突然手腕一绞，三股叉尖与虎翼刀的刀镡卡在了一起，徐燎发劲抽刀，竟纹丝不动。

钢叉划出一道弧线，眼看就要击碎徐燎的头骨。徐燎自知避无可避，只恨自己太过大意，若是从前的“鬼刃”，绝不会沦落到这种境地。

他闭上眼睛，准备承受钢叉的扫击。就在此时，金属交击的鸣音，突然在他耳边炸响！

唐霄双手各持龟兹短剑与手戟，呈“二”字替徐燎正面挡开钢叉！解珍原本以为这次突袭会有奇效，谁知又杀出个人来，心中恼怒之极。唐霄一招出手，后招又至，将手戟向解宝的面门投掷而去！

解宝的钢叉绞住虎翼刀刀镡，无法躲避，无奈之下只能抽回钢叉，仰面躲开手戟。

与此同时，右手收回虎翼刀的徐燎亦没有停顿，坐马、扭胯，刀锋挟着尖锐的破风之声斩向解珍！面对如此快速的反攻，解珍勉强将钢叉一横。虎翼刀锋刃猛击在钢叉上，震得解珍差些脱手，不由往后急退。

唐霄、徐燎二人甫一联手，竟如此相得益彰，这是两人都没想到的。

解氏兄弟并肩而立，方才的短暂交手让他们对唐徐二人另眼相看，更不敢懈怠。两兄弟对视一眼，几乎在同一时间再次启动！

唐霄右手一挥，四把无影飞刀直射解氏兄弟咽喉，徐燎压低身形，虎翼刀贴着地面向前斩出，直袭对方下盘。解氏兄弟用钢叉砸开飞刀，并高高跃起，躲开徐燎的贴地刀。但他们却忽略了另一件事。

射完飞刀之后，唐霄去了哪里？

直到解宝觉得腰腹一紧，才意识到出了麻烦！唐霄射出的飞刀不过是障眼法耳，真正的目的，则是用追魂链缚住其中一人。铁链在解宝腰间缠绕了一圈，他人在半空，动弹不得，被唐霄向侧面猛地一扯，整个人失重飞摔在地！

解珍见兄弟受困，挺着钢叉想去营救，余光忽然瞥见一道银光。他来不及思索，抬起钢叉便迎架而去，只觉得虎口一震，爆裂开来。

解宝腰腹虽被铁链缠绕，但四肢仍能自如活动，他忙用钢叉不住翻绞铁链，把另一头的唐霄往自己的方向拉扯。唐霄右手扯住追魂链向后猛拖，可惜单论力量却完全不是解宝的对手，硬是一步一步被解宝拖拽过去。

便在此时，唐霄从腰间取出炽焰回旋刀，随意一抛，那刀如生了眼睛一般向正与徐燎激斗的解珍飞旋过去。解珍老远见到这柄样子古怪的飞刀，觉得甚是眼熟，但时间紧促，他不及细想，趁着与徐燎过招的空隙，把头一低，躲了过去。

被避开的炽焰回旋刀并没有落地，只是飞行轨迹发生了改变，划出一道曲线，竟又向解宝的背后旋来！正与唐霄比拼力道的解宝注意力完全集中在追魂链上，并没有在意背后传来的怪音，直到炽焰回旋刀的刃尖深深扎入他的肩胛骨！

“啊！”解宝吃痛呼喊出声，惊动了一旁陷入激战的解珍。

解珍原本就落于下风，再被他这么一惊，手上动作慢了半拍，徐燎乘机一个突刺，在他右腿上割开了一道血口。解珍右腿一屈，跪倒在地。徐燎对准解珍的下颚，抬脚猛击，四枚混着血液的牙齿从解珍口中喷射而出！

最后一记蹴击，令解珍瞬间失去了意识。武谚有云：铁打的额头，泥塑的下巴。因为下颚有丰富的经络，骤然遭遇击打后，会令筋脉紊乱，造成短暂的昏迷。作为皇城司的头号密探，以最快速度解决对手，一直是徐燎的办事守则。

梁山泊喽啰见头领吃了大亏，纷纷举刀向徐燎拥来，却被他砍倒一片。

解宝后肩被炽焰回旋刀重创，右手已失去力气，钢叉哐当掉在地上。他想换左手去取，却见钢叉被唐霄踢飞，随即又挨了一记膝撞，脸颊顿时高高肿起。

为了不让解宝逃开，唐霄扯住链条，用戴着铁甲手套的双拳，不停地朝解宝猛挥，以泄他出言侮辱兵诛城的怨气！

解宝被打得满脸血污，头无力地垂在一边，已是半死不活。

唐霄揪住他的衣襟，凑到他的耳边，冷冷道:“今日留你一条狗命，让你活着见到兵诛城重建的那一天。”

解宝淌着鲜血的嘴角，忽然上扬。

——他在笑?

“你以为你们真的赢了吗？”解宝有气无力地说道，“你……你知道南山第一关，为何被称为‘兽关’么？就因为我们兄弟俩是猎户？哈哈，你……你们太天真了……”

听了这话，唐霄心头涌起一股不祥的预感。

只见解宝忽然抬起手臂，将拇指和食指塞入口中，吹出一阵清晰且响亮的哨音！

口哨声在半空中回荡。过不多时，又有三四十人也吹响口哨。此起彼伏的哨音连成一片，顿时响彻南山第一关的上空！

紧接着，解氏兄弟麾下的喽啰们开始一批一批撤回关内。

联军一部分先锋部队见对方开始撤离，认为破关在即，便信心大增，奋力追击。

唐霄见状，忙朝他们喊道：“不要追！快回来！”

可先锋部队哪里听得见他的喊声，个个拿着兵器，拼命地向前冲杀！

就在此时，关隘的大门忽然开启，百余个喽啰推着三十辆笼车出阵。那铁笼子里竟是一头头活生生的吊睛白额虎！为首那喽啰扯开铁链子，推开铁门。笼中猛虎蓄势待发，门一开，便像一阵风般蹿射而出，迎面扑来！

联军这些山贼虽然骁勇善战，但哪里见过老虎？一个个惊得迈不开腿。笼子接连开启，一头头吊睛白额虎跃出笼车，怒吼起来，好似空中起了几个霹雳。

奔在最前头的猛虎见了一个联军先锋，半空里蹿将下来，把那人扑倒，只一口咬在颈动脉上，那人便蹬了蹬腿，当即死了。众人见了，魂都没了一半，虽手上还有兵刃，但谁敢和猛虎放对，一个个扭头就跑。

可人的双腿，哪里是老虎的对手？三十头猛虎蹿入人群，尽情发泄杀戮的本性。

或许是气味的缘故，这吊睛白额虎只咬敌人，不伤自己人。解氏兄弟猎户出身，对驯兽自有一套办法。

见了这般残暴的场面，即便是久经沙场的徐燎也惊得呆了。

在猛兽面前，普通人竟如此不堪一击。

“徐燎兄，小心！”

耳边传来唐霄的喊声。紧接着，徐燎闻到一股浓烈的腥味。

他转过头，一只口齿中染满鲜血的吊睛白额虎，正俯着身子，死死盯着徐燎。还未等徐燎举起手中的兵刃，那猛虎便已发动，向他扑蹿而去！

栾廷玉气喘吁吁地坐在地上，浑身上下，已没有半点力气。这时倘若有一只蚊子飞来叮他，他也无力驱赶。风雷电棒横在他的面前，上面沾满了血迹，若不是断了三根肋骨，腿脚腰腹都有好几道血口，他简直要将适才的搏斗当作一场旧梦。

而这场梦，栾廷玉一做就是数年。

此时，李逵厚硕的身躯正俯卧在他面前，一动不动，不知死活。两人周围，站满了手持长枪的喽啰。对于他们来说，此前目睹的这场大战，也是如梦一般。

他们心中的战神李逵，竟然会败！

栾廷玉吸了口气，肋骨又传来一阵刺痛。这是之前他与李逵拼拳时被打中的地方，他知道李逵力气大，却没想到这么大，寸拳就可以断他一根骨头，要是真让这黑厮摆拳打中，内脏都要被震碎。他又猛吸了两口气，肋部的痛苦缓解了一点。

应该没有伤及内脏，皮肉伤而已。栾廷玉推断。

“怎么？为什么还不杀我？”栾廷玉环视四周，咧嘴一笑，展露出一股豪迈的气势，“我们不过数十人，你们人数十倍于我们，为什么还不动手？”

这群喽啰你看我，我看你，顿时不知如何是好。一来他们听惯了头领的命令，如今李逵战败，群龙无首，让他们自己拿主意确实有些难为他们；二来栾廷玉靠拳头击败了在这群喽啰看来近乎没有敌手的李逵，令他们充满惧意。

“好久没打得这么尽兴了！”栾廷玉咳嗽了一阵，吐出一口血痰。

他的身体也受到了极为严重的损伤。不仅多处骨折，肌肉也有不同程度的撕裂。

眼下若是有一个人上前，一枪向栾廷玉刺去，当场就可以要了他的命。

然而没有人这么做。

除了惧怕栾廷玉的余威，还有另外一个重要的理由，就是他们的出路。

栾廷玉当然明白。

此时李逵已被对方战败，就算他们一拥而上，将栾廷玉剁成肉泥，也无济于事。将来宋江问责起来，他们一个个都脱不了身。哪有眼睁睁看着主帅被人打成这般，却无动于衷的兵士？更何况李逵在宋江心里的地位，不是普通人能够替代的。

这份愤怒，最终都会发泄在这群守关的喽啰身上。换言之，只要李逵一死，不论北山关有没有守住，他们都不会有好下场。

“怎么？你们再不动手，我可要走了。”

栾廷玉被左右两个随从扶起身子，他整个人摇摇晃晃，显然身体已经虚脱。

但是对方没有放下长枪让栾廷玉离开的意思。当然，他们眼中也没有杀意，而是充满了迷茫，充满了对未来的恐惧。

“还有第二条路可以选择。”栾廷玉顿了顿，朗声说道，“归降于联军！”

“你……你胡说什么……”梁山军中有人骂道。

“胡说？”栾廷玉嘿嘿一笑，“你们还有比这更好的选择么？别以为我不知道。按照宋江的脾气，李逵一死，你们可都得陪葬。”

他这句话说中了梁山喽啰们的心事。加入栾廷玉，反攻梁山泊，成功的希望恐怕只有五成，但若就这么抬着李逵去见宋江，就根本没有生还的希望。

随之而来的是一阵冗长的沉默。

哐当！

有个喽啰放弃了挣扎，将长枪丢在地上。

随后，长枪一支接一支落在地上，那哐当声由疏到密，不绝于耳。最后，北山关内几乎所有人都丢下了手中的兵器。对于李逵，他们既不会感到同情，也不会为他而愤怒。在李逵眼中，除了宋江之外，其余人都不足为道，更何况小兵小卒。

“既然你们都相信我，我栾某也不会辜负大家！”此时栾廷玉虽然已经精疲力竭，但内心的情绪却前所未有的高昂，“打开关门，迎接联军！向宛子城进发！”

说时迟，那时快，就在徐燎瞧着扑来的猛虎，怔怔发愣的时候，从旁突然闪出一个人影，将他撞开。那老虎扑了个空，盛怒不已，又是一声震耳欲聋的吼叫！

徐燎这才缓过神来，发现是唐霄再次救了自己。

“此地不宜久留！快走！”唐霄托起徐燎，一把牵住一匹正在乱窜的白马。

那白马见了近在眼前的老虎，更是惊得嘶鸣起来，不住挣扎。唐霄单手持缰，哪里控制得住，被它甩得脱了手。白马挣开束缚，正准备放开四蹄飞奔，谁知从它身侧又蹿出一头猛虎，猛地扑倒白马，接着一口咬在脖子上。白马虽不停地挣扎，却被老虎压制得纹丝不动，蹬了一会儿蹄子，便歪脖死了。

老虎咬死白马，也不吃它，低低吼了一声，视线投向了唐徐二人，在找寻扑倒猎物的机会。

就在这时，两头吊睛白额虎将二人夹在中央。唐霄和徐燎不得不背靠着背，各自面对一头猛虎。虽然他们都是顶尖的武者，虽然他们手里都有兵器，但面对这两头山林中的顶尖捕食者，再强的高手也无济于事。

“你先走吧，这两只大虫就交给我。”徐燎略微定了定神，心情渐渐平静下来，“死一个，总比死两个要强。”他想向东南方向逃跑，引开老虎的注意。

“没用的。两条腿再快，也跑不过四条腿。”唐霄满额冷汗，左手扣了一柄无影飞刀，右手反握龟兹短剑，“况且你把背露给它们，就是找死。”

“那怎么办？一起在这儿等死么？”徐燎压低音量，生怕惊动老虎。

“再等等，应该快到了。到时让这些吊睛白额大虫，都变成焦头烂额大虫。”

唐霄话里藏阄，不过徐燎没能听出来。他实在太紧张了。

面对唐霄的那只猛虎，忽然前掌微微探出，身子开始压低。同一时间，唐霄也开始调整身姿，两腿弯曲，背脊弓起，随时准备施展轻功。

下一刻，一阵虎啸声响彻整个南山关，猛虎如炮弹般向唐霄蹿来。可唐霄却不躲不闪，也没有投掷飞刀，而是抬起左臂，按下机栝！

一枚袖箭朝老虎射去！

另一只猛虎也闻风而动，向徐燎扑去，徐燎身形只一闪，便闪到了它的背后。

唐霄射出的袖箭，不偏不倚，正中猛虎右眼。老虎吃痛，扑杀时失了准头，让唐霄一个侧滚躲过。老虎一扑不中，飞起右掌一挥，打中唐霄侧肩。顿时一股千钧之力袭来，激得他胸口气血翻腾，整个人被掀飞好几丈远。

而另一边，徐燎闪至老虎身后，那畜生背后看人最难，正寻他不着。徐燎见机不可失，状起胆子竟跳上了虎背！吊睛白额虎感到背上有人，猛甩身子，想把徐燎甩在地上。谁知徐燎双腿夹着虎肚，左手死命扯住虎皮，右手反握虎翼刀，朝着老虎的后颈猛扎下去！

——去死吧！

若是一个普通人被徐燎这么一扎，以虎翼刀之锋利，应没柄而入才是。可谁想到这虎皮坚韧无比，一刀扎下去，只扎出一道血口来，并没有伤及要害。老虎吃痛，力量比此前大了数倍，背上一阵猛颤，徐燎没能坐稳，整个人摔在地上，虎翼刀也震得脱了手。

老虎红了眼，疯也似的扑在徐燎身上，张口便咬！

唐霄见徐燎命在旦夕，不顾危险，向他冲去，同时从腰间抽出追魂链，右手倏地抛出！

铁链不偏不倚地缠在虎头上，卡在上下颚之间，令它一时无法撕咬。

口中有异物，那老虎也极为难受，不停地甩动虎头。唐霄本想在远处牵制住老虎，但是力量太过悬殊，虎头一甩，铁链也脱开他的掌控。那铁链因老虎咬合的动作，愈加深入地嵌在它的齿缝之间。

徐燎趁此机会，向侧面滚了四五圈，取回虎翼刀。

两只老虎，一只眼睛被射瞎眼睛，一只口中缠着铁链，均十分狼狈。但唐霄和徐燎却没有丝毫兴奋的情绪，因为他们都知道，被激怒的野兽，才是最可怕的。

正当唐霄苦恼下一步该怎么走的时候，战场的西北角传来一阵喧闹声，唐霄闻声望去，只见浓烟滚滚，直上天际。

“终于来了！”唐霄兴奋地道。

“什么？”徐燎勉强站起来，用袖子拭去脸上的泥土。

“猛火油柜！”唐霄朝西北角一指，“你瞧！”

顺着唐霄所指的方向望去，只见约有五十辆配备猛火油柜的战车，向虎群冲去。

所谓猛火油柜，是以猛火油为燃料，用熟铜为柜，装上卷管、唧筒等，以喷火为攻击方式的焚毁型战具。唐霄在原本的设计上做了改良，将油柜装在推车上，每辆配备两个喽啰，其中一人控制方向，一人负责抽拉唧筒，点燃猛火油，喷射出如火龙般的烈焰，灼烧敌人。

猛火油柜车冲入虎阵，对准猛虎的方向喷火。野兽通常惧怕明火，尤其是老虎。那虎群见四处焚烧，惊乱中四下奔走。有不少还往回跑，冲击南山关守关的喽啰，其中被老虎冲撞、踩踏而死的，不计其数。

对付唐徐二人的两头老虎，闻到火焰灼烧杂草的焦味，也顾不上猎杀他们，自顾自往山林中逃去。

“有这么厉害的武器，怎么不早拿出来！”惊魂初定，徐燎言语中似有些责备的意味。

放眼望去，南山关前的平原上，亡于虎口者众多，死伤枕藉。

见了这般惨状，唐霄也不由心生愧意。

实际上，唐霄安排的猛火油柜车队由柴叔负责指挥，应在放出猛虎时就已到位，可谁知却迟了这么久。不知是地形复杂，迷了路，还是搬运猛火油柜时耽误了时间。但不论如何，出现这样的问题，作为主帅的唐霄也难辞其咎。

"也罢！"徐燎举起虎翼刀，指向南山关，"攻下这座关隘，以慰弟兄们在天之灵！"

破了南山关的兽阵，联军上下士气大振，前赴后继地扑向南山关。因主将被擒，又受了兽阵的反噬，南山第一关的守军本已军心大乱，再遭联军这么冲击，顿时溃败千里。

不过半个时辰，南山兽关便宣告失守。

南山兽关失守的消息，很快就传到了箭关，亦即南山第二关。

作为箭关的守将，小李广·花荣并不意外。以解氏兄弟的资质，本就不该位列天罡，地煞中强过他们的也有不少。况且这两个人上山打打猎还不错，真的带兵打仗，哪里是他们这种外行能干的？

花荣站在城墙上放眼眺望，眼前尽是一片密密麻麻的弩楼。面对这样的防御，即便朝廷禁军来袭，又有何惧？花荣心想，就算对方有猛火油柜这样的火器，在射程上也差了许多。

"燕青呢？"花荣见天色渐渐暗了下来，转头问道。

他身边的随从上前一步，恭敬地道："回将军，燕头领一大早就回了，说是莲台寺有要事，须回去商议。"

"这个当口，回莲台寺作甚？"自上梁山以来，花荣总是猜不透燕青的心思，"算了，这家伙在这儿，也是给我添乱。"

燕青性子浮滑，做事也不按常理，与花荣性情完全相背。勉强在一起共事，对他们二人来说都是折磨。所以燕青回了山寨，对花荣来说，未尝不是一件好事。

回到关内，花荣用了晚膳，便准备休息。

最近发生了太多事，一件接着一件。刚消停了几个月，又接到凤凰山联军攻打梁山泊的消息。原本以为是一群乌合之众，成不了大器，谁知却接连攻克了解水卫、南山兽关等障碍，一路走到这里。

想不到这栾廷玉还有点能耐……

花荣卸下盔甲，换了身中衣，仰面躺在床上。

他刚想闭上眼睛，便听得门外传来一阵杂乱的靴声，紧接着是敲门的声音。

“将军！敌军攻来了！”

“什么？”花荣翻身坐起，“他们打算夜袭南山箭关？”他沉吟了一会儿，重新披上战衣，推开门。门外站着的是他的随从阿三。

花荣想说什么，却又忍住了，只从齿缝中挤出了一个字：“走。”

趁夜色攻打关隘，对联军来说并不占优，甚至可以说将自己陷于危险的境地。可对方还是来了，这又说明什么呢？花荣知道，就算把这些顾虑说给阿三听，他也听不明白。

到了关上，花荣极目望去，果然见到一片密密麻麻的人影，正朝他们这边移来。

守关的喽啰见了这密匝匝的人影，吓得魂飞魄散。这一眼看去，少说也有好几千人。

这么多人若是不要命起来，箭关恐怕也抵御不了。

眼见人影如黑云压城般越来越近，花荣也慌乱起来，朝身后众人发令道：“备战！让弩楼的弓弩手都准备起来！”

数百个弓弩手成群结队地埋伏在弩楼和见窗，张弓搭箭。

花荣吩咐随从取来弓箭，右手自箭袋抽出羽箭搭上，手臂绷紧，拉个满弓。他对准为首一人的头部，手指轻轻一送，那支羽箭如同飞电一般向前掠去！

羽箭在半空中划出一道弧线，精准无误地没入为首那人的额头！可能是箭镞撞击头部的力量太强，那人影仰面向后倒了下去。

花荣身后的喽啰见状，轰然叫好。

可是，花荣却更担忧了。

为首那人虽中箭倒下，可行军的队伍却丝毫不乱。死者身边的人甚至瞧都不瞧他一眼，只顾向前进军。

这些家伙，难道都不要命吗？

黑夜中，这样的场面透着阵阵诡异，令花荣胆寒。

“发射！”

花荣下令的声音，响彻整个关隘。

下一个瞬间，成千上万支箭矢，顿时化作密密麻麻的黑点，疾风骤雨般朝关隘下的部队射去！

数不清的长箭将联军一个个射倒，过不多时，先锋部队已有三分之二的人倒下。每个倒下的人身上最少也钉着二三十支箭矢！这些守关的喽啰哪里见过这般不要命的冲锋方式，不停地发射箭矢，自己的手也在控制不住地颤抖。

漫天散射的箭雨没有目标，或者说一切活物都是它们的目标。死在关隘下的不只是人，还有马匹和骡子。半空中回荡着马匹的嘶鸣，以及弓箭的破风声。

有点不对劲！可是……哪里不对劲呢？

花荣望着关外一批批倒下的联军，内心忽然有一种古怪的感觉。

没有惨叫声！

可一切都已太迟。

“停止放箭，停止放箭！”花荣转过身，冲着弩楼大喊。

可弩楼和箭窗的弓箭手似乎没有听见他说的话，仍兀自射箭。直到传令兵把花荣的军令一个个传达到为止。

花荣命人取来一支羽箭，在箭镞上擦了猛火油，点燃。接着，他张弓搭箭，朝关外的部队射去。火箭刺入一人的胸膛，开始燃烧起来。火势极猛，瞬间连成了一片，几乎四分之一的军队都在燃烧。

“都……都是稻草人……”副将们纷纷咋舌。

“我们还剩多少箭？”花荣苍白的脸上都是冷汗，他知道对手想要做什么——用稻草人来消耗箭关的箭矢，消除箭关在射程上的优势。

约莫过了一盏茶的工夫，副将才点清箭矢的存量。不出花荣所料，单单刚才那阵箭雨，就消耗掉四分之三的箭矢存量。如果再来一波，他们必定耗尽所有。届时面对敌军的云梯和冲车，他们将一筹莫展。

“他妈的，早知道唐霄诡计多端，没想到这般奸诈！真是……”

还未等这个姓赵的副将把话说完，花荣就转身重重抽了他一记耳刮子。

那副将双手捂着隆起的脸颊，不明所以地看着盛怒的花荣。

“传令下去，将羽箭一分为二，一支改两支。”花荣冷着脸道，“下一次放亮招子，不要再对着稻草人射箭了！”

“可是，长箭改为短箭，在射程上要比此前近了不少。”

负责监造兵器的小头目出言提醒道。

“那就等敌人走近了再射！”花荣不耐烦地挥了挥手，示意他们快些离开。

第一波稻草人进攻结束之后，又过了半个时辰，联军再次发起第二波进攻。

和上次一样，依旧是用马匹驮着稻草人向关隘行军。这回南山关的守军变得聪明了，就看着稻草人军队进行，也不射箭。

“故弄玄虚，愚蠢之极！”

“同样的招数还想用第二回？真是可笑！”

“哈哈，恐怕他们也只有干草了！”

守军见又是稻草人，一阵哄笑，七嘴八舌地数落起联军来。

先头部队距离关隘大约三十丈左右之时，守军纷纷朝那稻草人射出燃火的短箭。那些稻草人触火便燃，不一会儿就成燎原之势。

熊熊烈火焚烧稻草的时候，也升腾起一团团黑色浓烟。

花荣见这浓烟的形态，心头又是一震，立刻喊来副将商议。

“烈火焚烧干草，应该冒白烟才是，为何这些稻草人冒的却是黑烟？”

“大概是干草里混合了油脂的缘故。”有人回道。

“干草里何以要混合油脂？”花荣低头喃喃了几句，始终不得要领。

但过了一会儿，他便明白敌军的用意了。

浓烈的黑烟遮天蔽日，别说在城墙上望不到远处，连较高的弩楼上也只能看见外面的层层黑雾。

看不见，就不知对方何时进攻！

弩楼上的弓箭手乱成一团，喧嚣起来。就在此时，一块巨大的石头从天而降，撞上一栋弩楼。这些个弩楼都是木材搭建，被岩石击中，哪有不垮的道理？只听咔啦一声，一根承重的粗木从中断开，弩楼应声倒塌，不少弓箭手纷纷坠下关去。

随后，又有三四块巨石被抛上关墙，弩楼纷纷坍毁，损失惨重。

原来联军第二次进攻时，在稻草人中混入了不少松叶。松叶中可燃油脂较多，起的是黑烟，更易遮蔽视线。当弩楼视线被烟雾阻断，联军立刻派出投石机，进行投掷，砸毁箭关的防御装置。

巨石投掷完毕，守军好不容易松了口气，却见投石机再次启动，又是一波投掷！

只不过这次投射的，不是石头，而是人！

唐霄领着徐燎、玄武、刘唐、白胜、陈广、阿飞以及各路山寨的顶尖好手，靠投石机跃上城墙，与关隘的守军展开肉搏。这些人个个身手了得，普通喽啰哪里是对手，尤其是唐霄、徐燎、玄武三人，如虎入羊群，所到之处均掀起一阵血雨腥风！

至于关外，联军大部队推着冲车，接连不断地冲撞关门。弓弩手见状，纷纷向下射箭，奈何改良之后，长箭变短箭，威力大不如前。即便被射中，也不过是皮肉伤，不会造成像长箭一样的贯穿伤。

花荣眼看箭关快要陷落，急忙一人一骑，向南山第三关逃去。临走之前下令，其余人死守箭关，战到最后一人。

众人听了军令，俱感到心灰意冷，知道一味抵抗下去，唯有死路一条，于是纷纷倒戈相向。投降后的喽啰丢下兵器，打开关门，将联军放入。

顿时箭关内外，一片欢腾。

“花荣呢？他人在哪里？是死是活？”

唐霄甫一进关，就向一位投降的副将问道。

副将开始支支吾吾，心想至少不能出卖头领，也算尽最后的道义。但他经不住唐霄的盘问，觉得实在瞒不过，便向唐霄说了实话。

唐霄立刻点了四个骑兵，牵了马出关追击！

追了一里路，唐霄忽然发现有匹白马毙命在路边，应该就是花荣的坐骑。这马也许是被花荣催赶得太急，心力交瘁而亡。

唐霄环顾四周，发现前方是一条泥泞的小路，小路上，有一排清晰的脚印。这条路十分狭窄，两边是高耸的山壁，唐霄向身后四人打了手势，示意花荣很可能匿身于此。他们一行五人在狭窄的山路中蹑足而行，走了一会儿，发现脚印渐渐由深变浅，直至消失不见。

“会不会沿着山壁爬走了？”其中一个体型壮硕的喽啰抬头望了一眼，“你瞧，峭壁上还有几棵大树呢！这样的话……”

他话音未落，一支长箭便直直射入他的头顶！

下一刻，他就重重跌在地上，双眼圆睁，仿佛不相信自己会就此死去。

“有埋伏！有埋伏！有……”

另一个喽啰慌了神，扯着嗓子喊了两声，可当他想喊第三声的时候，长箭又准确无误地贯穿了他的声带。又倒下一个。

唐霄这时才反应过来，此时他惊怒交集，却已无济于事。

像这种中间一条窄路，两边皆是峭壁的“一线天”地形，不正是花荣这种善狙刺之人梦寐以求的吗？他等于带着手下，逐步走进了这个猎场。

而他们就是猎物。

“大家快找掩体，快！”唐霄正说话间，身后传来一股针刺般的感觉，他身形往侧面一闪，果然一支长箭擦身而过，钉在他之前所站之地！

“头领，这……”

他身前的喽啰就没那么好运了，刚想让唐霄躲进他找到的岩石后面，却被花荣一箭刺中右眼，箭镞从脑后钻出，眼看是活不成了。

唐霄矮着身子躲到岩石后方，再去找另一个喽啰，发现他的左手手腕被花荣用箭钉在一块山壁上，正全力挣扎。手腕处的鲜血如泉水般涌出，染红了身后的石壁。

“唐霄，你要他死，还是要他活？”远处传来花荣的声音，但山谷中回声较大，辨不清方位，“如果要他活，你就出来，否则我慢慢折磨死他！”

“头领，千万不要啊！”那喽啰也颇有血性，右手从腰间取出一柄匕首，“替我报仇！杀光梁山贼寇！”说完，便朝自己的脖子抹去！

可匕首的刀刃还未触到皮肤，就被一支长箭打飞！

“我不准你死，你就不能死。”花荣又道。

喽啰骂了几句，右手又往身后去取兵器，哪知花荣又是一箭射来，将他右手也钉在了石壁上，动弹不得！

唐霄掩身之处正好能瞧见喽啰的眼睛，那喽啰眼眶中满是泪水。他瞧着唐霄，仍是摇了摇头，口中道：“头领，杀了我！”

他话刚说完，又飞来一箭，钉在他的右膝之上！

喽啰吃痛大喊，泪水随着脸颊流淌下来。

悲伤与愤怒的情绪，如潮水般向唐霄袭来。他紧咬下唇，不知该如何抉择。

“既然如此，那就别怪我不客气！”

嗖的一声，长箭朝喽啰的左膝射去！

可是这一次，箭镞却没有射入目标，而是斜斜插入了喽啰脚边的泥地中！

唐霄在箭矢发射的瞬间，也投掷出两枚飞刀！

一枚打歪箭矢，一枚，则送入了喽啰的咽喉。

他出刀的速度极快，希望那喽啰感觉不到任何痛苦。可他的心底，仍生起强烈的悔恨和愧疚的情绪，这四人被如此狙杀，都是他的错。

“果然心狠手辣，连自己人也不放过！”远处飘来花荣略带惊愕的声音。

唐霄的背项渗出冷汗来，之前高昂的情绪被一扫而空。

他想起先前在荒寺设下陷阱，狙杀李应一伙的往事。时过境迁，而今他变成了当时的李应，而花荣则成了当时的自己。

这个杀局，唐霄不知该如何破解。

第十一章 斩将

此时正值破晓时分，天际已泛出鱼肚白的颜色。

在微风吹拂下，缭绕于水泊上的白雾渐渐散去，露出满目疮痍。数不清的残木、死尸、短箭、覆舟在水面上漂荡，随风飘来阵阵腥味。

忽然，在这漂浮残秽的水面上，出现了一叶扁舟。舟上一共有两名女子，为首的女子相貌俊美，身上披着战甲，站在舟尾划着棹楫，正是皇城司亲事官仇琼英。只是，她身边的女子却不是往日的延庆公主。但见那女子相貌平平，穿了件白色襦袄，又罩了一件青色褙子，一副寻常模样。

女子始终皱着眉头，不敢去瞧水上的浮尸，时而抬手用袖子遮挡自己的视线。仇琼英见了，也习以为常。这种残暴的场面，若不是久经沙场的老手，任谁都不敢直视。别说她是个普通女子，就算换作一个汉子，见了这几百具浮尸，只怕也会惊惧不已。

扁舟在浮木和尸体间穿梭，过不多时，便能望见前方的金沙滩。

到得岸边，仇琼英先行跳到岸上，再伸手将青衣女子扶下舟来。

女子动作迟缓笨拙，且不说武艺高强的仇琼英，就连延庆公主也不及。如此瞧来，应该是不会拳脚功夫。

仇琼英牵来一匹联军留在岸边的黄马，对女子道："会不会骑马？"

女子踌躇片刻，轻声道："会……会一点……"

仇琼英拍了拍马背，笑道："不要害怕，我和你一起。既然答应保你性命，就一定会做到。有我在此地，就没人能够伤得到你。"

对于她这番豪言壮语，女子深信不疑。从沧州赶往梁山泊的路上，仇琼英不止一次施展过身手，把那些想调戏她的泼皮、山贼，打得一败涂地，四五个成年壮汉都近不了身。起初女子还以为她会法术，否则一个女人，怎么打得过男人呢?

将女子扶上马背，仇琼英轻轻一跃，翻身上马，然后扯动缰绳驱马前行。

还在祝家庄时，唐霄曾深夜拜访仇琼英，神色之间有些犹疑不决。

"仇女侠，小可有一件要事想要拜托你。当然，你和延庆公主不是咱们联军的人，如果不愿意，我也不会勉强。"

踌躇之下，唐霄对她说出了这么一番话来。

起初，仇琼英十分好奇，为什么这件事非托她不可。像唐霄这样谨慎的人，重要的事情不会交给陌生人才对。

"你和徐燎都是皇城司出身，行事诡秘，来去如风。而这件事，必须秘密进行，徐燎脱不开身，我思来想去，唯有你最为合适。"面对仇琼英的疑问，唐霄给出了他的答案，"我想请仇女侠去一趟沧州城，给我带一个人回来。"

"带一个人？什么人？"仇琼英更疑惑了。

"此人是攻破梁山必不可少的关键。并非小可不信任仇女侠，但一旦说破，可能会被敌军抢先一步。兹事体大，暂时不能言明，请仇女侠见谅！”

说完，唐霄向仇琼英深深作揖，以示其诚心。

受到兵诛城少主这般礼遇，仇琼英只得应承下来。但她还是十分不解，去沧州知府的府邸带走一个名叫燕子的侍婢，为何要这样讳莫如深？也许是相处时间长了，对于唐霄这样欲说还休的性格，大家都已习惯，也就不再计较。

知道这件事之后，延庆公主说整日闷在祝家庄无趣，也吵着要和仇琼英一道前去。仇琼英万般无奈之下，不得不让杨采苓出马，劝了好久才劝住。唐霄把延庆公主交给仙音阁保护，让仇琼英安心。可延庆公主不喜欢李师师，也知道她与父皇的流言蜚语，传遍了整个京城。也许是年轻的关系，公主和阎凤羽倒是谈得十分投机，于是只同意她跟在自己身边。

仇琼英胯下是一匹好马，四蹄起飞之际，两边景物快速倒退，片刻间已至南山第一关。这兽关前的平原被猛火油柜喷烧得一片焦土，隐隐还有不少暗火在燃烧，冒着阵阵青烟。遍地的死尸比起水上的浮尸，数目犹有过之。

过了兽关，又行了几里，终于望见箭关。负责把守关隘的喽啰认得仇琼英，下令打开关门。她们两人一骑，迅速冲入关内。下马后，仇琼英见了徐燎从远处迎来，便牵着燕子的手，将她交付给徐燎。她左右张望，却不见唐霄的影子。

“这次真是辛苦你了，让你走那么远去寻人。”

或许因为仇琼英是他老部下的缘故，徐燎说话的语调并不像唐霄那样客气。

不过对仇琼英来说，此时的徐燎已经判若两人。他能这样与自己平和地对话，已是从前不敢奢望的了。

“怎么不见唐公子？”仇琼英卸下头盔，露出一头乌黑靓丽的秀发来，相比她贯甲提兵的模样，这样显得更像个女子。

说起唐霄，徐燎脸上浮现出忧虑的神色。

“他去追击花荣了。”

“花荣？那个小李广·花荣吗？据说他箭术天下无双，不知是真是假。唐公子这样贸然去追，会不会遇到不测？”

仇琼英想起自己的弓箭技艺，不禁有些惭愧。不论在船上，在马背上，在陆路之上，还是在任何地方，一个优秀的弓箭手，都要用最短的时间瞄准目标，射出最精准的箭矢。这方面能做到技艺精湛，百发百中的，天下间不会超过十人。而花荣必会跻身这十个顶尖弓箭手的行列，且极有可能是他们之中最出色的。

“说不担心是假，他已经去了一段时间，此时还未归来。我正打算领一支小队去打探一下。毕竟进攻焰关的任务，还是要由唐霄来主持。”

“不如我去吧！”仇琼英提议道。

“可是……”

“唐公子已经不在这边了，徐大人若再离开，恐怕会动摇军心。”仇琼英将头盔戴回头上，骑上马背，“燕子姑娘就交给你啦！我去去就回！”

“不如带点人手，相互之间也有个照应。”徐燎急忙劝道。

“我独自一人行动惯了，带了人，反而束手束脚！”仇琼英扬起马鞭，在黄马的马臀上重重一抽。黄马吃痛嘶鸣，如一阵风般朝关口冲了出去。

适才抛出的两块石子，无一例外，都被花荣用箭矢打飞。

唐霄有理由相信，不论自己用怎样的速度闪出掩体的巨石，都会被长箭射个对穿。他轻功再好，也不可能跑得过箭矢的速度。

总不能在此耗费太多时间吧！

花荣的目的，似乎就是要拖住唐霄。他明白，只要唐霄不归阵，联军就少了一员智将，第三关焰关就无法攻陷。反正箭关已破，他有大把时间陪唐霄耗着。

唐霄则闭上眼睛，告诉自己要冷静。

如果被愤怒冲昏头脑，就会使出昏着。

只要静下来，慢慢思考，一定能找到破解之法！

这么多年来，那么多场战斗，唐霄从不会和敌人硬拼。他绝不打无准备之战。就算遭遇突袭，他也会令情绪镇定下来，在脑中思索克敌制胜的法子。

他慢慢睁开眼睛，看着离自己两三丈远的碎石。

再试一试，基本上就能确定了……

他又捡起一块地上的石子，手腕一抖，将石子弹射出去。果不其然，那石子飞出不久，便被一支射来的箭镞击得粉碎！

唐霄双目紧紧盯着那支长箭飞行的轨迹，以及箭镞射入泥地的位置。仅凭观察这两点，他便能大约计算出弓箭发射点的方位。三支箭矢，几乎都是从西北方向射出，亦即在唐霄掩体的对角处。

“兵诛城，原来个个都是缩头乌龟！”

远处传来花荣的挑衅，不过此刻的唐霄却浑不在意。

在决斗中激怒对手，他可是老手。

“江湖上传闻，唐少侠轻功无双，就算梁山泊的时迁，也要甘拜下风。来来来，今天就让我开开眼界，究竟是你的轻功快，还是我手里的箭快！”

虽然知道了方位，可终究无法确定他匿身于何处，敌暗我明，这架还怎么打？

唐霄低头苦思起脱困的方法来，至于耳边传来的谩骂声，全被他当成了耳旁风。

许多念头在唐霄脑中转了好多次，但都被一一否决。

“怎么？不敢了？哈哈哈，兵诛城果然是出胆小鬼的地方！”

是了，这个法子或许可以一试！

唐霄猛地抬头，眼中闪着兴奋的光芒。他从腰间取出两柄无影飞刀，对着刀身呼了口气，再用衣袂将其擦拭干净。如此反复，直到刀身发亮，如明镜一般。

“原来不止唐非君是个缩头乌龟，连他儿子也是！”

左右手掌各扣了一枚飞刀，唐霄屏息凝神，将所有精力都集中在一双眼睛上。

就是现在！

他右手腕一阵抖动，靠掌心的力量推射出第一把无影飞刀！

无影飞刀的速度远远快过石子，是以花荣瞄准目标所耗费的时间，自然也多过之前！

差不多，他要射箭了！

左手紧接着抛出另一把无影飞刀，其速度略慢于第一把。这，当然也是唐霄深思熟虑过的。果不其然，在唐霄抛出第二把无影飞刀之后，第一把飞刀已被箭镞击中，刀身从中裂开，碎落在地上。第二把无影飞刀将要落地之前，第二支箭矢已至，也将其击碎！

花荣的射术，用神乎其技来形容，也不为过！

但花荣却不知道，刚才抛射出的那两把飞刀，其实是唐霄为他设下的陷阱。

唐霄抛出的第一把无影飞刀，不过是个诱饵，为的是引出花荣的第一支箭。与此同时，正当花荣张弓射箭的同时，他又抛出第二把无影飞刀，这，才是唐霄真正的目的。

他将第二把无影飞刀的刀身当作镜面，利用刀身金属反光的特性，去窥视第一支箭矢所射出的位置！于是，唐霄成功了。

他清楚看见，第一支箭矢是从西面山壁上的一棵树的冠丛中飞射而出的！

那里，也就是花荣的藏身之处！

眼下几乎可以确定，花荣是故意将他们引到此处，再逐一射杀。小路两边的山壁上，长了不少树木，那些树的树根深深扎入山壁间的泥土中，树干则斜斜长出，开枝散叶。不知是不是雨水充足的关系，这些歪脖树倒是长得不错，树干粗壮，枝繁叶茂。花荣一定是看中这点，才攀上山壁，匿藏在茂密的枝叶后，在暗处用弓箭狙杀他们。

不过即便知道了花荣的藏身处，唐霄也十分头痛。花荣所藏身的树冠与唐霄相距最少三十丈！这样的距离，就算唐霄孤注一掷，将浑身上下的暗器尽数向他射去也无济于事。因为距离实在太远，暗器还未打到花荣，就已失去了劲道，有些甚至在不到二十丈处就纷纷掉落！

但花荣手里的弓箭不同，他能射到三十丈外，威力丝毫不弱，甚至越远劲道越大！

“再这么耗下去，我都要睡着了！不如像个男人一样，站出来受死吧！”

唐霄再次闭上眼睛，脑中回忆刚才透过刀身看见的景象。

一棵从山壁中斜出的歪脖树，树冠枝叶茂密，只不过相比其他树，它的树干略细。撑住花荣一个人都有些微微颤动，是以决计受不了两个成年人的重量。

这棵树若是倒下就好了！

这样，至少可以替唐霄争取到四五次弹指的时间。

当花荣再次扬起头的时候，唐霄便可抢近他的身边，与之近身肉搏。唐霄不确定自己的拳脚功夫能否战胜花荣，但至少比眼下这种一面倒的情形要强得多！

可如何让一棵树倒下呢？就算树干再细，那也是一棵树啊！就算让唐霄射出十几把飞刀，也无法将一棵树弄倒。况且他只要一露面，还未等发射飞刀，恐怕就要被花荣射成一只刺猬。

唐霄往身后探去，摸到了那把新制成的突火枪。

一个古怪且冒险的想法，在唐霄脑中生出。

“怎么不射飞刀了？继续啊！你的暗器都使出来，让我见识见识什么叫‘袖里乾坤大’！”

花荣候了半天，也不见唐霄出来与他决战，心里难免有些急躁。

以突火枪的威力和射程，击断树干，难度不大。可如何才能在不被花荣捕捉到身影的情况下，快速瞄准目标呢？

这对于唐霄来说，是个大问题。

他靠在岩石上，感觉背后一片黏湿，那是因紧张冒出的冷汗。

如果穿透岩石呢？

想到此处，唐霄先是冷笑，慢慢地，他的笑容僵硬起来。

这并非不可行！

如果能隔着岩石准确定位，突火枪的子窠未必不能隔着岩石射中树干！如果运气足够好，能直接将花荣射死也未可知！

唐霄计算了一下，射死花荣，毕竟概率太低，不值得尝试。但树干粗大，且目标明确，子窠击中后，残余火药还能让树干持续燃烧。打不断它，还可以烧断它！

想到这里，他右手抽出龟兹短剑，反握在手心，左手去探身后巨石的厚度。

这块大石头形状古怪，石身有厚有薄。唐霄摸到薄处，便用龟兹短剑开始凿石。这柄龟兹短剑锋利无比，削铁如泥，凿起石头来自然毫不费力。花荣只听见石头后传来叮叮当当的声响，不知唐霄又在搞什么花样，兀自破口大骂。

面对各种辱骂，唐霄充耳不闻，专注于将巨石中间一处的石身打薄。

差不多半寸厚度时，他才收起短剑。

此时唐霄已满身是汗，右手也因用力过度，开始微微颤抖。他张开左手手掌，紧紧握住右手腕，直到颤抖缓解，才从身后取出突火枪。

成败在此一举！

他将枪口对准已被打薄的石壁，左手扶住铁管，右手取出火折子，擦燃火焰。

枪口的角度不停地调整，此时的唐霄已闭上眼睛，全凭脑海中对歪树方位的记忆。不，或许用直觉这个词更妥当。这种直觉，靠的是多年使用暗器磨炼出来的方位感。

紧接着，他拿着火折子点燃了引线。

唐霄仿佛能听见火焰从外壁冲入火药室的呲呲声。

下一刻，一记轰然巨响在唐霄耳边炸开！仿佛天崩地裂一般！

因突火枪射出子窠产生的推力，将唐霄整个人向后推去，眼前的巨石中央被子窠轰然炸出一颗鸡蛋大小的洞来！

射出的子窠化作流星飞电，直直击中那树干！

蹲坐在树枝上的花荣听了这声巨响，心头一震，下一瞬间就发现树枝开始猛烈摇晃！过不多时，这棵歪脖树树干从中间裂开，因承受不了重量，连同花荣一起摔下山壁，重重坠在地上，扬起一阵飞叶泥沙！

他妈的！究竟是怎么回事！

花荣勉强从枝叶丛中钻出身来，正伸手去找弓箭，忽然被人重重踹中面门，整个人在地上翻滚了几圈！

原来，唐霄早在他落下时，就已奔来，并趁他起身之前，狠狠一记蹬腿，重创其面门！因之前受辱骂而积压在他心头的怒意，此时完全释放出来！

一击得手，唐霄反握龟兹短剑，一个快步抢上前来，对准花荣的咽喉猛刺下去！

可花荣又怎会任人鱼肉，见眼前一道黑光袭来，右腿一记猛烈的横扫，击中唐霄的腰眼。与此同时，他一手按住了唐霄的手腕，往山壁上猛击，将龟兹短剑撞落，以手肘猛击唐霄的太阳穴！

砰！砰！砰！

连续三记肘撞，普通人早已失去意识，但唐霄究竟是个武人，在第三记肘撞袭来之际，以自己的额头猛击花荣下颚！

这一下冲击，让花荣顿时耳鸣目眩，唐霄趁机挣开双手，摆出拳势，一记猛烈的勾拳狠狠砸中花荣的脸颊！

花荣被打得整张脸往右侧一甩，鼻孔中激射出一丛鲜血！

唐霄收紧下巴，左手又是一记勾拳挥出！但这次的攻击，却被花荣提前预判，他用腰腹的力量往右边一闪，躲过勾拳，还以唐霄一记直拳！

唐霄来不及躲闪，上唇被一拳打碎，鲜血瞬间涌入口中。

了解唐霄拳头的分量后，花荣索性不躲避，一拳一拳朝唐霄挥击，他这样蛮横的打法，也激怒了唐霄，使得他失去了往日的冷静，也不再躲闪，一拳一拳地朝花荣脸上猛砸！

两个武艺好手，此时却宛如不会武功的街头泼皮，用最原始的方式搏斗！

花荣体格相对唐霄更为强壮，手臂上的肌肉也是层层叠叠，反观唐霄，虽也精壮，但和花荣硬拼力气，完全落了下风。两人如狂风骤雨般互相挥拳，以硬碰硬，鲜血和汗水飞溅。但渐渐地，唐霄挥拳的动作和频率慢了下来，但花荣的进攻，却是越来越猛烈！

花荣猛地甩出一记直拳，击中唐霄面门，将他重重掀翻在地！

仰面躺倒在泥地里的唐霄，胸膛不住地起伏喘息。他意识到自己犯了一个愚蠢的错误——愤怒！眼下，他很可能就要为自己的愚蠢，付出性命的代价。而他的身边，就躺着一具被花荣一箭射穿咽喉的尸体。

花荣走近唐霄，对准他的脸颊就是一脚，仿佛在泄愤。

“怎么？没力气了？是不是以为我只会拉弓射箭？我在清风寨做武知寨时，天天和人比试拳脚，何曾败过！”

他弯下腰，双手按在唐霄的咽喉上，开始慢慢箍紧。

唐霄挥拳打他，可因体能耗尽，使不出力量，拳头砸在花荣身上，脸上，却丝毫没能让他停下手上的动作，反而越掐越紧。

窒息的痛苦令唐霄拼命张大嘴巴，却吸不进一口气来。

花荣双目赤红，死死盯着唐霄，盛怒让他原本英俊的脸庞变得扭曲。

求生欲让唐霄的身体爆发出前所未有的力量，花荣险些按压不住，千钧一发之际，唐霄咬破了自己的舌尖，含住一口鲜血向花荣喷去！

血液射入花荣的双眼，一阵刺痛从双目传来，他松开双手，去揉眼睛。舌尖传来的疼痛感刺激着唐霄的意识，使他不至于昏死过去。趁花荣双目不可视物的间隙，唐霄从身边尸体的咽喉中拔出一支长箭，对准花荣的心脏猛扎进去！

箭镞穿透层层甲片，微微带偏，深深扎入花荣的右侧胸口！

唐霄翻身坐起，大口大口地呼吸着空气，整张脸已被憋成青紫色。若是再迟一会儿，恐怕就要去见阎王了。

花荣浑身血污，还想站起，眼前突然又闪出一个人影。

他还来不及看清对方，就被一记鞭腿直接扫倒在地，鲜血从耳中流出。

出现在花荣面前的人，正是从箭关匆匆赶至此地的仇琼英。

她扶起已经脱力的唐霄，走近花荣。

“唐公子，要不要杀了他？”仇琼英捡起龟兹短剑，递给唐霄，“你来动手。”

“不，我不杀他。”唐霄苦笑着道。

他这句话，不仅让仇琼英感到意外，就连花荣也难以置信。

“死了那么多人，难道你还想放过他？”仇琼英见遍地都是被花荣射死的喽啰，心里隐隐替唐霄感到愤怒。

“我没说放过他。”唐霄朝身后一指，“只是想让他陪一陪我的朋友。”

顺着唐霄所指的方向，可以看见那位双手被长箭钉在山壁上的喽啰。虽然是唐霄亲手了结了他的性命，但罪魁祸首，还是花荣。

“你……你疯了吗……”花荣好像猜到唐霄想要做的事情，一时间惊怒交集。

“和你一样！”

仇琼英将花荣从地上拖拽而起，按在山壁上，拔出一支插在地上的长箭，猛地一扎，将他左手掌心钉在石壁上。惨呼声回荡在山壁之间。

“还没完呢！”

唐霄摇摇晃晃地走到花荣面前，抬起左手，按下机栝。袖中蓦地射出一支短箭，箭尖穿过他的手掌，扎入石中！

花荣双手都被钉在山壁上，动弹不得，口中传出惨烈的呼叫声。

当然，其中还夹杂着辱骂唐霄的言语。

仇琼英牵来黄马，拍了拍马鞍，对唐霄道：“我们走吧。”

唐霄缓缓点了点头。

仇琼英扶着虚弱的唐霄上马，自己也翻上马背。

“回来！放开我！有种咱们再来打过！你又使诈，又请帮手，算什么英雄好汉？回来！快回来！姓唐的，你不要走！”他们身后，花荣辱骂声仍是不绝。

但唐霄却毫不在乎，和仇琼英骑着黄马向焰关进发。不再回头。

整个南山焰关的气氛极为肃穆，尤其是在得知了箭关失守、主将失踪的情况之后。

不同于箭关的弩楼，焰关的城墙上架起了一排排火炮，第一排是风火炮，第二排是金轮炮，第三排是子母炮。制造这些火器的轰天雷·凌振正在逐一巡视，查验火炮。这些火炮是他当年从朝廷甲仗库运来的，品质均属上乘，和山贼的土炮不可相提并论。

“兄弟，这炮阵应该没问题吧？”

凌振正吩咐喽啰矫正炮架的角度，忽听得有人说话，抬头望去，只见迎面走来一个七尺大汉，长着扇圈胡须，正是插翅虎·雷横。

“哥哥放心，我这几门大炮，威力非同小可，莫说这些山贼，就连辽人见了都胆寒三分！他们若是胆敢来犯，保证将他们炸成碎片。”凌振信心满满地说道。

“听你这么说，我可就放心啦！否则焰关失守，我们有何颜面去见宋江哥哥？”

话虽如此，但雷横心中，却也没那么放心。不论是兽关还是箭关，皆是易守难攻，又有猛将驻守。怎么才一两天就被攻破了呢？难不成这联军有妖法不成？

念及此处，雷横不由叹了口气。

若是对方阵中有妖术师，这可就难办了。

公孙胜自大聚义后，神龙见首不见尾，宋江派人下山寻了数次，都寻他不着。也不知是已羽化登仙，还是故意避而不见。

“对了，为何不见朱仝哥哥？”凌振问道。

“他正自烦恼哩！”雷横走上前去，用手抚摸着炮架，“箭关被破之后，他就一直心神不宁。毕竟咱们梁山泊，还是头一次被人打到门口。”

雷横的话不无道理，当年朝廷屡次举兵讨伐，皆被解水卫挡在水泊之外，连踏上金沙滩的机会都没有，更别提正面攻打南山三关了。

“据说这次的头领是兵诛城的唐霄，不仅诡计多端，火器也十分精良。攻破解氏兄弟所把守的关隘时，竟动用了猛火油柜。”

对于凌振这样的炮手来说，兵诛城是一个不可忽略的存在。这三个字，几乎是大宋精良军备的代名词。在他的心中，对唐非君这样的英雄，自然也带有几分敬畏。

“就算是兵诛城的少主，又有何惧？我们也有这坚不可摧的炮阵。”雷横把手从炮架上移开，重新握在腰间佩刀的刀柄上，“除非他们使诈！”

“据说他们用稻草人骗得箭关的大量箭矢。但这种计策，对我这炮阵毫无用处。不论这次他们用什么来闯关，都把他们轰成碎渣！”

“说得好！也让宋江哥哥瞧瞧，咱们焰关是名副其实的梁山第一关隘！”

雷横对凌振这信心满满的回答，十分满意。

两人又聊了一阵才散。凌振继续检阅炮台，雷横则回房休息，养精蓄锐。而他们适才谈论的朱仝，此时却将自己独自关在屋内，静静看着桌上的一堆玩具。

似乎已是一种习惯，每次下山去到市集，朱仝总会在玩具摊驻足，买上几个。日积月累，也藏了数十种玩具，有陶响球、磨喝乐、布老虎、山亭儿、打娇惜等，不一而足。当然，这些玩具都是他的私藏，平日里不会拿出来让别人瞧见。

这是他内心深处，永远无法愈合的伤疤。

每当看见玩具，他眼前都会浮现出小衙内那胖嘟嘟的小脸。

当年他因私放雷横，被刺配沧州牢城，多亏沧州知府赏识，留他在府中照顾知府亲子小衙内。人与人之间的缘分，说来也奇怪。这小衙内头一回见朱仝，不但没被他粗犷的外表吓到，反而吵着闹着喊道：“我只要这胡子抱！”

朱仝见他可爱，心里也欢喜，这一抱就是半个多月。一大一小，整日玩耍在一起，还不时地瞒着知府，给小衙内买些细糖果子，感情日渐深厚。谁知宋江为了赚他上山，竟然派李逵在盂兰盆大斋之日，偷偷抱走小衙内，一刀杀了！

想到此处，朱仝的眼眶湿润了。且不说那知府对他有知遇之恩，单说他与小衙内朝夕相处，已是情同父子，这口气如何咽得下去。那时，他只怪自己有眼无珠，和宋江一伙扯上关系。他朱仝当时虽愿舍了这条命杀李逵，为小衙内报仇，但家眷已在梁山，他可以不顾生死，可他的家人呢？

最后，朱仝还是选择了低头。

在梁山泊的这些日子，他并不快乐，更多的是悔恨。

堂堂良民，落草为寇的悔恨。

他正胡思乱想之际，门外忽然有人道："头领，晚膳已经备好，我给您送进来？"

朱仝忙取来木箱，将桌上的玩具一一收拾进去，塞入床底。

"进来吧。"

门被推开，一个瘦长的喽啰端着几样小菜和一壶自酿酒，走进屋来。他将菜碟和酒杯放置在朱仝面前，搁了双筷子，对朱仝恭敬道："头领慢用。"随后退到门外。

朱仝吃了几口熟牛肉，便放下筷子。

他实在没什么胃口。

躺回床上，朱仝从木箱中再次取出那只布老虎，放在枕边。就像当年陪在小衙内身边睡觉时那样。

他这才放心地闭上了眼。

震天动地的杀伐声，将梁山泊从沉睡中唤醒。

天刚亮，联军便向南山焰关发起了猛攻，玄武领着千余名联军将士，架着云梯和攻城锤向关门冲去，气势磅礴，杀声震天。

凌振在城墙上督战，待敌军进入射程范围，立时挥动令旗，下令开炮！

石炮落处，天崩地陷，山倒石裂！

被炮火击中的喽啰，俱被炸了个粉碎，尸骨无存。加之如雷霆霹雳般的声响，其威慑力更甚箭关。

尽管联军亦有火器，但毕竟处于下风，射程上也不及火炮。联军几番冲锋，均被凌振的火力压制，无功而返，死伤甚重。

雷横站在高处，瞧着这一切，心里得意之极。反观他身旁的朱仝，自始至终面无表情，一副事不关己的样子。不过，雷横也早就习惯了朱仝臭着一张脸的模样。自打上梁山来，他就没开心过几日。整日忧心忡忡，郁郁寡欢。

难道在梁山泊当个头领，不如在县里做个巡捕马兵都头？

雷横不懂，大哥何以如此想不明白！

忽听得联军鸣金收兵，暂时不再冲击关隘。关内的喽啰们顿时欢呼雀跃起来。

玄武刚回到军营，就见身上缠满绑带的唐霄匆匆赶来。才一见面，唐霄便责备道："怎么不等我醒来再去攻城？"

"是我让大家别叫醒你的。"徐燎挡在玄武身前，为他辩解，"你伤势太重，不适合上阵与敌人拼杀，须得好好养伤才是。"

"唉！也怪我不好，这事眼下才与你们说，害死了好多弟兄！"唐霄长叹一声，神情亦是十分懊恼。

"究竟什么事？"徐燎忙问。

玄武则冷笑一声，并不接话。对于唐霄这卖关子的臭毛病，玄武不知骂过多少次，他也知道唐霄本性难移，所以遇到事情，也不再追问。

“唐霄！”还未等唐霄开口，怒气冲冲的杨采苓快步闯入营中，指着他道，“你是不是活得不耐烦了？不在箭关好好歇息，又来这里做什么？”

“都是些皮肉伤，并无大碍。”唐霄轻咳一声，装出无所谓的态度。

“骨头断了，也是皮肉伤？”

玄武见了杨采苓，正想上前与她说话，谁知杨采苓的眼睛瞧也没瞧他，只死死盯着唐霄。玄武感到一阵失落，原先想说的话，也都吞进了肚子里。

“我又不上阵和人搏杀，就待在营中，有何不可？况且这次攻打焰关，我早有安排。只是你们发兵之际也不知晓我一下，害我跑那么远的路，差点错过时机！”

“无论你有什么安排，都不能上阵。”杨采苓的语气坚决，毫无回旋余地。

“我当然不上，自有另外的人替我。”说话间，唐霄打了个响指。

这时，从营帐外走进一个女子，便是昨日仇琼英从沧州带来的侍婢燕子。

“见过各位将军。”

燕子右脚向后撤一小步，两膝微屈，双手握在腹中，朝众人行了个万福礼。

“这第三关能否攻克，希望可全在燕子姑娘身上。待会儿咱们只需要擦亮眼睛，且看燕子姑娘如何孤身破焰关！”唐霄朗声说道。

众人听了，均以为唐霄说的是玩笑话。可燕子的脸上，却没有半点戏谑，反而神色庄重，眉宇间隐隐透出悲壮之色。

第十二章 宛子城

凌振简直不敢相信自己的眼睛。

他本以为联军会知难而退，撤离梁山泊，或者再举数倍兵力，强攻关隘。却如何也想不到会发展成眼下这种局面。

面对上百门火炮，对方竟只派出一个女子。

这女子骑在一匹瘦黄马上，从容不迫地朝焰关缓缓行来。

哪里来的疯女人？

不单单凌振，城墙上的炮手们也纷纷交头接耳起来。有的人说，这女人莫非是妖女，否则怎会不怕火炮？也有人说是联军故弄玄虚，毕竟用兵之道，攻心为上，攻城为下。还有人对这两种说法，皆不以为然，认为唐霄在使厌胜之术，摆阴门阵。

但凌振心里明白，不论上述何种说法，只要她被炮弹击中，必死无疑。

更何况有上百门火炮对准了她。

反观那个女子，脸上却无畏怯之色，昂首乘在马上。她的身边不仅尸横遍野，还有不少未灭的明火在焦土上燃烧，冒着阵阵黑烟。就这样，一人一骑穿过焦尸荒野，逼近焰关。

凌振紧握令旗的掌心开始渗出汗水。

只要这女子再靠近关隘一尺，他就要下令开炮。凌振相信，不论这个女子是神仙或是鬼怪，都不可能从炮火中存活下来。

“住手！”

凌振高高举起令旗，刚准备挥下，却被身旁的朱仝喝住。

“头领，怎么回事？”凌振有些摸不着头脑。

朱仝双手攀在城墙上，抻长了身子，向下俯视。雷横在他身后扶着他，内心亦和凌振一样，不明所以。自上梁山以来，他从未见过朱仝这般激动。

“燕子姑娘，是你吗？”朱仝冲着关外的女子，扯着嗓子喊道。

燕子冷眼瞧了朱仝一会儿，高声回道：“朱大人，想不到您还记得奴家。”

朱仝听了，心头一震，转头对雷横道：“快开关门！放她进来！”

“可是，这女子是联军阵营里来的，也不盘问就放进关内，恐怕……”

“开门！”朱仝急了，原本就如重枣般的面色，憋得更红。

雷横自知拗不过他，便传令下去，让喽啰开启关门，放女子进来。他一直尊朱仝为大哥，对他的话，一向是言听计从。

燕子进关后，还未来得及下马，就见朱仝带着一队喽啰，匆匆从远处赶来。

见了燕子，朱仝就劈头问道：“你怎么只身来到这里？眼下这梁山泊形势如此险峻，很不安全，不如我遣一队人马，先护送你回沧州？”

“我不回沧州，奴家今天就是专程来找你的。”说话间，燕子缓缓下马。

“这……”朱仝如何不知她此行的目的。

“知府只托我问你一句话。”燕子阴沉着脸，问道，“你在沧州时，他待你如何？”

朱仝面色忽青忽白，过了半晌，才勉强道：“待我很好。”

燕子向他瞪了一眼，正色道：“既然待你很好，那你为什么要害死小衙内？”

“此事说来话长，小衙内不是我害死的！”想起小衙内那可人的模样，朱仝不禁胸口一酸，泫然欲泣道，“唉！即便不是我亲手害死，也算是因我而死。我朱仝猪狗不如，对不住知府大人的知遇之恩！”

原来这位叫燕子的女子，便是沧州知府家中的侍婢，当年她和朱仝一同照顾小衙内的生活起居，是以非常熟悉。

“不是你害死的，那么是谁？”燕子逼问道。

“是……是李逵……”

“你有没有替小衙内报仇雪恨？”

“我……我……”朱仝顿时语塞，不知该说什么才好。

燕子凄然一笑，继而道：“小衙内如此信任你，喜欢你，如今他被人杀了，你不但不替他报仇，反而为害死他的人卖命！好啊，朱仝，你当真是好汉！”

雷横见大哥被数落成这样，怒上心头，一指燕子，怒喝道：“臭娘们，你说什么！”

“有种便把我也杀了！小衙内是我亲手抚养长大，情同母子，如今他冤死在你朱仝手上，我也不想活了！”燕子没有被雷横吓退，反而又上前一步。

“兄弟，不得对这位姑娘无礼！”朱仝蓦然喝道。

雷横瞪了燕子一眼，不再说话。

“燕子姑娘，我知道你恨我，但你不能污蔑我。没错，为了家人的安全，我确实上了梁山，落草为寇。但我何时为李逵卖过命？自上山以来，我一句话没和他讲过，也不曾给过他好脸色看！若不是宋江，我恨不能啖其肉，饮其血！”

燕子冷然说道：“朱仝啊朱仝，你是真不知呢，还是在和我装傻充愣？”

朱仝微微一怔，问道：“燕子姑娘何出此言？”

“小衙内虽是死于李逵之手，可李逵与这孩子无冤无仇，何苦要害他？”

“他是想赚我上山！”朱仝脱口说道。

“李逵想让你上梁山？”燕子当下冷笑一声，继续道，“你上不上山，与这黑旋风又有何干系？真正想要你上山的，不是李逵，而是那宋江和吴用！其实你心里何尝不明白这个道理？但你自知有把柄握在宋江手中，无法与其抗衡，所以才把仇恨都发泄在李逵身上。至少这样，会让你自己好过一些。”

朱仝心事被燕子点破，一时之间愧怒交集，他既愧自己负义，又怒自己不争，上山以来，被宋江收拾得服服帖帖，从未想过替小衙内复仇的事，只是每日在自己屋内垂泪悔恨。这样的自己，哪里像个好汉？分明是个懦夫！

“真正害死小衙内的人是宋江！你朱仝若是个男人，就该提了宋江、吴用和李逵的头，去见知府大人！”燕子大声说道。

雷横一听燕子要朱仝造反，勃然变色，怒骂道：“哪里来的泼妇，活得不耐烦了！竟敢挑拨咱们和宋江哥哥的关系！我今天非杀了你不可！”说着便抽出腰间佩刀，照着燕子的头，一刀劈下！

燕子不会武功，见雷横一刀劈向自己，吓得浑身僵硬，只能闭目待死。

朱仝见状，也抽出佩刀，挥刀挡开雷横的斩击！

“不得无礼！”

黄豆大的汗珠一滴滴从燕子的额头渗将出来。刚从鬼门关走了一圈儿，燕子惊魂未定，呆立在原处，什么话也说不出口了。

“哥哥！这娘们儿胡说八道，你万万不可信她！”

雷横虽是对朱仝说话，但一双怒目却没有离开燕子。

“我自有分寸！”朱仝嘴上这么说，心里却是十分纠结。

燕子定了定神，昂首道：“奴家这次来梁山泊，就没打算活着回去。所以，也休要用死来威胁我！朱仝，你若是个汉子，眼下就做个决定吧！”当仇琼英找到她之时，燕子已下了决心，要为小衙内复仇。就算是刀山火海，也在所不惜。

“开关门，放他们过去。”

过了好一会儿，这句话才从朱仝嘴里说出来。

雷横以为自己听错了，疑道：“私自开关放行，若是被宋江……”

“兄弟。”朱仝打断雷横道，“我待你如何？”

“我这条命就是你给的，还有什么好说的，自然是很好。”雷横回答得很爽利。

“那这次，你就算还我一个情。”朱仝背过身去，把目光投向关外，“世人都道我重道义，可是为了妻小，我却眼睁睁看着恩公之子死于非命，什么都做不了。有时候，我宁愿自己死了。”

“可是，大哥的家小还在山上啊……”

“他们也是被囚禁在山上。”朱仝伸手指向关外，压低声线道，“眼下不正是一个千载难逢的机会吗？”

雷横不知该说什么才好。相比宋江，朱仝才是他的大哥。当年他怒杀白秀英，被打入死牢，命在旦夕，如果不是朱仝放了他，可能他早就死了。朱仝有今日，也是因为替他扛了罪，才会被刺配到沧州牢城。别说朱仝让他反宋江，就算替朱仝死，雷横也不会犹豫。

“哥哥，你可考虑清楚了？”

朱仝转过身来，看着雷横，然后重重点了点头。

联军通过焰关之前，朱仝和唐霄约法三章。

首先，入关之后不能伤关内守军一兵一卒，如有违反此盟约，天诛地灭，人神共愤；其次，焰关守军不参与攻打宛子城，联军攻破忠义堂后，焰关守军解散，解甲归田；最后，攻破梁山泊之后，不得伤及妇幼，不论如何，不可祸及家人。

唐霄对朱仝提出的要求一一允诺。他心底对这美髯公，隐隐还有些敬佩。

联军顺利过关，浩浩荡荡向宛子城进发。直到这个时候，众人才意识到，燕子孤身闯关也是唐霄安排的一出好戏。他早就听说朱仝落草之事，从朱仝上山后的种种迹象，揣测其对宋江、李逵等人心怀不满，但无力反抗。

于是，唐霄便托仇琼英去沧州请来燕子，期望能够唤醒朱仝。

他成功了。

小衙内的死，正是朱仝的心病，他摆脱不了这种深深的自责。与其说是唐霄施计过了焰关，不如说是唐霄给了朱仝这一次机会，让他面对自己的过失，重新作出选择。对宋江，服从，或是反抗。

朱仝做出了自己的选择。

他站在墙头，看着声势赫赫的联军渐渐远去，内心终于释然了。

离开焰关，联军又行了十里路，终于在宛子城外和其他三支队伍集结。鲁智深、武松带领的三山联军攻破西山关，杜迁、宋万率领的元老兵团也顺利攻下东山关，加上栾廷玉和扈三娘的部队，四队人马对宛子城已形成合围之势。

大家见天色不早，便在城外安营扎寨，造饭食息。

到得夜里，栾廷玉会集诸将，在帐内商议对策。

唐霄在众将面前，仔细分析了宛子城的地形，并对吴用所布的九宫八卦阵进行了猜测。

“这九宫八卦阵异常复杂，前后列龟蛇之状，左右分龙虎之形。丙丁前进，壬癸后随，四维有二十八宿之分，周回有六十四卦之变。马军则一冲一突，步卒是或后或前。”唐霄说到此处，蹙额皱眉道，“要破此阵法，需找出其‘死门’的位置。”

“什么是死门？”史进问道。

“在奇门遁甲中，八卦阵按开、休、生、伤、杜、景、死、惊开八门，死门居中西南坤宫，属土，可以说是九宫八卦阵最薄弱的环节。如果能由死门攻入，此阵便可告破。”

“不过因为九宫八卦阵变化繁多，是以死门难寻，是不是？”朱武低着头问道。

身为梁山泊的二号军师，他对各类阵法也颇有研究。

唐霄点头道：“不错，这阵法在交战时会不停地变换，所以死门的位置也一直被隐藏。要找出死门，不是一件容易的事。”

鲁智深听得不耐烦，怒道：“什么狗屁八卦阵，啰里啰唆，好不爽利！明日洒家带一支人马杀进去，谁敢阻拦，洒家就一禅杖打死他！”

扈三娘笑着劝道：“花和尚，你且留些力气吧！”

“死门虽然隐秘，但咱们未必找不到它。”唐霄走到沙盘前，将几个棋子摆成九宫八卦阵的模样，继续道，“阵法变化之际，却也有一些规律。”

“什么规律？别卖关子了。”玄武也有些不耐烦了。

说来也是奇怪，没想到联军之中，最为性急的，竟是两个和尚。唐霄苦笑一下，继续道：“比方说乾宫变坎宫，震宫转中宫，此变化一定是一环扣住一环。只要记住之前三种变化，就能推断出阵形的下一步，换言之，我们就可以找出死门的位置，集中火力破解这九宫八卦阵！”唐霄说着，把目光投向一脸懵懂的张闲，“而记住前三种变化的任务，就要交给你了。张闲兄弟，这次的任务非同小可，咱们是胜是败，全在你身上！”

“这……我怕我记不住……”被唐霄这么一说，张闲压力陡增，立刻慌乱起来。

“今天夜里，我会将九宫八卦阵六十四种变化一一讲解给你听，只要记住了，明日临阵便可以认出他们所用的阵形。”

“我……我怕……”张闲有些无所适从。

徐燎走近张闲，轻轻拍了拍他的肩膀，宽慰道：“张闲兄弟，你天生一双龙虎瞳，你若记不住，那天下间还有谁能记住？”

“可我若是看走了眼，或是记错了变化，那可怎么办？找错死门的位置，害死了你们，我一辈子都不会安宁……”

“公子，你难道忘了吗？”李师师柔声道，“在登封县的时候，龙虎山的张真人说你是天命之子，肩负降伏从龙虎山逃了的一百零八个魔君之命，又将玉龙簪交付与你，足见他对你的信任。如今你随联军攻打梁山泊，不正应了他所言吗？”

栾廷玉笑着道：“怕什么！男子汉大丈夫，若是临阵全都忘了，那也罢了，咱们就和他们拼个你死我活，又有何惧？”

此言一出，营帐内众人轰然称是。

张闲见了这样的情景，也不好推辞，道：“既然如此，小弟就尽力而为，若是出了岔子，大不了就陪哥哥们一起死了。黄泉路上，也有个伴！”众人听了，大笑不止。

唐霄说完破阵的法子，就退到一旁，由朱武向众人讲述破阵之后，围剿宋江残兵的战略。东南西北每个方位都有部署，以免宋江趁乱逃离。毕竟他身边的精锐护卫——鬼面卫，功夫虽说不上多高，但胆略魄力却远超普通喽啰，个个都是死牢里出来的亡命之徒。

分派完毕，唐霄只留下张闲，其余人各回其营，准备明日的决战。

随后唐霄又耐心地向张闲讲述九宫八卦阵的各种变化，张闲则凝神静听，将其一一印入脑海之中。花了两个时辰，唐霄才将这阵形中的诸般变化讲解清楚。张闲果然天纵奇才，只听一遍，就能完整无误地复述出来。

当夜，两人直到丑时才散。

次日清晨，联军在栾廷玉的带领下，向宛子城进发。这是他们的最后一战，只要攻破这里，一切就都结束了。

不过，这次的战役和前几次不同，梁山泊所有的精锐，几乎都在宛子城。

汗水从栾廷玉额头流淌下来。

行不过十里，前方突然尘土飞扬，马蹄声中混杂着鸾铃响声。

只见约三十余骑哨马向联军奔来，马上的人都戴着青包巾，穿绿战袄，马上尽皆系着红缨，每边拴挂数十个铜铃，后插一把雉尾，都是钏银细杆长枪，轻弓短箭。

那队人马为首的男子右臂极为粗壮，脸上戴着一块水晶片，雕鞍处悬着一个锦袋，袋中藏了许多石子。他神色极为傲慢，见了联军也不藏身，领着三十余骑哨马，堂而皇之地在大军面前来回奔驰。

“是梁山泊的哨马，过来探探我们的虚实。”扈三娘骑在马上，对身边的栾廷玉道，“这人就是梁山泊的骠骑将军，没羽箭·张清。专用飞石打人，百发百中。”

“他就是张清？”唐霄盯着那人，眼中似要喷出火来。

听白胜所言，当年兵诛城一役，父亲唐非君就是死在这个人的手里。

还未等扈三娘和栾廷玉有所反应，唐霄便轻喝一声，飞起一鞭抽向马臀，一人一骑向张清飞驰而去！他胯下的马匹乃是照夜玉狮子马，速度奇快无比，不一会儿就跑出一里之外，负责支援的骑兵完全跟不上他。

张清见对方阵中蹿出一骑，冷笑一声，回身对其余人道：“你们先回去，向军师通报一声。我待会儿就回来。”众哨马得令，纷纷向西北方向驰去，而张清却驱马向东北跑。

唐霄见他们分走两路，不及细想，只顾紧追张清。

两人一前一后，在平原上急速奔驰，将其余人远远甩在身后。但张清的马始终比不上唐霄的照夜玉狮子马，距离渐渐拉近。

真有意思！

张清从锦袋中取出一块石子，右腕一抖，石子向唐霄面门飞射而去！

他骑在马上，头也不回，仅靠听声辨位，便能将暗器发射得如此精准，就是唐霄这样的暗器行家，也惊叹不已。

唐霄也不敢怠慢，抽出腰中龟兹短剑，对准飞来的石子横斩！

哐当一声，石子被短剑砸中，偏离了原来的轨迹，而唐霄的刀差些因此脱手！他没想到，张清的手劲竟如此可怕！

张清见自己射出的石子被挡了下来，心中也是一惊，没想到追击他的人有如此身手。他正欲去取第二颗石子，脑后忽传来破风声，他正要躲闪，却发现声响有些不对劲。下一刻，他胯下的马匹突然失蹄，连人带马一同摔倒！

原来，唐霄刚刚射出的袖箭，目标并不是他张清，而是马腿！

见张清摔下马来，唐霄也从马鞍上跃下，身形未稳就发动了攻势！右手无影飞刀，左手脱手镖，同时向张清的要害打去！

张清听到一股急激的破风声音，从上方向他袭来，连忙侧面一滚。无影飞刀和脱手镖深深扎入他适才所在之处！张清躲避的同时，左右手也接连向唐霄投掷石子！

从马上摔下的狼狈，令张清倍感愤怒。

唐霄跃落在地时，脚踝传来一阵剧痛，正是昨日与花荣激战留下的伤势。

脚踝的伤也影响了他的闪避能力，面对迎面而来的石子，唐霄刚想发动轻功，可剧痛却阻碍了他的行动。仅仅慢了一拍，他的额头便被一颗挟着疾风的石子，砸出鲜血！另一颗石子击中他的嘴唇，一颗门牙断裂，从口中飞出！

被击中的唐霄一个踉跄，坐倒在地。不过他的意识还在，知道此时危险并没有解除。

额头淌下的鲜血遮挡了视线，令他无法看清对方石子的抛射轨迹。此时，他唯有闭上眼睛，靠耳朵来辨识石子的飞行方向。

嗖！嗖！嗖！又是三颗石子打来！

唐霄坐在地上，靠着腰腹的力量，扭动上身，竟也避开了三颗石子！

躲开之后，唐霄用手擦拭眼皮上的鲜血。可刚睁开眼，就见张清一拳朝自己打来，此时已来不及，啪的一声，天旋地转！

张清索性不再用石子，而是揪住唐霄的衣襟，一拳拳打去。唐霄双臂护在头侧，但也仅是防御，完全没有还手之力！

愤怒冲昏了他的头脑，在重伤未愈的情况下，竟敢贸然出击，去对付一个武艺不在花荣之下的高手！

连续的重拳让唐霄的防守形同虚设，头脸接连受到重创，意识开始渐渐模糊。

他不怕死，而是悔恨无法为父亲报仇，自己又要死在杀父仇人的手上。

也许是发泄够了，张清停下了挥拳的动作，从身后抽出一柄锋利的匕首。

“臭小子，还敢来追杀我？只怕你没听过爷爷的名号吧？”

“张……张清……”唐霄口角流淌着鲜血，双目赤红，“我要杀了你……我……做鬼也不会放过你……”

“原来知道我是谁。杀我？你和我有什么深仇大恨？”张清眼角瞥见了唐霄胸口的朱雀图腾，顿然醒觉，“你是兵诛城的少主唐霄啊！怪不得！”他说完，仰天狂笑起来。

笑声渐止，张清用匕首的刃尖对准唐霄的咽喉。

“唐非君确实是我杀的，可惜你报不了仇了。”张清露出了狞笑，“你们唐家上上下下，都被我杀了个干净！真是废物啊！”

尽管被张清这般羞辱，唐霄还是没有还口。并不是他不想说话，而是连说话的力气都没了。昨日与花荣对战时的旧伤还在隐隐作痛，今日头脸上又遭了新伤。

张清见他一脸木然，提起匕首，作势就要刺下！

就在此时，张清脑后传来一阵沉闷的异响。久经沙场的他比谁都了解，这是头骨的裂音。随之而来的，是一丛鲜血朝天空激射而出！

玄武潜行至张清的背后，用尽十成的力量，将齐眉棍朝他头顶劈打下去！

张清的天灵盖被包裹铁皮的齐眉棍狠狠砸中，他手中的匕首还未等刺入唐霄的咽喉，便脱手掉在地上。若非头上的铁盔保护，头骨必定被打得粉碎。

随后则是张清硕大的身躯，轰然崩倒！

待扬起的沙尘渐渐散去，唐霄才看清玄武的脸。

“喂，你还没死吧？”玄武伸出手，将唐霄从地上扶起。

“死……死不了……”唐霄吐出一口血痰。他看着躺在地上的张清，心头涌上一股复杂的情绪。他想，也许是自己没能手刃仇敌，才会有这样的情绪。

“和尚，你怎么来这里了？”

“还不是有人求我来救你。”玄武看着倒在地上的张清，冷冷道，“这厮就是废话太多，否则一刀下去，你早就完了。”

玄武刚赶到时，见张清挥拳击打唐霄，也不敢贸然上前。毕竟对方是天罡军团的高手，用寻常的步伐靠近，必会被他发现。玄武选择偷袭，一来是忌惮他的飞石，二来则是想速战速决。他施展的轻功名唤“一苇渡江”，乃是少林寺极为高明的轻功，速度虽比不过唐霄，但胜在悄然无声，不易发觉。

“唐霄！”

声音从远处出来，唐霄和玄武二人循声望去，见杨采苓神色慌张，正催马向他们而来。见唐霄受伤甚重，杨采苓翻身下马，忙取出药膏敷在他的脸上。

“我没事……”

“你还要不要命了？”杨采苓冲他发起火来，“万一有圈套怎么办？为什么一涉及兵诛城，你总是那么冒失？”

“我不是还活着吗？小苓，你别这么紧张好不好？”

杨采苓并不理他，而是转身对玄武道：“谢谢你……”

“举手之劳。”玄武冷冰冰道。

“不知大军现在如何，我们回去吧！”休息了一会儿，唐霄精神恢复了一些。他牵过照夜玉狮子马，翻上马背。

三人骑着马，向宛子城赶去。行不到五里，忽然听见山背后锣声响动，杀声震天。

唐霄和玄武对视一眼，心里明白，栾廷玉等不及他们，已向宛子城发动进攻！

“杨姑娘，你就留在此地等我们。这里梁山兵士众多，切勿胡乱走动！”玄武嘱咐道。

“不行，我和你们一起去！”杨采苓道。

“你去了也帮不了什么忙，这里有那么多山石做掩体，你躲起来。待攻下宛子城，我再来寻你，好不好？”唐霄说完，也不等杨采苓回复，便催马向宛子城而去。

玄武回望了一眼失落的杨采苓，然后扬鞭夹腿，驱马跟上唐霄。

两人一前一后，赶到宛子城。只见梁山并不据守，而是主动出击，与联军战成一团。再细看，梁山军团的阵形明分八卦，暗合九宫，占天地之机关，夺风云之气象，正是“九宫八卦阵”！唐霄抬头，遥见城上站着个中年文士，手中轻摇羽扇，正凝神监督战情。

军师吴用!

九宫八卦阵中，镇三山·黄信手持丧门剑，负责镇守中宫；大刀·关胜手持青龙偃月刀，一席绿色战袍，骑着赤兔马，好似武圣关公再世，负责守乾宫；霹雳火·秦明身披绛色重甲，拿了一根铜钉狼牙棒，占了坤宫；双鞭·呼延灼穿着七星打钉皂罗袍，使两条水磨八棱钢鞭，左手的重十二斤，右手的重十三斤，守坎宫；双枪将·董平擐甲披袍出战场，手掂两条枪，盘踞在艮宫；金枪手·徐宁一身雁翎圈金甲，手持钩镰枪，守在离宫；急先锋·索超身披一副铁叶攒成铠甲，手里横着一柄金蘸斧，镇守着巽宫；此外，百胜将·韩滔与天目将·彭玘两位地煞将军，则分别镇守震宫和兑宫。

这些人均为梁山精锐中的精锐，每个人都有万夫不当之勇，加之这变幻莫测的阵形，当真如虎添翼。唐霄见联军被团团围住，左右杀不出去，心中万分焦急。

“小心！”玄武大喊一声，跃下马去，将一个准备偷袭唐霄的梁山喽啰一棍打晕。

此刻左右包夹的喽啰也已攻至，数不清的刀枪棍棒，冲着他们刺砍过来!

“闪开！”唐霄从马背上高高跃起。玄武会意，立刻低下头。

数不清的银色光点从唐霄身上飞射而出!

无影飞刀、金钱镖、袖箭、飞蝗石、指针等暗器将四周拥上来的喽啰纷纷击倒。双脚落地后，他又抽出龟兹短剑，砍倒了一个正在发愣的喽啰。

“我们杀进去！”唐霄捡起地上的朴刀，左手剑，右手刀，一长一短的刃光祭起，如同两团银光将整个人包裹起来。所到之处，喽啰们刀断枪折，惨呼声不绝于耳！

玄武也精神一振，大踏步上前，猛的一记横扫，同时将三名喽啰掀翻在地。

想要破九宫八卦阵，唐霄必须穿过整个敌军的战阵，亲自赶到将台，从而推算出九宫八卦阵的“死门”。

他眼看就要杀至艮宫内部，忽然被一杆长枪逼退好几步。玄武和唐霄抬头望去，只见双枪将·董平左右手各持一枪，挡在他们面前。

“这家伙交给我！你快去主持战局！”玄武将齐眉棍横在胸前，双目紧盯董平。

唐霄身形一闪，朝董平身边抢去。

董平右手枪猛刺过去，速度之快，长枪几乎化为一道黑影！唐霄身子一矮，长枪从他头顶掠过，可董平还有后招，左手枪又向唐霄背后扎去！

可恶，来不及了！

可董平的左手枪并没有扎破唐霄的衣甲，而是被玄武的齐眉棍架住了。

“快走！”

玄武咬牙发力，利用手中长棍的韧性，连续抖动，刺打董平。这除了需要极大的手劲之外，还需要对少林棍法妙到巅毫的运用，才能发挥出十成的威力。

董平双枪高速交替挡架，一时间也被完全压制。他此时极为惊讶，这个不知哪里来的野和尚，竟然如此了得！

唐霄继续向将台飞奔，靠手中一刀一剑杀出一条血路！

行至中宫，敌军越来越密集，唐霄左劈右砍，却挣脱不出。原来吴用早就瞧见唐霄，虽不知他何以要只身向将台强突，但内心隐隐有种预感，一定要截住他！他立刻传令变阵，中宫帅位不变，但兵力却向唐霄涌去。

尽管唐霄轻功暗器功夫绝佳，可在近身距离，这两样功夫完全没有施展的余地，唯有靠手中的刀剑硬拼。对手尽管都是喽啰，但时间一久，体力难免消耗极大，更何况他刚才还在与张清一战中，损耗了许多体力。

“洒家来帮你开路！”

如霹雳般的吼声在唐霄身后炸响！

鲁智深猛挥禅杖，重重击在一个喽啰左耳，鲜血立刻从他右耳喷射而出，倒地就死；武松挥舞着一双戴着铁甲护手的拳头，一拳将一个喽啰的胸骨轰塌，又一拳将另一个的脸颊打得粉碎；杨志周身被槛兽刀震起的刃光包围，如砍瓜切菜般将近身的喽啰杀得血肉横飞！

二龙山三位首领甫一出马，便生生为唐霄杀出一条通道！

来不及感谢，唐霄就施展轻功，疾速朝将台奔去。

黄信见状，忙策马向唐霄冲来，手中举着丧门剑对准唐霄后心刺去！

唐霄听见身后响起马蹄声，正准备回头，却见一个人影从他身边掠过。他瞧见那人影背后的文身，便安下心来，继续朝前飞跑。

因为，那个人影的身上，文着九条神龙。

把背后交给这个人，唐霄十分放心。

黄信眼看就要追上唐霄，却见史进手里的长枪直直刺向他来。黄信忙回转丧门剑，拨开这记要命的刺杀。可因冲击力太强，他的身子和史进撞在一起，摔到地上，兵器亦同时脱手。两人相互挥拳，在尘土中扭打在一起。

冲入兑宫阵地，四面兵力渐渐少了些许，可唐霄却跑不动了，脚步变得缓慢。

彭玘正与李衮厮杀在一处，他见到唐霄，便弃了李衮，领兵向他杀来。

唐霄迈着蹒跚的步伐，身上的暗器也都用完了，到了山穷水尽的地步。他正在思考如何用全身的力气给予彭玘致命一击，却见远处人群中，一丛丛血箭喷射向天空，定眼再看，只见无数人头被切断，朝半空飞去！

这种一刀一个的高效率杀人手法，除了皇城司的“鬼刃”，再无他者！

徐燎从人群中硬是冲杀出来，浑身上下已被鲜血染红，如同一头猛兽。徐燎的凌厉刀法令梁山喽啰心神大震，不少喽啰不敢上前与之交锋，开始往回逃跑，互相推挤，乱成一团。

“快去帮张闲，这里有我在！”

趁此机会，徐燎狂奔冲向彭玘，虎翼刀芒大振！

彭玘三尖两刃刀刺向徐燎，却被他轻松躲过，反手一刀，在彭玘右腿上划开一条血口。彭玘站立不稳，单膝跪地，刚想还击，却被徐燎一记膝撞，直接晕死过去。于一招之内解决梁山大将，这就是令人闻风丧胆的“鬼刃”！

觉醒之后的徐燎，拥有令他自己都惊愕的实力。

摆脱彭玘缠斗的唐霄，骑上一匹战马，策马向将台跑去。联军知道唐霄要回将台观望破阵，纷纷舍身为他开道。

将台越来越近，唐霄瞧见张闲端坐在军椅上，正目不转睛地盯着两军的战阵。唐霄知道，他是在默记九宫八卦阵的变化。

此时，不断有梁山喽啰拥上将台，试图将张闲杀死。李师师、骆琪花、阎凤羽、赵元奴、玉娇枝、梁红玉、谢素秋七女，在张闲身边围作一圈，将他护在圆心。仙音阁众女为了保护张闲，奋力厮杀，将四下拥上的喽啰抵挡在将台之外。

但敌军越来越多，七女脸上也渐渐流露出疲惫的神色。

唐霄奋力催马，可临近将台的时候，那匹战马竟畏惧不敢上前。唐霄抬头望去，只见他面前挡着的，是汉寿亭侯的后人，手握青龙偃月刀的关胜。他一席绿袍迎风飘飘，骑下赤兔马昂首挺立，宛如天神下凡。

九宫中乾宫位置，由大刀关胜镇守！

关胜在赤兔马上摆开架势，准备迎接唐霄的冲击。可此时的唐霄已没有了力气。他知道自己即便冲杀过去，也会死在青龙偃月刀之下。

就在此时，身后突然传来一声异响。

“低头！”与此同时，一个熟悉的声音传入唐霄的耳朵。

他不再细想，立刻将头低下。一根漆黑的铁棒从他脑后掠过，直直飞向关胜！

关胜猛呼一声，扬起青龙偃月刀，狠狠将飞来的铁棒砸开！

但待他回过神来，唐霄已乘着马从他身边蹿了过去。关胜低低骂了一声，扯动缰绳准备追击，却发现面前站了一个独眼男人。

那男人正咧嘴笑着，周身散发出一股豪迈气息。

“栾廷玉！”关胜从嘴里吐出了他的名字，“今天就是你的死期。”

“武圣之后，何以甘为宋江驱使？”栾廷玉的“风”“雷”双棒交叉在胸前，摆了个门户，“关将军，回头是岸！”

关胜眼角抽动，挥刀向栾廷玉冲去。栾廷玉也高高跃起，双棒呈十字架击。两人兵器在半空中交击，擦出一丛耀眼的火花!

唐霄完全没有心思关心他们的战况，拼命往将台赶去。到了台下，又有喽啰干扰，幸而有扈三娘和陈广为他掩护，才匆匆上了将台。

“张闲兄弟，记得怎么样了？”唐霄来不及喘气，双手一左一右，搭上张闲的肩膀。

可是张闲却像完全没瞧见唐霄一样，双目死死盯着战局，嘴里念念有词。

“怎么了？究竟怎么了？”唐霄见他这般模样，心下惊惧交集，忙用力摇晃张闲的肩头。

他怕张闲用神过度，因心力交瘁导致失心疯。

“总共两百二十五种变化。”张闲看着战阵，痴痴说道。

“什么？”唐霄顿了顿，才道，“你……你只需记住最后三种变化，我们就可推演出阵形死门所在。”

“不止三种，我全都记下了。”

张闲转过头来，看着唐霄，眼神中充满必胜的决心。

第十三章 卢俊义

卢俊义拿起桌上的茶杯，浅浅呷了一口，茗香充盈口中。

这杯青凤髓产自建安，是燕青特地托人买来的。当年在大名府时，卢俊义就爱喝这青凤髓茶。唐朝的李肇曾说，风俗贵茶，其名品益众，建安有青凤髓，皆品第之最著者也。足见此茶之名贵，非同寻常。

不仅饮品，卢俊义对食物的要求，也近乎苛刻。这方面，也只有见多识广的燕青才能满足他的口腹之欲。比如他爱吃一种咸豉，是以黄雀肫腌制，而黄雀的肫极小，上百只才能制成一小罐；还有鸡舌羹，每日早上必喝一碗。单这一小碗汤羹，就要杀去上百只公鸡才得以熬制而成。真可谓一羹数百命，下箸犹未足。不过他本就出生富豪之家，这样数额的花费，也完全负担得起。

喝完青凤髓，卢俊义起身走到铜镜前，脱下中衣，露出上身紧实的肌肉。他皮肤很白，但肌肉的纹理却很清晰，虽然不够壮硕，却很紧密结实。他观望片刻，双手慢慢举起，燕青立在他身后，替他披上那件有麒麟纹样的白色轻罗锦袍。

“主人，外面这群杂碎，交给小乙去办，无须您亲自动手。”燕青取来腰带，替卢俊义束紧，“对付这些人，脏了您的手。”

卢俊义没有说话，连瞧也不瞧他一眼，双眼还是直直盯着铜镜里的自己。

五岁那年，他突然高烧不退，大名府的名医以通腑泄热法替他退热时，用了大黄、芒硝等药混合清热方剂。或许是药力太寒太猛，烧退之后，卢俊义的声道受到了损伤。从此以后，卢俊义的世界中，就只有他一个人。

直到七岁那年，他遇见了武术。

最早教授卢俊义的，是他们家姓刘的护院。起初这人只是觉得卢俊义可爱，为了逗他玩，便在他面前耍了一套拳法。谁知这孩子竟准确无误地模仿了招式。这护院觉得不可思议，又在卢俊义面前演示了一路棍法。让他诧异的是，卢俊义也像模像样地使了一遍。

这护院带着惊喜交集的心情，找到了卢俊义的父亲。

“老爷，请您务必相信在下。我刘某虽武功不济，但绝对不会看走眼。少爷确实是百年难遇的武学奇才！”

架不住刘护院的苦口相劝，卢老爷才勉强答应给他请了个教师。

自此之后，卢俊义的武学造诣突飞猛进，在他十五岁那年，整个大名府已无人可做他的对手。不少武者表示不服气，纷纷登门求战，但能在卢俊义手下走过三招的，也寥寥无几。也因为其枪、棒、拳三门功夫无敌手，被江湖中人称为“河北三绝”。

卢俊义回过神来，发现燕青已取来了那杆银枪。

他接过燕青递来的银枪，眼神收紧，燕青顿时感觉到一股无比强烈的战意。

“主人，我们要不要出去瞧瞧？”

燕青话音甫落，门外就传来一阵匆匆的脚步声。紧接着，又听见了喽啰的声音。

“头领，不好了！”

“吵什么吵！”燕青推开大门，见一喽啰跪在地上，不住地打战。

“破……破了……”喽啰说话的时候，身子还在抖动。

“什么破了？”燕青疑道。

“九……九宫八卦阵……被联军破了！”

那喽啰费了老大的劲，才将这句话说完整。

燕青大惊失色，一把将跪在地上的喽啰揪起，质问道：“怎么可能？这九宫八卦阵，便是朝廷的禁军也未必能够破解，如何被这群乌合之众给识破了？”

相比情绪激烈的燕青，一旁的卢俊义倒显得极为平和。

“小的怎么敢胡说……头……头领不信，自己可以去看。他们此时已攻入宛子城，与鬼面卫厮杀！军师让小的来通报两位头领，速速掩护宋江哥哥撤离梁山泊。万一被这群人追上，后果不堪设想！”

“怎……怎么会这样……”

燕青手一松，那喽啰便摔倒在地。他吓得软了腿，站了几次都没能站起来。

“不可能，这不可能！”燕青把脸转向卢俊义，像是在向卢俊义乞求一个否定的答案。宛子城被攻破，对于梁山泊的人来说，如同天方夜谭。而且鬼面卫乃是宋江的贴身护卫队，如今连他们都出动了，说明梁山泊的主力军已经顶不住了。

卢俊义缓步走近燕青，伸手拍了拍他的肩。

这时，燕青不知是自己眼花，还是急坏了脑袋，他竟看见卢俊义在笑。山寨眼看就要不保，如此山穷水尽的境地下，他竟然在笑。

卢俊义跨过门槛，手中提着银枪，不紧不慢地朝外走去。

到处都是惨呼哀号，刀光剑影下，鲜血四溅，绘出一幅如地狱般的景象。

在攻破九宫八卦阵之后，栾廷玉领着扈三娘、唐霄、徐燎、玄武等一队精锐径直杀向忠义堂的所在。擒贼先擒王，只要宋江被掳，梁山泊必会士气大跌，到时再逐个击破，不在话下。不过，栾廷玉也小瞧了梁山本部的精兵——鬼面卫。

这些亡命之徒乃是宋江的心腹，每个人都曾是杀人不眨眼的狂徒。他们的战力，远远强过那些在宛子城外与联军战斗的喽啰。

此时，他们一队数十人正突入忠义堂前的宽阔平原，与数百名鬼面卫殊死搏斗！

栾廷玉将手中的三支铁棒合成一杆长棍，一棒接一棒将对手打翻在地，扈三娘紧跟在他身后，日月双刀横劈竖砍，杀出血路；徐燎一刀砍向一个正准备偷袭唐霄的鬼面卫，那人头颅瞬间与身体分了家；唐霄在将台重新装备了暗器，两只手点点戳戳，亦解决不少鬼面卫；玄武则拖着一根齐眉棍，来回挑打，中棍者无不头破血流，摔倒在地……

这一队精锐如一柄利剑，直直插入了梁山泊的心脏——忠义堂！

但鬼面卫十分难缠，众人突进的过程中，身上也纷纷挂彩。

栾廷玉遥见忠义堂前，立着一面杏黄旗，上书“替天行道”四字。此时大风刮起，那面杏黄旗迎风飘荡起来。

替天行道？

栾廷玉想起当年在祝家庄的誓言，心道，一定要亲手砍倒这面旌旗！

他发力往前冲击，手中长棍挟呼啸之音，打翻了一个又一个鬼面卫。徐燎瞧出他的心思，也有意助他，挑选离旌旗最近的路线推进。在这场白刃战之中，不论是鬼面卫，还是联军的精锐，没有一个人退缩，大家都拼尽全力厮杀！

一条由尸山血海铺陈而成的路，在栾廷玉面前慢慢展开。

而那杆绣有“替天行道”的杏黄旌旗，也近在咫尺！

栾廷玉边跑边道：“谁借我一把刀来！”

徐燎将手中虎翼刀抛了过去，转身一记摆拳打碎身后鬼面卫的下巴，右手顺势夺下他的朴刀，扭胯向后砍翻另一个准备偷袭的鬼面卫。

栾廷玉接下虎翼刀，冲上旗台，对准旗杆子抡刀就砍！

虎翼刀的利刃深深劈入旗杆，木屑四飞！抽刀，再劈，如此反复数次，顶上那面“替天行道”的杏黄旗便开始摇摇欲坠。

回想起祝家庄老小被屠杀的惨状，栾廷玉心中怒已至极，最后一刀用尽平生之力，只听得旗杆咔嚓一声，应声折断。整面旌旗直直倒在地上，扬起一片尘土。

鬼面卫见旌旗倒了，气势也比先前弱了几分。对于他们来说，这是一个不祥之兆。

栾廷玉将虎翼刀还给徐燎，将长棍拆成三根铁棒，一根插在腰间，另外两根握在手中。

“掩护头领撤退！”极度混乱之中，不知谁突然喊了一句。

紧接着，数百个鬼面卫井然有序地在忠义堂前，围成一道厚厚的人墙。透过人墙，栾廷玉瞧见一队人马从忠义堂中匆匆而出，奔北而去。其中，有个身高六尺、肤色黝黑的中年男子，被人簇拥着，神色之中略有些惊慌。

栾廷玉眼目顿时收紧。

即便肉身成灰，他也忘记不了这个男人的脸。

呼保义·宋江！这个稳坐梁山泊头把交椅的男人。

站在宋江身边的那人白衣飘飘，手持银枪，眼神极为平静，完全不像大难临头的样子。此人，则是江湖中传闻武艺天下第一的玉麒麟·卢俊义。

“贼首哪里走！”

怒喝声从栾廷玉口中暴出。他挥棒向人群冲击，却被鬼面卫生生挡在人墙之外。

栾廷玉这一精锐小队武艺虽强，但抵不住对方人多，打起来又不顾死活，前赴后继。一时之间，栾廷玉只能眼看着宋江越走越远，仇人就在眼前，而他却无能为力。

正焦虑间，栾廷玉忽听见四面八方传来一阵杀声，他抬眼望去，只见阮小二、阮小五、阮小七、宋万、朱贵、杜迁、樊瑞、项冲、李衮等头领及仙音阁众女，各领了一队人马，分从东西两面夹击鬼面卫。张闲、杨采苓也在众人的簇拥下赶来助阵。

宋万提着朴刀，砍翻眼前一个鬼面卫后，朝栾廷玉喊道:“栾头领，你去追宋江，这里交给我们！”

原本被鬼面卫团团困住的精锐小队，在大队的协助下，成功突围。栾廷玉、唐霄、徐燎、玄武四人展开轻功，行疾如飞，向宋江他们追击而去！扈三娘等人则留下协助其他头领。

向北的那条山路越走越逼仄，众人奔了约三里，见前方只有一条小路。小路两边均长着茂盛的植被藤蔓，无法穿越过去，而小路的中央，则背立着一个人，正是卢俊义。他身上那件白色锦袍随着山风飘扬，手中握着一杆银枪，在阳光下闪闪发亮。

栾廷玉、唐霄、徐燎、玄武在离那人三四丈处，止步。

卢俊义缓缓转过身来，逐次扫视四人，最后在徐燎的脸上停了下来。他微微一怔，但惊愕的神色转瞬即逝，继而又恢复了平静。

“让开……”

栾廷玉的声音极为低沉，说话的口吻与其说是商量，更像是下了一道命令。

唐霄左手扣了三把飞刀，右手反握龟兹短剑，左膝微微弯曲；徐燎身子微侧，右手虎翼刀横在胸前，双目凝视前方；玄武左脚向左跨出一步，两脚碾地，齐眉棍棍梢向上；除了栾廷玉外，其余三人都已进入备战的状态。

看见眼前的场景，卢俊义不但没有畏惧，反而露出了笑容。

栾廷玉被他的鄙笑激怒，蓦然喝叱一声，提着风雷双棒，率先冲了过去！

随着山风飘来的浓重血腥味，在忠义堂前挥之不去。

在联军的冲击之下，梁山喽啰四下奔逃，已然溃不成军。尤其是见到宋江在卢俊义的掩护下离开，军心已失。不少梁山旧部，见了鲁智深等从前的头领，在生死面前纷纷选择倒戈。实际上，他们中很大一部分人自由散漫惯了，也不想随宋江投效朝廷。

张闲却因四下找不到栾廷玉等人的身影，焦急起来。他找来几个喽啰询问，但对方都表示当时战局太过混乱，没有瞧清楚栾廷玉的去向。

“他们向北追宋江去了。”扈三娘将手中还带着血迹的日月双刀还入刀鞘，脸上隐有忧虑之色，“不知道有没有抓到他。”

“三娘，你有见他们往哪个方向走吗？”

“就往那条路。”扈三娘手持马鞭，指向北面一条山路，“我去看看。”

“我和你一起去。”张闲道。

“不行。”

两人身后传来另一个女子的声音，张闲回过头，就瞧见了李师师的脸。

“天晓得宋江这次撤退，是不是计谋。”李师师声音虽然温婉，但态度十分坚决，“若是安排了伏兵，可就麻烦了。你还是别跟着去了。”

“说好和大家同生共死，我怎么可以临场畏惧呢？”

“这不是怕不怕死的问题。”

“我心意已决，你不用再劝了。”张闲边说边牵过一匹马，跨坐上去。

李师师似乎还想说些什么，但见张闲如此执着，也不再啰唆，只淡淡道：“好，那我陪你去。”说着轻轻一跃，也上了马背。

经过这些日子的相处，她对张闲也有了一定的了解。这个表面看上去唯唯诺诺、木讷之极的家伙，骨子里却十分顽固。对于他认定的事情，绝不会轻易妥协。细细想来，她也正是被张闲这种特质所吸引。

扈三娘本以为他们会有争执，没想到李师师竟这般顺着张闲，唯有苦笑以对。她正准备挥鞭催马，杨采苓也从远处跑来。

“你们是去寻唐霄他们吗？”杨采苓随军队一路跑上山来，脸上都是汗水，喘息不已。大家都知道她在担心唐霄的安危。

“又来一个不会武功的。”扈三娘朝李师师苦笑。

杨采苓也不客气，骑上扈三娘的马，双手抱紧了她的腰。

“抓紧了！”

扈三娘扬起鞭子，抽打马臀。她胯下白马吃痛，往前冲了出去。张闲亦是如法炮制，结果差点从马身上跌下，幸好有身后的李师师替他稳住。

两匹快马，一前一后，向北飞奔而去。

栾廷玉一生经历过大大小小数百场生死战斗，却从未感受过这种绝望。

即便当年在东京城遭遇武松，也未像今天这般，被打得毫无还手之力。

甚至连一招都接不下。他刚挥出的铁棒，被卢俊义微微后仰，轻巧避开，紧接着腹部就正中一脚，随后是银枪枪杆直接击中太阳穴，整个脑袋嗡的一声，鲜血从鼻孔中喷出。但卢俊义的进攻却尚未停止。栾廷玉被枪杆打得向右侧摔倒，卢俊义右腕一转，银枪枪尖对准栾廷玉的咽喉，直直刺了下去！

眼看枪尖就要扎破咽喉，一股强烈的恐惧感涌上栾廷玉心头。

然而，就在此时，三个身影同时从不同方位闪现在卢俊义周身。绝望的气息随着出现的人影一扫而空。

来了！

玄武用齐眉棍架开银枪的刺击，唐霄手中的龟兹短剑直刺小腹，而徐燎的虎翼刀则横斩颈部，卢俊义同时遭到三大高手的夹击！

卢俊义笑了。他很久没有被人逼到这样的境地。

银枪枪尖忽然从齐眉棍底下消失，以一个诡异的角度格挡下了龟兹短剑的直刺，继而又以枪尖为圆心，长枪划出一道弧线，枪尾竟生生挡开了虎翼刀的斩击！

卢俊义以一种极为鬼魅的身法，配合手中的银枪，仅用了一招就同时化解了三方的攻击！

玄武与唐霄顿时咋舌，但徐燎并没有显出惊讶的神色，而是转身又送出一刀，手中的虎翼刀刃尖向卢俊义的咽喉疾冲而出！

他比任何人都了解眼前这个男人的恐怖之处。

卢俊义低身闪过虎翼刀突刺，银枪反挑玄武，玄武大惊，忙举棍去挡，谁知这竟是虚招，他真正的目的却是唐霄！银枪中途变向，刺向唐霄右肋！

利刃疾刺而至，唐霄慌忙间横挥龟兹短剑，意欲格挡，这时银枪又是一记虚晃，三人同时大惊，可为时已晚！

银枪已然刺穿倒在地上的栾廷玉的腰腹！

“栾大哥！”

唐霄呼喊出声，内心惊怒到了极点。

枪尖抽出，带出一串鲜红的血滴，但卢俊义并不停招，借助收枪的惯性，用枪尾猛砸徐燎面门！幸而徐燎反应敏捷，举起刀背准备硬吃。但此招亦是虚招，卢俊义在三人包夹中忽然一个转身，枪尾从砸击变为横扫，直袭唐霄。

玄武忙挥棍替唐霄挡下这记扫打。

卢俊义早就判断出玄武的举动，右脚猛然抬起，借助转身时的惯性，一记弹腿正中玄武胸膛。原来进攻唐霄时他根本没使上劲，但这一脚，却使出了十成功力。

玄武被踢飞老远，重重摔在地上，胸口宛如被巨石砸中，感到一股窒息，恐怕是断了一根肋骨。

而在卢俊义蹬中玄武胸膛时，唐霄灵机一动，早已对准卢俊义的咽喉，用握龟兹短剑的右手敲下机栝，袖箭嗖的一声射出！

在近战中射出袖箭，此种行为常为正道人士所不齿，因为袖箭速度极快，又十分隐蔽，通常是避无可避。但在栾廷玉生死未明的情况下，唐霄已顾不得什么江湖道义，况且这种无聊的道义对于他来说，根本没有意义。

战斗，就是要不顾一切地打赢！

可他没想到的是，卢俊义的反应速度远远高于普通武人。他竟将右手从枪杆上移开，徒手去抓这支暗器！

那袖箭发射的位置离他至多不过三尺，瞬息间弹射，然而他竟然靠几乎直觉般的反应，在半空中反握住了袖箭！

唐霄心头一震！自打习武以来，他未见过有人有这种反应速度！简直不是人……

下一刻，卢俊义就将这支袖箭，深深插入了徐燎的右肩！

徐燎挥出的虎翼刀已至卢俊义腹部，但右侧虎头肌顿时被箭镞深深扎入，整条右臂尽废！

这意味着，那记横斩的招式，也无法继续下去了。也就是说，卢俊义在化解唐霄袖箭偷袭的同时，又挡下了徐燎的奋力斩杀，一石二鸟！

恐惧感笼罩在众人心头，这人的一招一式，近乎无懈……

虽然感觉不到疼痛，但徐燎的右臂已无力抬起，靠着多年在修罗场磨炼出来的本能，他迅速将虎翼刀换至左手。另一边，刚射出袖箭的唐霄见徐燎负伤，正准备上前营救，银枪尖刃突然削其右膝，逼开唐霄。

要替徐燎化解这轮进攻！

唐霄紧咬牙关，不敢冒险，只得往后急退，同手左手一扬，一柄无影飞刀向卢俊义射去，与此同时，徐燎左手虎翼刀横斩卢俊义后颈。

两处受敌，看你怎么躲！

卢俊义依旧是不躲不避，右手倏出，故技重施，又抓住了半空飞来的飞刀刀柄！

“小心！”唐霄大感不妙，可晚了一步。

卢俊义右手握着的飞刀，复又扎入徐燎左臂的二头肌！

左臂脱力，刀招被废！

徐燎急退了两步，谁知卢俊义竟像能洞悉他的想法般，亦同时向他进了两步。两人同时进退，相距咫尺。卢俊义再度出手，以右手手肘猛击徐燎头侧！若双臂没有被废，此时徐燎还可以将双臂护于头部的两侧，但肌肉被利刃刺穿，伤势极重，根本提不起劲，防御动作更无从谈起。

啪！啪！啪！

三记肘击，狠狠砸中徐燎的太阳穴。他脚步一个踹跚，摔倒在地。

在卢俊义肘击徐燎的同时，唐霄已不顾生死地扑了上去。

转瞬之间，三个同伴都被打倒，这令唐霄乱了阵脚，此时他只想保住徐燎的性命，浑然忘了自己的生死。

卢俊义完成第三记肘击的同时，一柄龟兹短剑正急速刺向他的右眼！

由于唐霄情急出招，中门大开，卢俊义只轻轻侧头避开，握着枪杆的右手直直推出，砸中唐霄的膻中穴。

膻中穴乃人体至关重要的大穴，唐霄情急之中，竟然犯了武学大忌！

完了！

这一拳击中要害，唐霄胸口一股闷痛。他连退数步，坐倒在地，不停喘息。

卢俊义长舒一口气。不过一盏茶的工夫，栾廷玉、唐霄、徐燎、玄武四人，均被他打翻在地。眼下还站着的人，只有他一个。

骤遇如此强敌，他们四人也未曾预料。

“怪……怪不得宋江要赚你上山。这样的武艺，不愧为河北三绝。”唐霄捂着胸口，想要站起身，试了几次都不行。

卢俊义大步朝唐霄走去。在距离十步的位置，他忽然停下了。

唐霄也意识到不对劲，因为卢俊义的眼神变了。

灌木丛中，一阵绿色烟雾喷向卢俊义，他忙往后退，却不小心吸进了一口。剧烈的眩晕令卢俊义站立不稳，只得勉强用银枪支地。

剧毒！

此时，两个女子从树林中蹿出，一左一右抢攻卢俊义，配合无间，正是扈三娘和李师师！

卢俊义强忍眩晕导致的恶心感，旋身移步，闪至扈三娘身后。

李师师一剑没有刺中，立刻掉转身形，但她与卢俊义之间还夹着扈三娘，无法立刻进攻，令卢俊义有了喘息的余地。

扈三娘日月双刀一齐向身后劈去，却被卢俊义银枪架住。

李师师找准时机，蜂芒剑贴着扈三娘的腰腹刺出，直袭卢俊义！

千钧一发之际，卢俊义偏身躲开，抬起右脚踢向扈三娘，被她用刀背挡下。

强烈的眩晕感让卢俊义的身手大打折扣，但面对李扈两大高手的夹击，他闪转腾挪，进退有度，反击亦是行云流水，丝毫不像被下了重药的模样。

此时，杨采苓匆忙钻出灌木丛，来到唐霄身边。他之前激战时受到的伤势未愈，又中了卢俊义的重拳，气息极为不畅。杨采苓取出一颗药丸，塞入他的口中，又往唐霄嘴里灌了点水。不过多时，唐霄气息渐渐缓和，神色渐明。

“奇怪，这人怎么还能打？”杨采苓柳眉紧蹙，十分不解。

明明是按照《毒经》中的成分配制，何以没有效果？

张闲则跑到栾廷玉身边，摇晃着他的肩膀，口中道：“栾大哥，你醒醒！”这时，鲜血从他口中流淌而出，面对张闲的呼喊，没有丝毫回应。

“杨姑娘，栾大哥快不行了！你……你来救救他！”张闲朝远处喊道。

杨采苓听见张闲远远唤她，却听不清他在说什么。她又看了看怀里虚弱的唐霄，一时拿不定主意。

“你去吧……”唐霄双手撑地，勉强坐起，“我没问题。”

“好，你坐在此地别乱动，我去去就来。”杨采苓起身，朝栾廷玉所在的位置跑去。

卢俊义被暗算中毒，心中已是极怒，正愁找不到罪魁祸首。乍见了杨采苓，双目顿时射出凶光，认定她就是下毒之人，满腔怒气都撒在了她的身上。见她正往自己这边跑来，拼着一口气，猛扫手中银枪，逼开李扈二人，朝杨采苓奔踏而去！

他们之间相距亦不过十几步，杨采苓还未及反应，银枪尖刃已至面前！

杨采苓不会武艺，一时不知如何是好，僵在原地。唐霄见状，准备抬手射出飞刀。可甫一伸手，却发现刀囊空空，身上已无暗器可发，心中急到了极点！

便在此时，一声雄浑的怒喝，在卢俊义身后响起！

紧接着，是由高速挥动而产生的破风之声。卢俊义虽听不见，却能感知身后的气流涌动。

收枪，止步，转胯，挡架，一系列动作在瞬间完成，卢俊义凭着本能，硬生生挡下了玄武这一记刚猛无俦的劈打！

“离她远一点！”玄武如同发了疯的野兽，双手的劲力比之前又强了一倍。

或许是自己的力量被毒药削弱了，卢俊义心想。

玄武狂吼一声，再度攻来，卢俊义哪敢怠慢，强忍不适感，凝神应战。少林棍法，天下无双，即便奇才如卢俊义者，也曾在少林各种精妙棍法配合下被压制。棍来枪往，竟也不分伯仲。两人全力相搏，木棍与银枪交击发出的急密碰撞声，响彻山间。李师师和扈三娘见两人难解难分，也提着刀剑上前助战。

待李师师与扈三娘加入战团，形势又变得极为复杂。原本可放开手脚大战的玄武，因要顾忌二女，出招时比之前迟了片刻。这三人毕竟头一回联手，彼此之间的武功路数都不了解。卢俊义何等天才，亦瞧出端倪，故意在三人之间来回穿梭，令他们无法合围。一时之间，以一敌三，竟也不落下风。

但随着卢俊义的眩晕感越来越强烈，手上的劲道也渐弱，如果不速战速决，很可能会败在他们手下。念及此处，卢俊义精神一振，银枪进攻的速度又提升了一倍。

刀枪剑棍在高速挥舞中编织成一张银色刃网，将四人裹挟其中。这种几乎完全凭借直觉的刃战，随时可能失手伤到同伴，只有拥有绝高的技艺和过人的胆识才能游刃有余。

卢俊义提高攻击速度的目的，就是让他们三人乱中出错。果然，扈三娘招架之时，露出破绽，卢俊义怎会错过这样的良机，只见一点银光从扈三娘身旁的空隙中闪出，直射李师师肩头。李师师本想撤剑后退，却慢了一步，肩头炸出血花，摔倒在地！

三人围剿之势崩溃，扈三娘成了下一个目标。卢俊义瞄准玄武咽喉，一记刺击，逼开他之后，银枪枪杆力发千钧，回身猛扫扈三娘。

他想以绝对的力量打垮她！

玄武已察觉到这一点，刚想扬起齐眉棍，去替扈三娘格挡。然而他刚想发力，胸口折断的肋骨处却传来一阵剧烈的疼痛。

动作一缓，扈三娘的日月双刀便被卢俊义击得脱手飞出！

紧接着，只见银枪尖刃闪电吞吐，在扈三娘身上接连刺出四个血口！鲜血从伤口中喷射出来，喷洒在卢俊义白净的脸上。

“混蛋！”

玄武见扈三娘被重创，暴怒而起，他顾不得胸口的疼痛，右足踏前，双手握住齐眉棍自上而下劈打，乃是少林棍法中极为刚烈的“顺步劈山势”！

卢俊义知道他要拼命，不再硬接，而是侧身躲开，银枪以一个极为刁钻的角度，刺向玄武握棍的右腕。玄武眼见自己的右腕送向银枪的尖刃，想要半途收招。但为时已晚，银光一闪，右腕即被刺破，长棍脱手。

玄武也不惊慌，上身立起，左足向前跨步，左手五指成拳，屈藏在内，左肘向前猛击卢俊义胸口！这一招名唤“顶心肘”，乃是少林拳中近战的绝技。卢俊义没想到玄武的反应竟如此敏捷，刚想向后退开，胸口即被玄武的“顶心肘”猛地击中，两根肋骨应声断裂！

一击得手，玄武探出手上的右臂，托住卢俊义的后脑，左拳由腰下提起，正中卢俊义面门！这记“掛面拳”十分刚猛，打得卢俊义头晕目眩，一口鲜血都喷在了玄武脸上。

玄武还想再进一步，左腹却传来一阵剧痛，原来卢俊义硬吃玄武一拳，就是为了将手中的银枪枪尖送入他的腰腹。

玄武往后退了两步，双手捂住伤处，跪倒在地。

“不要过来！”

杨采苓见玄武重伤，刚想跑上前查看伤势，却被玄武喝止。

卢俊义伸手抹去脸上的血迹，一颗门牙被打落，掉在他的掌心。自习武以来，他从未像今天这般狼狈。此时，眩晕感已极为强烈，他将身子靠在一棵树干上，才不至于摔倒在地。

除了张闲和杨采苓，其余人都已倒下。

只剩两个家伙了……

卢俊义勉强用银枪当成拐杖，步履蹒跚地朝他们两个走去。

“你……你想做什么！”

张闲捡起之前徐燎掉落的虎翼刀，整个人挡在杨采苓身前。

握刀的手还在颤抖。

卢俊义一步一步靠近张闲，在相距十步的位置，突然停住了。

见到张闲此时的身姿，他不由警觉起来。

只见张闲面朝前方，迈一个后弓步，身子微侧，右手握虎翼刀举到与左耳齐平，左手成掌，向前微微探出。

卢俊义也摆开架势，沉腰坐马，双手紧握银枪。

此时的张闲已然明白，卢俊义以为自己在试探他的武功，是以与他隔空变换架势，相互试招。他下意识地摆出的架势，竟让对方误以为自己也会武功。

“地蛇枪势！”张闲不假思索，冲口说出，“倘若我用这招，你又如何破解？”说着，他左足向前，成丁步势，虎翼刀横在胸口，左手托住刀背。

见他如此变招，卢俊义面如土色！他完全没有料到，这群人中最强的高手，竟然是这个貌似燕青的小子。过了好一会儿，他才想出破解之法，右足向旁横进一步，与左足相平，上身微向左斜，银枪尖刃直指张闲。

“好一招锁口枪！”他说话同时，亦改变身姿，左足向前半步，虎翼刀刀尖向上，竖在身前，“我这招朝天刀如何？”

卢俊义苦思片刻，又变换了一个招式。但过不多时，就又被张闲破解。

杨采苓站在张闲身后，瞧得满头雾水。但对于唐霄、李师师等人来说，已再明白不过，均为张闲的冒险行为捏一把汗。

就这样，两人不停地变招，但都停在原地，没有上前一步。他们俩虽没有真正交锋，但已在脑海中不断演练。而每一次，卢俊义都被张闲压制。

两个人之所以不敢贸然上前开战，都有各自的理由。卢俊义中毒已深，手上的劲力，不足全盛时的两成，而张闲则完全不会武功，仅凭脑海中上千卷的武功秘籍，摆空架势而已。

变了十多招后，卢俊义面色开始渐渐泛黑，眼神凌厉地直盯着张闲。

张闲被他瞧得心头发毛，下意识地咽了咽口水。

就在那一瞬间，卢俊义捕捉到了张闲眼神中闪过的一丝惧意。

这小子不会功夫！

武者与武者之间，通常会有一种奇特的感应，能够敏锐地捕捉到对方的情绪。方才张闲为了守护杨采苓，眼中闪出必死的决心，是以气势上不输卢俊义。但此时他已松懈下来，不复之前的勇气，谨小慎微的性格暴露无遗。

去死吧！

由于被张闲戏耍，卢俊义恼怒之极。

此时，他用尽全身最后的力量，手持银枪向张闲冲了过去，速度之快，使得整个人幻化成了一道白影。手中的银枪，挟着凌厉的破风锐音，迅疾刺出！

第十四章 幻灭

眼看银枪的尖刃就要刺入张闲的咽喉，就在一瞬间，从山林中蹿出一个人影，用手中的丈八蛇矛，将银枪架开。与此同时，另一人也从路边的树上跃下，左手握住张闲衣领，右手抓住杨采苓的胳膊，展开轻功，将两人往后拖拽两三丈，远离了危险之地。

卢俊义一怔。方才一击，他已用尽全力，虽不及未中毒时的状态，却也非普通人能够抵挡。

只见一个满面沉郁的中年汉子，扛着丈八蛇矛，立在他的眼前，正是**豹子头·林冲**。而那个救走张闲和杨采苓的瘦弱男子，则是协助林冲越狱的鼓上蚤·时迁。

“卢员外，不要再打了。”林冲淡然说道，脸上没有任何变化。

此时，卢俊义的脸已完全呈黑紫色，背项流着冷汗。他用颤抖的双手紧紧握住银枪，枪尾拄在地上，又将身体的重量都依靠在枪杆上。

“你已中了剧毒，适才一场大战，又损耗了心力。若还要继续打斗，恐怕性命难保。宋江骗你上山，也不过是为了名正言顺地坐上寨主之位。”

林冲敬重卢俊义武艺高强，不愿趁他中毒之际，落井下石。

时迁也在远处喊道:“林教头说得不错！当年晁天王留下遗言，‘若哪个捉得射死我的，便教他做梁山泊主’，却从未提到让宋江坐这个位置。卢员外你武艺高强，天下无双，宋江便是看重了这点，捧你上位。可惜你却说不得话，在梁山又没根基，谁能服你？唯有立宋江为山寨之主！”

他这番言语，乍听之下，颇有些荒谬，但细想之下，也有些道理。

毕竟晁盖心知宋江内心深处，早就想坐他的位子，所以故意留下遗嘱，能替他报仇的人就可以登位。宋江伪造史文恭杀晁盖的毒箭，众人错以为谁能杀了史文恭，便能坐上头把交椅。可是，放眼整个梁山，武艺高强者数之不尽，且不说林冲、鲁智深这些一等一的高手，就算地煞军团中的黄信、孙立等人，宋江也比不过他们。

换言之，晁盖的遗言，使得宋江成为山寨之主的妄图，完全幻灭。

如此一来，放在宋江面前的就只有一个选择，找一个武艺强过众位天罡，又愿意听命于自己的人。这时，宋江想起了大名府的卢俊义。不论从哪方面来看，卢俊义都是最好的人选。首先，他武艺天下无双，即便林冲、鲁智深也不是他的对手；其次，他对权力没有欲望，每日只钻研枪棒，梁山泊的元老，自然也不愿意让这样一个外人来号令群雄。

于是，宋江便遣吴用与李逵假装算命先生与哑道童混入卢府，为其算命。吴用在卢俊义府上，设计让卢俊义自己写下一首藏头反诗，逼他上了梁山。落草之后，卢俊义便征讨曾头市，活捉史文恭，为梁山泊立下汗马功劳。之后发展，也一如宋江所预料，他推举卢俊义坐头把交椅，卢俊义宁死不从。宋江本人则在吴用等人的“苦劝”之下，才“不得已”当上了梁山之主。接着，他又买通一个姓何的道士，伪造石碣天书，编撰自己是天魁星下凡，让人觉得此乃“天地之意，理数所定”，以稳固其在梁山的地位。

当然，这一切对于武痴卢俊义来说，根本不以为然。

除了武艺，他对着世间的一切都没有兴趣。所以卢俊义并没有放下手里的银枪，而是摆开架势，将枪尖对准了林冲。

“好，我尊重你。”林冲也立了个弓步，身体后倾，丈八蛇矛的尖刃垂地，乃是“苍龙摆尾势”的门户。

两人在梁山演武场，也曾交过几次手，都是点到即止，并未生死相搏。但根据以往交手的经验，林冲自己明白，他并非卢俊义的对手。不过，此刻卢俊义中毒已深，手脚酸麻无力，绝对打不过自己。

躲在一旁的张闲、唐霄等人俱不敢出声，屏息凝神，细看这场绝顶高手间的比试。

卢俊义深吸一口气，突然就拔步上前，速度之快，全然不像一个中毒垂危之人！

林冲浑身肌肉绷紧，进入战备状态。面对卢俊义这样的敌手，在任何情况下，都不可掉以轻心，否则，将付出生命的代价。

急速奔跑的卢俊义身后，好似浮现出一头白色麒麟瑞兽，正向他扑来！林冲的武魂也已熊熊燃起，整个人沉膝坐步，仿佛化身成一头黑色猎豹，准备伏击向他冲来的麒麟。

银光闪烁，裹挟浓烈的杀气袭至！与此同时，林冲手腕蓦地发力，丈八蛇矛由下向上，猛烈撩击，毫不畏惧地迎向那袭来的银光！

枪尖与矛头交击，发出响彻山林的鸣音！

由于力量悬殊，卢俊义的银枪被反弹开去，整个人也被林冲的手劲撞得后退几步。紧接着，他突然身子发软，脱力般摔倒在地上。

林冲忙跑上前将卢俊义扶起。卢俊义面色黝黑，口鼻耳同时有鲜血涌出。

“你们谁有解药？”林冲环视众人，急切问道。

杨采苓走上前去，伸手探了探卢俊义的颈脉，凝思片刻才道：“他已毒气攻心，即便救回性命，恐怕一身武艺也废了。”

“性命要紧，武功没了就没了。姑娘，拜托你救救他吧！”见她切脉手法娴熟，林冲猜测眼前这女子便是医师，“这人不过是个武痴，平生也没作恶，只是不幸成了宋江的棋子，被他蒙骗操纵之下，才误入歧途。”

“小苓，你就听林教头的，救救他吧。”唐霄虽不认得林冲，但经常听鲁智深提及，又见他使得一手丈八蛇矛，武艺又如此之高，心想应该是他。

林冲朝唐霄点了点头，算是表达谢意。

杨采苓取出银针，分别刺入曲池、中脘、阴陵等穴位，又拿出一颗碧绿色的药丸，放入卢俊义口中。等他吞下解药后，杨采苓又来到栾廷玉身边，见他胸口被扎了一道极深的血口，心中难受，泪水从眼眶流了下来，忽然对救治卢俊义感到后悔。

在张闲和林冲的帮助下，杨采苓替受伤的众人依次缝针，接着敷上金疮药，做了简单的包扎，并让他们口服了用马齿苋、穿心莲、三角麦等药材特制的丹药。这些丹药有清热解毒的疗效，可以避免伤口因感染而生脓。除栾廷玉外，众人均无生命之忧。

过了大约半个时辰，联军才在这条偏僻的小路上找到他们。

张闲在此住了数月，对梁山熟门熟路，吩咐几个喽啰取来一辆马车，将伤者抬上去，向安道全的医馆送去。此时神医馆已空无一人，医师们早就四散奔逃，徒留下一间间空屋。张闲望着眼前大片的药田，心中感慨不已。

尽管没了医师，但好在草药的储备十分充足，杨采苓需要什么药材，都可以在这里找到。

喽啰们在杨采苓的指挥下，将伤者抬进屋内安顿。杨采苓怕一个人忙不过来，又留了几个略懂医药的喽啰做帮手。

张闲来到李师师身边，脸上尽是担忧的神色。

“李姑娘，都怨我不好，又害你受伤了。”

张闲突然伸出手来，想朝自己脸上打个耳刮子，却被李师师制止了。

“哀家没什么大碍，就是些皮外伤。”李师师朝张闲微微一笑，但随即又蹙眉道，“不过看栾头领的伤势，恐怕伤得不轻。”

“我什么忙都帮不上……”

“方才若不是公子用了妙计，拖住卢俊义，我们恐怕早就被杀了。”

“哪里是什么妙计，碰巧罢了。”张闲挠了挠头，颇有些难为情。

可能是扯到了伤口，李师师忽然轻轻呻吟了一下。

张闲急道：“你快躺下，别再乱动了。”说着扶着她肩膀，助她缓缓平躺下来。就在这时，门外又传来一阵喧闹。

“我出去瞧瞧，你先休息。”

嘱咐完后，张闲放下李师师，快步走出屋子。

原来是鲁智深、杨志、武松、史进、阮氏兄弟等一众头领。众人脸上都挂着焦虑的神色，在屋外吵吵嚷嚷，说要进屋去瞧栾廷玉。杨采苓挡在门口，气急败坏地大叫道：“你们这样拥进去，会影响栾大哥恢复的！他现在十分虚弱，经不起你们折腾！”

宋万上前说道："兄弟们也是心急啊！能不能就看一眼？"

阮小七在一旁点头附和道："对，就一眼！咱们保证不说话。"

杨采苓向他瞪了一眼，正色道："不行！"

阮小七悻悻道："凶什么凶……"

鲁智深拨开众人，大踏步走上前，抢着道："杨姑娘，洒家可以让大伙都散了。但你总得告诉我们，栾兄弟现在的情况啊！是生是死，总得有个说法。难不成就一句'不知道'便把大伙儿给打发了？"

杨采苓顿了一顿，温言说道："栾大哥被利刃伤了肺腑，出了大量的血。最为棘手的是，伤口扎得很深，并非皮肉伤。所以……"

鲁智深沉着脸，颤声问道："还有救没有？"

杨采苓沉默良久，缓缓道："恐怕熬不过今夜。"

这句话听在张闲耳中，犹如五雷轰顶，顿时脑中一片空白。他从来不曾想过，像栾廷玉这样顶天立地的男儿，竟然也会死去。

众人听了杨采苓的话，均怔怔发愣，不知该说什么才好。鲁智深一声怒喝，往外走去，武松怕他盛怒之下，又去做鲁莽之事，口中道："师兄！"伸手去抓他，却被鲁智深甩开。

满面怒容的花和尚径直向药田边上的一棵绿杨树走去，众人瞧得不明所以。

来到树下，鲁智深先把直裰脱了，丢在地上，弯下腰来，双手紧紧抱住那树粗壮的树干。而后，他口中发出一阵叱喝，额头青筋暴起，肩背顿时也隆起了层层肌肉，每一块肌肉，都绷得如钢铁般紧实。

过不多时，那绿杨树先是微微晃动起来，接着，入土的根部竟一截一截向上移动，错节的树根带出不少泥土。鲁智深接着发力，将那棵绿杨树带根拔起。

栾廷玉的境遇，令鲁智深盛怒无比，却又无处发泄，只得拿这棵绿杨树撒气。

在场的人都惊得呆了，唯有武松、史进等与鲁智深相熟的人不感到意外。几个喽啰见了，还以为他是罗汉下凡，一齐拜倒在地。鲁智深也不理会，将那棵绿杨树往边上药田一抛，摔出一阵飞叶扬尘，头也不回地走了。

张闲望着狼藉的药田，心头像是被一块巨石压着，喘不过气来。

杨采苓抹干眼角垂下的泪水，向众人道："该散就散了吧，我这儿还有病人。"

众人讨了个没趣，纷纷四散离开。

张闲刚想回屋，却被人从身后喊住。他转过身去，瞧见樊瑞正毕恭毕敬地向他作揖，口中道："掌门真人，咱们何时回龙虎山去？"

"哎呀，我怎么把这件事给忘了！什么狗屁龙虎瞳，真是该打！"张闲拍了拍自己的额头，"爷爷要是知道我这样懈怠，必会着恼。"

他原本打算离开少林后，就先回龙虎山，将这玉龙簪传给下一任掌教真人，自己落个轻松。谁知少林寺一役后，先是被掳去梁山泊，后又参与凤凰山聚义，完全没时间考虑龙虎山的事。若不是樊瑞提醒，恐怕想都想不起来。

"等这里的事告一段落，我就去龙虎山。"张闲说到此处，微微停顿片刻，才道，"樊兄，你的事，我会放在心上。让龙虎宗重新收你入门。"

樊瑞等了半天，为的就是这句话，立刻千恩万谢。

"对了，最后还是让宋江跑了？"张闲问道。

“唉，也不知这吴用如何算出北边山路无人堵截，偏偏就选了那里。之后鲁智深点了一千人马去追击，但那宋江早就渡过水泊，不知逃到哪里去了。”

说到此处，樊瑞亦露出苦恼的神色，想来他也十分懊恼。明明唾手可得的鸭子，竟在眼皮底下飞走了。

“算了，这都是命数。”张闲长叹一声。

“不过，咱们也算没白忙一场，至少夺回了这座山寨。自今日起，水泊梁山又会是好汉啸聚的所在，不会再是日日想要被朝廷招安的走狗了。”

“希望如此。”张闲有些惘然，将视线投向远方。

一场战事的胜利，换得生灵涂炭，究竟是输是赢?

他也不知道。

栾廷玉睁开了双眼。

他瞧见月光透过木窗，洒落他的身上，整个人也变得明亮起来。不知为何，持续的疼痛感忽然消失了。难道是杨姑娘妙手回春?明明自己的心肺已被银枪刺穿，为何还没死?他实在想不明白，索性不再去想。

这时，栾廷玉发现还有一个人坐在他的床边。

他转过头，扈三娘那张苍白秀丽的脸庞，即刻映入他的眼中。尽管伤口不像栾廷玉这样深，但她的身上，也被银枪刺了好几个血窟窿，身体仍是十分虚弱。

“三娘，你不去休息，来我这里作甚?”栾廷玉想坐起身来，却发现自己完全动不了。

扈三娘眼眶中溢着泪水，目不转睛地看着他。

“师父……”

“你哭什么，我……我没事……”

真的一点都感觉不到疼痛。可是，手脚也难以动弹，这是为何？

“师父……”扈三娘又重复了一句，伸出细长的手指，握紧栾廷玉的手掌，“你不能就这样离开，我……我们需要你……”

“我当然不离开，你看我现在不是好好的吗？”栾廷玉发出爽朗的笑声，“对了，怎么只有你，唐霄、徐燎，还有小张闲呢？他们伤得重不重？卢俊义有没有被他们打败？唉，我怎么这么笨！自然是我们赢了，不然我哪里能在此地与你说话呢！”

扈三娘含着泪点头，幽幽道：“是我们赢了。”

“怪我技不如人，才不过一招，就被卢俊义那厮打翻在地。不过我这几个小兄弟，可个个都比我强！徐燎武功之高，那也不用说了，当年在皇城司里，也算头号人物。唐霄的拳脚功夫虽不如徐燎，却是个智将，计谋百出，轻功暗器功夫，江湖中谁及得上他？还有那个少林寺的玄武，打起硬仗来一点也不含糊，不愧是天下武宗少林寺出来的弟子！还有张闲兄弟，一双龙虎瞳……”

“师父，你别说了，休息一下，好不好？”

“我怕现在不说，以后都没机会了。”栾廷玉已经明白为何自己感觉不到疼痛，也明白何以扈三娘这么晚，还会造访他的房间。

因为眼前这一切，都是他最后的幻象。宋江率军攻打祝家庄时，李逵的板斧废了他一只眼睛，从此他都以独目视物。可是现在，他却用两只眼睛，将屋内的一切瞧得清清楚楚。

“我知道，你根本不在我面前。这屋子里，就我一个人。”他环视整个房间，空空荡荡，除了一张床之外，空无一物。

扈三娘静静听着，也不说话，只是将栾廷玉的手握得更紧了。

“想我此生，实在是失败。若能从头来过，我也不会再以复仇为念，虚度残生。”说到此处，栾廷玉用充满真挚的眼神，望向扈三娘，“我想换一种活法。不在刀口上讨生活，我会……”

忽然，栾廷玉感到心脉大乱，一股窒息感涌上来，胸膛剧烈起伏。

扈三娘的样子，在他眼前渐渐模糊起来，仿佛融化在水里的冰，渐渐消失不见。

“我会……我……”栾廷玉想说完最后那句话，可胸口就像要炸开一般，眼耳口鼻都溢出鲜血。这种痛苦当真前所未有，他知道自己已到了生死的边缘。

原来死是这种感觉啊……

也不过如此……

栾廷玉想放声大笑，嘲笑自己的一生，但因气血不畅，他的嗓子却发不出半点声音。那只属于他的豪迈笑声，永远地消失了。

过了片刻，他的胸口像是放弃了挣扎，缓缓停止了起伏。

屋内，又渐渐归于平静。

最先发现栾廷玉气绝之人，正是鸡鸣时分前来探视的杨采苓。或许是早已有了心理准备，她哭了一阵，便抹干泪水，找来众人商议后事。

按照宋时习俗，必要先立丧主。通常是以逝者的长子作为主丧人，但栾廷玉膝下无子，便由唐霄任主丧，徐燎和张闲护丧，操办整场丧礼。根据礼仪，唐霄等人替栾廷玉换上了寿衣，又将一小勺洗净的米饭和一枚铜钱放入他的口中，寓意逝者去阴间的路上，将衣食无忧。随后，在鲁智深等梁山好汉的操办下，又在忠义堂替栾廷玉设了灵座。

栾廷玉歿后，梁山泊上下大为悲恸，前来哭丧者不绝。尤其是扈三娘，更是悲悼不已，数日水米不进。杨采苓怕她太过悲痛，伤了身体，一直守在她的身边。

第二日小敛，第三日大敛。次日清晨，唐霄将栾廷玉放入棺内，开始守灵。

其实宋朝时候，火葬之俗已很盛行，梁山泊上也有专门的化人场。梁山泊好汉多为武人，不拘小节，以火化为便。但唐霄是读过圣贤书的人，对此坚持不肯，认为事关风化，不可轻率。最终决定遵照栾廷玉的遗愿，将其葬在祝家庄独龙冈山侧的祝家祖坟。

于是，众人带着栾廷玉的遗体，回到了祝家庄。唐霄择了个吉日良时，教匠人做了泥塑明器，加之冥币纸人，一同埋殡，立了墓碑。下葬之后，樊瑞又领了一群道士，主持醮事，打了七日七夜醮事，替栾廷玉超度升天。

葬礼之后，不少山寨的头领纷纷告辞。其中夜行者的头领陈广来请辞时，却不见他的小徒阿飞。原来河北官员刘韐于真定府招募“敢战士”以御辽，阿飞自幼痛恨汉人被契丹人欺凌，梁山战役一定，便向师父陈广请辞，报国从戎。过了几日，延庆公主也向杨采苓请辞，打算和仇琼英一起回东京。杨采苓知她千金之躯，也不便久留，给了她不少丹药，嘱咐道：“宫里面御医医术超群，却也不见得能调制出这些丹药。公主留在身边，有备无患。”说完牵着她的手，说了许多不舍的话。

延庆公主笑嘻嘻地道：“本宫想要出京城，谁敢阻拦？有机会再去四川找你们玩。”说到此处，又把目光投向玄武：“和尚，谢谢你这些日子照顾本宫。”

玄武一改平日里冷漠的态度，双手合十，向她颔首回礼。

这次延庆公主回宫，是要奉旨成婚，嫁给蔡京的儿子。玄武心里隐隐觉得有些不妥，倒不是蔡京臭名昭著，而是觉得不该让她回京，但终究没有说出口。毕竟她是金枝玉叶，难道要让她留在这山寨之中？这也太不像话了。

事态的发展，皆不幸被玄武猜中。

数年之后的靖康二年，金军南下攻破东京城，掳走了徽、钦二帝，就连延庆公主的侍女李氏亦被带到了金营。这李氏在金军面前绘声绘色地描述延庆公主的美貌，金人听了之后，指名索要。延庆公主被金人以宋钦宗的名义，骗至金营，灌醉后遭金人凌辱，郁郁而亡。

自葬礼之后，过了一月有余，鲁智深打算领着一众好汉重回梁山泊。

临行之前，祝家庄宰了好几头牛羊，杀了百十只鸡鹅，正是盏盘满宴，水陆具备。

酒过三巡，菜过五味，鲁智深找了个把盏斟酒的机会，向唐霄一行人提议道："贤弟贤妹往后有何打算？若暂时没安身处，不如随洒家一同上梁山落了草，做个头领，大碗喝酒，大口吃肉，岂不快哉？"

"我打算和小苓回四川。大哥的心意，小弟心领了！"唐霄说这话时，瞧了一眼身边的杨采苓，"老家还有许多事情，等着我们去办。"

杨采苓见唐霄看她，眼光中满是柔情关切，知道他话里有话，心中一阵甜蜜。

虽然没能亲手杀死宋江，但攻破梁山泊，也算为亡父唐非君和兵诛城众兄弟复了仇。此时他心底只有一个愿望——重建兵诛城！

"在下要回趟东京城。"徐燎说着将手里的酒一饮而尽。

这次杀上梁山，却不见柴进的身影。不知他是否还留在东京。不论如何，徐燎还是想见他一面，有些话，想当面问一问这位柴大官人。

“我也有事。”玄武冷眼瞧着唐霄和杨采苓，冷冷说道。

这时，孙二娘扫了一眼张闲和仙音阁众女，笑眯眯地道：“张闲小兄弟，你是不是也要和姐姐们回东京？”

“不……不是，我要去趟龙虎山。”张闲听出她话里的意思，又羞又急，满脸通红。

“是去接任龙虎宗掌教真人之位。”樊瑞补充道。

众人一听，纷纷敬酒道贺。张闲本想解释，说是回去交付了掌教之位，再回东京城做些小本买卖。但大家起哄之时，哪里听得进他说话，几碗黄汤下肚，也就罢了。

李师师对仙音阁众女道：“届时哀家陪张公子去一次龙虎山，你们先回东京。虫二爷责备起来，我自有交代。”众女听了，连声称是。

席间，林冲站起身来，向鲁智深敬酒赔罪。众人诧异，不知他二人之间，有何嫌隙。

“教头何以如此？”鲁智深忙起身，向林冲回礼。

“师兄，我也不随你们回去了。林冲已没有脸面再回梁山，自称好汉。这一杯酒，算我向师兄赔罪！”林冲说完，仰头喝了下去。

鲁智深见了，微微一怔，却不说话。梁山众好汉则纷纷上前劝阻。

“林冲心意已决，众位哥哥不必再劝。这些年你我都在梁山上，却渐渐疏远，这些想必在场诸位也都看在眼里。”林冲说到此处，长叹一声。

其实林冲所言，身在梁山的众位好汉也有察觉。按理说这两位旧识，情义相当深厚，可鲁智深在梁山时，却整日与武松、杨志厮混在一起，和林冲的交往屈指可数。这次经林冲提及，众好汉才幡然察觉。

“想当年，我因得罪了高俅，误入白虎节堂，被刺配沧州。师兄生怕我有危险，一路暗中保护。果不其然，在野猪林时，押送我的董超、薛霸这两位公人，因受了高俅的指使要杀我。若不是师兄出来救我，林冲早就死了，哪里还有命在此地喝酒？”

“多少年前的事了，说来作甚？”鲁智深大手一挥，叹道。

“但却因我一句口误，害惨了师兄。与那两个公人聊天时，我本想夸耀师兄本事，故而说‘相国寺一株柳树，连根也拔将出来’，谁知却暴露了师兄的栖身之所，害得师兄流落江湖，不得不在二龙山落草。我林冲对不住你。”

林冲说完，便要向鲁智深跪拜。

鲁智深眼疾手快，抢过去伸手扶起，皱眉道:“兄弟，何以如此！”

原本鲁智深对此事确实有所疑惑，毕竟知道他在大相国寺挂单的，只有寥寥数人。加之林冲个性软弱，难免会有怀疑。眼下林冲这番话，说得字字恳切，之前的疑虑一扫而空，以鲁智深的胸襟，自然不再介怀。

“师兄，是我对你不起，没有脸面再回梁山。”

“你若还把我当作兄弟，这种话以后不要再说！”

鲁智深将林冲扶起，向大家说起野猪林的趣事，众人尽皆大笑。

次日，以鲁智深为首的梁山好汉都整装完备，前来向唐霄、徐燎等人告辞。

扈三娘整日将自己关在屋内，为栾廷玉的死暗暗垂泪，不愿再回梁山，梁山众人问了几次，均无回应，也不再勉强。

临走之前，鲁智深对祝家庄众人道：“今后各位若遇上困难，随时上梁山来找洒家。”说着，领了林冲、杨志、武松、阮小二、阮小五、阮小七、宋万、朱贵、杜迁、史进、刘唐、施恩、朱武、陈达、杨春、曹正、张青、孙二娘、白胜、周通、李忠、项冲、李衮、时迁等山寨头领，班师回山。

数日之间，就到了梁山泊。解水卫领具舟迎接。投奔鲁智深的萧让、皇甫端、乐和、金大坚、汤隆、朱富、焦挺、王定六等头领，在金沙滩迎接，直到大寨。

宛子城焦土一片，大家见了，触景生情，均感叹朝廷这“九天玄女计划”恁地歹毒，遣宋江潜入内部，除掉晁盖，坐上头把交椅，又引发梁山泊内战，削弱了山寨大部分实力。

在忠义堂上，列位坐定后，朱武便开口道：“眼下梁山泊支离破碎，群龙无首，咱们必要推选出一个总兵都头领，统领大家才是。”

“还有什么好选的，自然是林教头坐这位子！”宋万知道自己当选无望，便退而求其次，推选同是梁山元老的林冲。朱贵、杜迁忙在一旁应和，夸赞林冲武功了得，这次亲手击败卢俊义，当真天下第一英雄。

“我推举史进兄弟！”陈达提议道。

他原本就是史进麾下头领，有这种想法，众人并不意外。

阮小七笑嘻嘻道：“嘿，你们都选自家人，那我就推我哥阮小二。自咱们随晁天王上梁山泊以来，这解水卫均是由二郎统领，水战从未有过败绩，众位兄弟也是有目共睹的。”

“还是去少林寺，将晁盖哥哥请回梁山吧！”刘唐也道。

忠义堂上，这数十位头领七嘴八舌地议论开来，各讲各的道理，莫衷一是。

“尽是糊涂桶！何不推举我师兄做头领？”

武松听了半天，听得不耐烦，便怒喝一声。

他原本是发泄一下不满，谁知众人一听鲁智深的名字，都觉得除了自己推举的人选，这花和尚也不错。鲁智深虽是个性急之人，平日里为人处世，有些鲁莽，但所做的事情，件件都合乎道义，“路见不平，拔刀相助”这八个字，他完全当得起。

“花和尚做头领，老娘同意！”孙二娘第一个表示支持。

“哥哥高义，急人之难，小弟也支持！”李忠也道。

没承想，这武松推举鲁智深为头领，本是随口一说，却令众人纷纷响应，均无异议。

鲁智深性情中人，亦不假意推脱，当下应承下来，口中又道：“哪日兄弟们见洒家烦了，只需知会一声，洒家便自取了禅杖和行李下山。”

鲁智深心直口快，这番话由他说来，半分不假，在场众人无不心悦诚服。

当上头领之后，鲁智深便雷厉风行，办了第一件事。他不喜“忠义堂”这三字，唤人改回原来的“聚义厅”。他道：“这梁山泊上，兄弟聚义为首要，官家若是个明君，咱们做子民的自当拥护，那是不在话下。可若是个昏君，咱们也不可愚忠！”

此后，鲁智深整顿兵马，重建寨舍，又在山顶上重新竖起“替天行道”的大旗，并下令不可扰民，对于山寨周围的村庄，也送去鸡毛信笺给族长，纳入梁山泊守卫的范围。

江湖上人听说梁山泊易主，新头领乃是急公好义的侠僧鲁智深，无不拜服，纷纷送来贺礼。

这梁山一百单八将，除去被关押在狴犴房中的头领之外，死的死，伤的伤。余下如关胜、秦明、索超、李俊等头领，俱已离开梁山，有的去寻宋江，有的则另寻山头，自立门户。

自此之后，梁山好汉的名声，一直流传了千年，被后世的侠义之士所敬仰。

第十五章 江南方腊

日月如梭，自鲁智深率梁山众位好汉离开祝家庄，又过了半月有余。

这天，仙音阁众女已收拾好行李，准备南下回东京。李师师因要陪张闲回龙虎山，故而不与她们同行。赵元奴和梁红玉百般推脱，说是要晚一点再走，其实各有心思。是以此番回东京的，只有骆琪花、阎凤羽、玉娇枝、谢素秋四女。

扈三娘闭门不出，已有段时日，至于徐燎和玄武，也是每天神神秘秘，不知在忙些什么。前来送行的唯有张闲、李师师、唐霄、杨采苓、樊瑞、柴叔六人。经过这些日子朝夕相处，众人之间，都已相当熟稔。今日分别之后，各自天南地北，亦不知何时何日，才能再见。临走之前，颇有些恋恋不舍。

“路途虽算不上太远，不过一路上住店打尖，总会有些繁难，这些炊饼和干脯你们留在身边充饥。”张闲将手中油纸包裹的食物递给玉娇枝。

他在客栈做店伙时，也常在后厨帮忙，这几日配合柴叔做菜煮饭，又学了不少本领。

“谢谢公子。”玉娇枝接过吃食，低头谢过。

“小霞，路上保重。”张闲握住她的手，眼眶中亦有些微微泛红。

尽管玉娇枝的真实身份，乃是仙音阁的头牌刺客，但在张闲眼中，她始终是天书阁里的小霞，那个对他生活起居照顾得无微不至的婢女。

“官人，你可真是见了新人忘旧人啊！怎么只和她依依不舍，却不理我们？”骆琪花一把勾住张闲的手臂，将身子贴上来，羞得张闲满脸通红。

李师师见了，也只是摇头苦笑。

“骆……骆姑娘，你路上也保重。”张闲支支吾吾地说道。

“男人就是这样，师姐，你别理他。”阎凤羽白了一眼张闲，没好气地说道。

“阎姑娘，你也是，一路上小心。”

“本姑娘武艺高强，又不像你，手无缚鸡之力，用不着你来操心！”

这些日子，阎凤羽总是对张闲喝来呼去，想骂就骂，是以她这样揶揄张闲，大家都习以为常，张闲本人也早就习惯，不以为意。

“好啦，我们就要走了。”谢素秋走上前，向众人一一道别，最后又对李师师道，“主上，我们在东京等你。”

“哀家知道，你们先去吧。”李师师点了点头。

众女骑上了马背，轻叱一声，四匹快马往山下奔去。过不多时，四人的背影在晨曦的映照下，渐渐消失不见。

刚送走仙音阁四女不久，祝家庄又迎来了一位新的客人。

柴叔在打扫庭院时，见一个头上顶着竹笠的魁梧汉子，朝庄内走来，他忙迎上去。

“请问，您找哪位？”柴叔忙问道。

这人步伐稳健，宽背厚肩，一看就是习武之人，柴叔上下打量着他，内心略有警惕。

男子单手取下头上的竹笠，露出异常灿烂的笑容。

“原来是韩大人！”柴叔惊呼出声，“什么风把你给吹来了？”

“我听说你们暂住在祝家庄，没想到真是如此，幸好没白跑一趟。”韩世忠说着，四下张望起来，“大家还都好吧？”

“好，都好。只是……”柴叔笑容忽然有些僵硬。

“怎么了？”韩世忠追问道。

“只是栾侠士……唉……”

韩世忠心头一震，他没想到与栾廷玉上一次相见，竟是永别，怔怔立在原地，不胜感叹。他好久才缓过神来，缓缓道：“生死有命。不过栾兄总算为祝家庄报了灭庄之仇，死得其所，死得其所啊！”

毕竟他也是行伍出身，对于生死，要比普通人看淡许多。

柴叔带着韩世忠穿过中庭，走入一间内厅。韩世忠坐定后，柴叔给他泡了一壶茶，让他稍坐片刻，自己去喊唐霄他们。约莫过了一盏茶时分，门外就响起了一阵脚步声。

最先出现在门口的是唐霄。他甫一进屋，就上前握住韩世忠的手掌，激动道：“韩兄，没想到你来看我们，真是太好了！”随后，张闲、李师师、徐燎、玄武、杨采苓等人，也依次走入厅堂。旧友相逢，均喜不自胜。

众人闲谈之际，柴叔端上酥油鲍螺、高丽栗糕、水晶皂儿、酥儿印等甜品佐茶。

这些吃食，大多是鲁智深派人送来的。几乎每隔几日，梁山泊总会将一些牛羊鸡肉或是瓜果蔬菜等食材，运送至祝家庄。相比物资匮乏的祝家庄，梁山泊虽被一场大战打得满目疮痍，但粮仓之中，还保留了大量的粮食和物资。所以唐霄他们对送来的食物也就却之不恭，欣然接受了。

大家天南地北地聊了一阵子，话题自然转到了宋江的身上。

原来，宋江在梁山泊被栾廷玉击败后，带着鬼面卫和其部下三十六人，横行河朔，官军不敢触其锋芒，数月之后，流窜到了海州。徽猷阁待制张叔夜出任海州知州，招募敢死之士千人，率兵征讨。这时，宋徽宗突然下了密诏，命张叔夜不得剿灭宋江及其手下，需要设法招降宋江。招降的诏书才公布不久，宋江便放弃了抵抗，接受招安。

说到这里，韩世忠苦笑道："张大人这时才想明白，宋江原本便是官家的人。"

此后，宋江及其手下头领去了东京，官家赐宋江等筵宴，至暮方散，众位头领，俱都加官晋爵。朝中有个名叫李若水的太常博士，看不过眼，作了一首名为《捕盗偶成》的诗来表达不满。诗中写道："去年宋江起山东，白昼横戈犯城郭。杀人纷纷翦草如，九重闻之惨不乐。大书黄纸飞敕来，三十六人同拜爵。狞卒肥骖意气骄，士女骈观犹骇愕。"

唐霄听了，笑道："这李若水倒是个明白人。"

韩世忠点头道："蔡京、童贯等人畏惧契丹人，在与辽国的谈判中，总是主张赔款议和。在这一点上，李若水却是个主战派。无奈蔡京等奸臣把持朝政，妖言蛊惑官家，而他人言轻微，自然做不了主。"

徐燎喟然叹道："他是个忠臣。"

在皇城司当差时期，朝中大大小小官员的情况，徐燎都有调查。能从他口中说出"忠臣"这两个字，不是件容易的事。

"对了，我是无事不登三宝殿，这次前来，是有事想要叨扰各位。"

韩世忠扫视在场众人，像是准备宣布一件极为重要的大事。

"将军但说无妨。"唐霄道。

"去年光之国起义的事，想必各位都有所耳闻吧？官家颁布征寇令，谁知却被方腊打败，于是在去年十二月时，任命童贯为并、淮、荆、浙诸路宣抚使，谭稹为制置使，王禀为统制，刘延庆都统诸路兵马，让已经集中到京城，准备北伐的陕西六路汉蕃精兵，共十五万兵马全部南下。这次，童贯统领将近二十万大军，征讨方腊。我被封为统熙河兵的辛兴宗将军的部将。这一仗，朝廷算是孤注一掷，光之国信众如何能抵挡？朝廷军在东线的战事，节节胜利，西路的刘镇也连传捷报，于三月攻占歙州。"

尽管这些话被韩世忠说得轻描淡写，但在众人心里，却感到十分壮烈，眼前已经浮现出城破户残，尸骨满路的景象。

"四月七日，刘光世将军率军占领衢州，歼敌两千余人，杀了头领郑彪。十七日，刘将军在婺州歼敌四千，收复婺州，并占领了方腊最初起事的青溪县。在朝廷军的威慑下，光之国部队退缩到了帮源，和朝廷军打起了游击战。"

韩世忠讲到此处，喝了口茶，又继续说了下去。

"那边山峦众多，地形复杂，和梁山泊一样易守难攻。方腊退守帮源后，又派了精兵驻守进山的各处要塞，起初朝廷军强攻过一次北山口，却被击退，士气大减。不过刘镇将军率领的西路军，剑走偏锋，转向进攻地势最为险峻的门岭。门岭山势险峻，方腊认为朝廷军不会打这里的主意，仅派了数百人把守。结果朝廷军势如破竹，攻下门岭，进入帮源。

“朝廷军在此与光之国二十万信众展开死战，打了一天一夜，敌我双方，均伤亡惨重。不过，最终我们还是取得了胜利，方腊率领信众退进了帮源东北的岩洞里。但难的是，帮源洞中不适合大规模战斗，军队进去很容易中方腊的埋伏。于是大军就驻扎在帮源洞之外，与光之国信众对峙。这时，辛兴宗将军提出了一个建议。”

“什么建议？”张闲好奇地问道。

“招募敢死之士，组成一支队伍，潜入帮源洞捉拿方腊。”韩世忠说到此处，顿了一顿，继而道，“但是新的问题又出现了。”

“什么问题？”提问的人又是张闲。

“光之国好手众多，如浙江四龙、江南十二神等，想要偷偷潜入帮源洞，绝非普通士兵可以做到的。必须是像各位一样，身手了得的绝顶高手才行。”

韩世忠扫视唐霄、徐燎、玄武等人的脸庞，想从他们的表情中读出答案。

可是，没有人回应他。

“当然，在下并不是要强迫各位。你们没有义务帮助童贯的军队去打方腊，况且，朝廷也曾辜负过你们，把各位的名字印在海捕文书上，标明赏金，四处张贴。”韩世忠长叹一声，勉强一笑，“是我失礼了。”

“实在抱歉。”唐霄低下头，嗓音略带沙哑，“其实，栾大哥在世时，还曾提过要与方腊一决高下。可前些日子，在梁山泊上，我们几乎全军覆没。在鬼门关前走过一回，这滋味，实在是不怎么样。过几日我就准备回四川，重建兵诛城，所以……”

回想起卢俊义的武艺，在场与他交过手的人，无不心有余悸。他若非中了杨采苓的剧毒，这里没人能够从他的银枪底下活着回来。

“不必说了，我都明白。”韩世忠打断道，“此事不怪各位，是我唐突了。”

“没能帮到将军，实在内心有愧。”唐霄赔罪道。

“既然如此，在下也不再打扰各位。”韩世忠站起身来，冲众人作揖。

“韩将军，不用过晚饭再走吗？”杨采苓道。

“军务在身，请各位见谅。”韩世忠苦笑着说道，“待平定了帮源洞，我再来看各位！告辞！”说着便要往门外走去。

就在这时，忽然有个高大的身影挡住了他的去路。

但眼前这人的身形充满女子的曲线，刚中带柔，正是多日闭门不出的扈三娘。

只见她身上披了连环铠甲，腰间绑了红锦套索，背负日月双刀，英风凛凛地站在门口，一副整装待发的模样。

“我和你去。”扈三娘看着韩世忠，开口说道。

杨采苓忙跑上前去，拖住扈三娘的手，蹙眉道：“你现在身子这么虚弱，怎么去打仗？”

张闲也起身劝道：“是啊，三娘，你得好好休息。”

“方腊圈地为王，妖言惑众。我只知道，如果师父在的话，他一定会去。”想到栾廷玉，扈三娘不由胸口一痛，“这就是他会做的选择。我只是追随他而已。”

众人听了她这番话，又是一阵沉默。

她说得没错，若栾廷玉还在，确实会做出这样的选择。在联军最危难的时候，是韩世忠送来了大海鳅船，助他们渡过难关。这份恩情，是他们欠韩世忠的。

“我也和韩将军一起去。”忽然有一个悦耳的女声，从大家身后传来。

韩世忠循声望去，只见远处款款走来两个女子，一人身披绿纱，千娇百媚，是个名叫赵元奴的女子，另一人身穿一席红袍，风姿绰约，正是他日思夜想的梁红玉。

“梁姑娘，你也在此地？”

“小女子见过韩将军。”梁红玉叉手深深地道个万福。

韩世忠忙作揖回礼。

赵元奴瞥了一眼韩世忠，调侃道：“梁红玉要去，我可没说一起去。”

梁红玉走到李师师面前，禀道:“红玉想协助韩将军，攻打帮源洞，期望主上能够准许。”

李师师没有说话，只是微微点了点头。

“谢主上。”

梁红玉偷偷瞧了一眼韩世忠，却发现他也在瞧自己，不禁脸上一红。

“也罢，既然你们都去，我也只能舍命陪君子了。”唐霄不知是被扈三娘一番话感动，还是自己想通了，也出口应下。

杨采苓一听，嗔怒道：“唐霄，你不要命了？”

唐霄笑嘻嘻地道：“反正这几天只是呆坐着，什么也没干，不如下山活动活动筋骨。”

“你……你……”杨采苓气得不知该说什么才好，一时语塞。

“算我一个。”徐燎站起身，往厅堂外走去。

“你们一个个都疯了？”杨采苓望着徐燎的背影，急得直跺脚。

光之国的实力丝毫不逊于梁山，天晓得方腊麾下，还有没有像卢俊义这样的人物。他们已经失去了一个伙伴，不能再出意外了……

玄武也站起身来，走近杨采苓，沉声道：“杨姑娘，我和他一起去，你放心吧。”

“放什么心？你离魂症何时发作，你自己都不知道，还让我放心？”杨采苓并不领情，反而责怪起玄武来，“要是打起来，你突然旧疾发作，又变成那个笨手笨脚的小和尚，被人杀了怎么办？我看你们都是活得不耐烦了！”

她这么一骂，倒是让韩世忠十分尴尬，走也不是，留也不是。

李师师柔声劝道：“杨姑娘，你也不必太过恼怒。适才韩将军也说了，这次的行动，是潜入帮源洞，而非与他们的大军正面相抗。危险固然在，但也不能和攻打梁山相比。这样吧，既然韩将军需要一支小队，那哀家和元奴也加入你们，多一个人，便多一分保障。杨姑娘，你看如何？”

韩世忠笑着道：“有‘蜂后’相助，可谓如虎添翼，自然是再好不过！”

杨采苓知道李师师武艺高强，有她在，便稍微安心了一些，再者，扈三娘若真一个人陪韩世忠去帮源，她也不放心，加上她对唐霄的了解，知道犟不过他，于是道：“算了，反正我说什么也没用。”唐霄见杨采苓松了口，笑逐颜开。

由于天色已晚，大家决定明天一早出发。祝家庄与帮源洞相距千里，十分遥远。唐霄立刻修书一封，交给喽啰，命他连夜上梁山，交给鲁智深，借几匹快马。

当晚祝家庄置酒设宴，大摆筵席，接待韩世忠，众人均大醉而归。

夜幕低垂，万籁俱寂。

柴叔独自一人枯坐在庄外的石阶上，向远方眺望。他的手边，是宴席剩下的残酒，不时拿起来喝上两口。虽然祝家庄的人数比起从前兵诛城，可谓小巫见大巫。但毕竟年纪大了，稍微劳动一会儿，腰杆仿佛就要折断。年轻那会儿，听老人说什么岁月不饶人，还以为是玩笑。自己年纪上去了，才能切身体会到百病缠身的感觉。

追忆半生，大半是在兵诛城度过的。唐非君老爷对他不薄，他也将唐家当成自己的家，将少爷当成自己的孩子。

他本以为，自己会一直这样，直到闭目的那一刻。

柴叔拿起酒杯，往嘴里灌了一口。可能是灌得多了，呛了一口，剧烈地咳嗽起来。

吱嘎一声，他身后的朱漆大门被人推开，回头望去，只见唐霄提着一壶酒，从门内走出。

“柴叔，又一个人偷偷喝酒啊？”

唐霄在柴叔身边的石阶上坐下，拿着酒壶给自己斟了满满一杯。

柴叔皱起眉道：“少爷，三更半夜，你怎么还不去睡觉？明日还要赶路，舟车劳顿的，可要早点休息。”

“父亲说你不能喝酒，一喝就醉，一醉就闹。”唐霄道。

“嘿嘿，还是老爷了解我。”柴叔把身边的酒杯推离自己，“罢了，我不喝了。”

“不过我还记得小时候，你也经常偷偷喝酒。有一次被我撞见，还让我保密呢！”唐霄仰起头，沉浸在对过去的回忆之中。

“是啊，少爷你说可以不告诉老爷，不过必须要一个玩具。那时候你才五岁吧，就学会勒索老汉了。真是聪明伶俐。”柴叔也笑了。

“是个木马。”唐霄道。

“对，是个木雕的马儿，我带你去镇里买的。那么多玩具，你就只喜欢木马，整天揣在怀里，睡觉也不肯松手。”

“那是因为，那木马里面有机关。”

“哦？这我倒不清楚了。”柴叔扬起眉头。在他的印象中，不过是一个寻常的木雕马匹。

“只要按下马尾，它的肚子就可以打开。我在马肚子里藏糖果，父亲就查不到了。夜里等父亲睡了，我就可以从马肚子里，拿糖果吃了。”

柴叔听了，哈哈大笑，道：“人小鬼大！”

“后来，等我年岁渐长，不爱吃糖了，那个木马也就没再玩过。”说话时，唐霄的神情略显落寞，他转过头看着柴叔，缓缓道，“人这一生，无非就是这样吧？”

“新的不来，旧的不去，人生便是如此。少爷也不必太过感怀，不过是个玩具罢了。”柴叔不知道唐霄何以突然想起幼时的玩具，还为此长吁短叹。

“确实，不过是个玩具。”唐霄低头冷笑一声，将手里的酒一饮而尽，“那如果是人呢？”

柴叔一怔，不明所以。

唐霄转过头，眼睛直视柴叔，一字字道：“你为什么要这样对我们唐家？”

“少爷，你……你何出此言？”柴叔语调有些紧张。

“兵诛城建在山上，地势险峻，易守难攻。就算梁山远征军兵力再强，没有几个月，也决计攻克不下。除此之外，父亲所著的《唐门考工记》先前连我都不知道它的存在，宋江又如何知道？我想了很久，究竟是哪里出了问题。”唐霄顿了顿，才道，“直到最近，我才想明白这个事——因为兵诛城有内奸。”

“内奸？这……这也太荒谬了吧？”

“自凤凰山聚义，组成联军之后，几次三番出现问题。先是张闲从梁山泊带回的地形图被人盗走，幸而张闲兄弟有一双龙虎瞳，重新画出了一张。紧接着，船场被焚烧后，阮氏兄弟回到祝家庄，为了避免麻烦，栾大哥将他们安置在远离演武场的茅草屋中，却不知如何走漏了风声，让鳌子山的寨主倪元龙找上门来，和阮小七发生了口角。若是寻常打闹，也就罢了。可又偏偏有人在茅草屋的朴刀锋刃上，抹上了毒药，导致倪元龙当场殒命。”

唐霄滔滔不绝，但柴叔却没有打断他的意思。

“眼下倪元龙已被毒死，不可能再活过来，告诉我们是谁向他透露了阮氏兄弟的藏身所在。但这并不代表内鬼的行动，没有露出马脚。同时知道地形图位置，又知道阮氏兄弟藏身所在的人，屈指可数。若是将下毒时间计算在内，能够办到的，唯有你、白胜、李忠三人而已。”

“你是在怀疑我吗？”柴叔颤声问道。

“不，我不是怀疑。我是认定，你就是内鬼。”唐霄语调平静地说道。

“少爷……”

“先别着急分辩，且听我说完。”唐霄一边给自己斟酒，一边说道，“其实我和栾大哥早就知道出了内鬼，且内鬼就在你们三人之中。但至于如何将内鬼引诱出来，却苦无把握。这时，我便想出了一个计策。倘若给这三人不同的消息，故意使之透露给梁山泊，便能识别出内鬼的身份。”

柴叔眼神变了，方才温情的神色，一扫而空，取而代之的是满面的惊恐。

“从宛子城撤退，一共有东、西、北三条山路，碍于兵力有限，我们只能守住两条路口，只有一条无人把守。于是，我们便假装说漏嘴，让白胜听见，东面山路无人把守，又透露给李忠，西面山路，没有守军。你来替我和栾大哥送饭时，他又假意说出北面山路不设埋伏。我虽对《唐门考工记》一事耿耿于怀，心中却始终不愿意相信你就是内鬼，才会鬼使神差地在你面前说出真相。”唐霄说着说着，忽然有些哽咽，“结果，宋江和鬼面卫，竟毫不犹豫地向北面山路逃走……”

“既然你一早就知道，何不下手杀了我？”

柴叔知道自己今日性命难保，索性也放松下来。

“因为我想当面问问你。”唐霄又把目光投向柴叔，“为什么？是我父亲待你不好吗？”

“老爷待我很好，是我的恩人，他收留我，让我有饭可吃，有事可做。对于他，我没有半句怨言。”柴叔这番话说得十分真挚。

“是我对不住你？”唐霄又问。

“说句犯上的话，我待你，如亲生孩子，又怎会对你不满？”

“那就奇了。既不是恨我父亲，又不怨恨我，为何要报复兵诛城？”唐霄不明白。

“我也是身不由己。当时宋江派人抓走了我八十余岁的老母亲，以此来要挟我协助他们，问了我许多兵诛城的机密。那个时候，我也十分痛苦。之后没过几天，他们就开始发动了进攻……”

说到此处，柴叔双手捂住脸孔，号啕大哭起来。

“你为何不将此事告诉家父？”

“我也想说，可是老爷待我如此之好，我却将兵诛城的机密透露他人，我……我实在说不出口。直到城破那日，见到老爷的尸体，我才追悔莫及。可是懊悔又有何用，大错已然铸成！”柴叔老泪纵横，仰天长叹。

“此后，你就一直被宋江控制，是也不是？”

“他们没有放了我的老母亲，所以，我知道被骗了。在凤凰山聚义之前，我并没有接触他们。这件事，我也本想烂在肚子里，下辈子好好照顾你，以赎罪孽之万一。谁想到在凤凰山上时，他们派人送来了一截手指。”说到此处，柴叔忍不住抽泣起来，“那是我老母亲的手指，我……我自然是认得的……”

唐霄满脸怒气，不知是迁怒柴叔，还是因为宋江卑鄙的行径。

“此后，我又在他们的操控下，做出了许多不可挽回的行为。后来的事情，你也都知道了。梁山泊攻破的那天夜里，我跑遍整个城寨，想找到我的老母亲。最后听人说化人场那边，有个浑身鲜血的老太太。我忙赶过去，见几个喽啰正准备焚烧我老母亲的尸身。原来他们在联军发动进攻时，就害死了我的老母。他背信弃义，不守承诺，我……”

柴叔心拙口夯，讲到此处，已无法继续，只是抱头痛哭不止。

唐霄也不再用酒杯，而是直接对着酒壶，往自己嘴里灌。

烈酒呛得他剧烈咳嗽，差点透不过气。柴叔听了，立刻止住哭声，他想要替唐霄捶背，却发现唐霄身子一闪，敏捷地躲开。

这时，柴叔才瞧见唐霄腰间插着龟兹短剑和几把无影飞刀。

“少爷，你动手吧。不过临死之前，我有个不情之请。希望你能看在我服侍过唐家的分上答应我。”柴叔嗟叹道。

“你还有什么遗愿？”唐霄冷冷道。

“这些日子相处久了，我一直很珍惜和大家的感情。不论是玄武和尚，还是小张闲，或者徐燎老弟，都是好人。他们也同样认为我是一个好人。所以，我不想让他们知道我出卖过他们，这也是我的一点私心。少爷，你能不能答应我，杀了我之后，将我的尸体随地埋了，诸位要是问起来，你就推说我回老家务农，告老还乡了，行不行？”

柴叔抬起满是皱纹的脸，看着唐霄。他的眼中充满了期待，希望能得到他想要的答案。

“好，我答应你。”

“多谢少爷。对了，还有一件事。杨姑娘是真心待你，为了你不辞辛劳，从四川赶到东京。这样的女孩可不多，你要好好待她。有她照顾你，我死也能瞑目。”

这次唐霄没有说话，只是点了点头。

柴叔心满意足地说道：“好了，我想说的话，都已说完。少爷，你动手吧。”

他说着就闭上了双眼，静待死亡的到来。可他等了很久，却没有等来唐霄的刀刃。

“你走吧。”唐霄的手没有取出龟兹短剑，也没有扣住飞刀，而是拿着酒壶，“我以后都不想再见到你。”

“少爷……”

“咱俩主仆之情，今日就此了断。”唐霄说话之际，嘴唇不住地颤抖，泪水亦从眼眶中倾泻而出，“自此以后，你就是我的仇人，再见到你，我会取你性命。”

听了这话，柴叔也哀伤流泪，跪倒在地，口中道：“我对不起唐家！”左右开弓，朝自己脸上连打十多个响亮的耳刮子。

“滚！”唐霄冲着这个自己从小依靠的男人，高声叫喊。

柴叔站起身，用干枯的手掌抹干泪水，转身往山下走去。他几次三番止住脚步，想回望一眼，却又忍住，继续迈步向前。

而唐霄则如同脱线的傀儡，颓然坐倒在地。

此时，他已分不清脸上的湿黏，究竟是泪还是酒了。

第十六章 帮源洞之战

翌日清晨，众人收拾完行李，一早就离开祝家庄，火速启程，赶往帮源。

杨采苓问起柴叔去向，唐霄随口搪塞，说他年老体衰，回老家去了。杨采苓见唐霄神情落寞，隐隐觉得不妥，却又说不出什么问题，也就作罢。樊瑞则带着张闲的亲笔书信，先行一步，前往龙虎山。

独龙冈在山东，帮源洞在浙江，相距上千里，往来一次，最快也要个把月。幸而梁山泊送来的马匹，俱是**紫髯伯·皇甫端**圈养的上好蒙古马，耐力好，脚程快。

这一路虽然辛苦，但几个年轻人说说笑笑，心情倒也愉快。张闲手脚勤快，将众人都照顾得很好，尤其是李师师；韩世忠与梁红玉心中虽相互爱慕，但表面上依旧以礼相待，话也不多；赵元奴则视礼教为无物，一直缠着徐燎，要做他的妻子；唐霄和杨采苓总是意见相左，斗嘴不停，谁也说服不了谁；唯有玄武一人，一路只是吃饭睡觉，不发一言。众人骑的是快马，星夜兼路，途径济州、徐州、江宁、湖州等地，只十余日便来到了杭州。

听闻韩世忠带来几位本领高强的江湖侠士，知州曾孝蕴亲自来见，并设宴饮酌，为韩世忠等人接风洗尘。曾孝蕴年近六旬，高瘦身材，整个人神采奕奕。他对韩世忠的造访非常欣喜，一见面就拖着他的手，询问战事，对征讨方腊的战役十分关心。

饮宴间，曾孝蕴谈及方腊，破口大骂道："此人托左道以惑众，以鬼神诡秘之事，号称光明皇帝，煽惑无知百姓，聚众万人，焚烧民居，掠夺金帛子女，可恶至极！众位侠士若能擒获方腊，乃是大功一件，官家必有重赏，他日加官晋爵，不在话下！"

唐霄、徐燎等人不禁相视苦笑。皇帝的赏赐对于他们来说，犹如腹背之毛，无足轻重。此番前来帮源助战，完全出于一个"义"字。

酒至数杯，曾孝蕴问道："统制王禀、刘镇合围帮源，已有两月，却久攻不下。不知将军和诸位侠士有何破敌之计？"

韩世忠直言道："方腊的主力军队，包括浙江四龙、八大天王、江南十二神等，都在前线与朝廷军战斗。我们几个打算搞个奇袭，潜入帮源洞内部，去捉方腊，擒贼先擒王。"

曾孝蕴微微一愣，道："这帮源洞深约四十余里，洞内九曲十八弯，岔口也多，若非对地形极熟之人，进入洞内宛若堕入云雾，再想出来，可就难如登天了，一定要三思啊！"

"正是知道帮源洞地形十分复杂，才需要曾大人帮我们一个忙。"说话的人是唐霄。

"噢？"曾孝蕴扬起眉头，"只要老夫力所能及，无有不允。少侠请讲。"

唐霄清了清嗓子，继续说道："我听闻曾大人在征讨方腊时，捉到过一个头领，乃是方腊麾下江南十二神之一的遁甲神·应明？"

“这贼寇眼下确实在牢狱之中，不过即日就会问斩。”曾孝蕴如实答道。

“既然是光之国的头领，想必他对帮源洞内的情形，也十分熟悉吧？”唐霄又问。

曾孝蕴不知他问此事的用意，点头道：“应该是吧。少侠，你问这个……”

“如果方便的话，我们想借应明一用。”唐霄正色道。

“此人是朝廷命犯，不知……”说到此处，曾孝蕴才恍然道，“少侠是想从这贼寇口中，套出帮源洞的地形？”

“大人英明！”

“倒不是什么难事。只不过，即便此人肯说出帮源洞的地形，我们也无法分辨是真是假。此外，行动时也不见得一边走路，一边拿着地形图来对照吧？”

“大人宽心，我们自有办法！”唐霄说完，冲着张闲眨了眨眼睛。

酒足饭饱之后，扈三娘、杨采苓、李师师、赵元奴、梁红玉五女留在府中休息，玄武则连宴席也没参加，吃了一碗素面，直接回房睡了。余下韩世忠、唐霄、徐燎、张闲四人，随着曾孝蕴去了监狱。

这监狱在杭州城西，牢房异常昏暗，狱卒们见知州大人来了，才慌忙点起火把，将众人迎了进去。一进牢房，霉味就扑面而来。众人不得不用衣袖掩鼻。不仅如此，走道的地上还很潮湿，容易滑倒，为首的狱卒一面走，还一面提醒他们，生怕摔痛了知州大人，饭碗不保。

走了一会儿，到了走道尽头，只见前方是一座用铁皮打造的牢房，其中所关押的，正是方腊的大将应明。

这种牢房没有窗户，四面都是铁皮，容易让囚犯产生极大的心理压力。徐燎在皇城司时见过太多，都是拷问敌国谍人时所用。

狱卒打开牢门，曾孝蕴领着他们四人，快步走了进去。

听见有人进牢房，应明头也不抬，低头玩弄着地上的死老鼠。他这时披头散发，面目上尽是污泥，自己却不以为意，不停地低声自言自语，犹如疯子一般。

“喂，眼下需要你协助这几位侠士，绘制一张帮源洞的地图。”曾孝蕴开门见山地说道。

应明将死老鼠抛上抛下，嬉笑如常，仿佛完全没有听见曾孝蕴所言。

唐霄左手一扬，一柄无影飞刀将半空中的死老鼠射飞，整个人向应明蹿了过去，左肘压住他的脖子，右手龟兹短剑的尖刃对准他的左眼球，森然道：“你要死还是要活？”

“嘿嘿，兵诛城的少主，也成了皇帝的走狗啦！”应明摇晃着脑袋，脸上全无惧意，“你要杀我，太好了！快点给我一个痛快！”

“你说还是不说？”唐霄将龟兹短剑的尖刃压低，划破了他的眼睑。

“有种就杀了我！什么地图，我不知道！我不知道啊，哈哈哈哈！”鲜血从应明眼睑处流淌下来，像是流下血泪一般，加之他诡异的笑容，瞧来十分骇人。

徐燎走上前去，拍了拍唐霄的肩头，沉声说道：“唐兄，用这种方式对付他没用。你们先出去，这里交给我吧。”说完，他又回头对曾孝蕴道：“还要麻烦曾大人给我一些用具。”

曾孝蕴先是一愣，再听唐霄说，这位仁兄从前在皇城司当差，便立刻会意，忙吩咐狱卒准备刑具。应明听了，也不住地上下打量徐燎，不再嬉笑。过不多时，狱卒搬来一张长桌，桌面上刀、针、线、锤一应俱全，还放着盛满水的铜盆，用来洗去行刑者手上的鲜血。

“你……你们想要干吗……”应明双手双脚被狱卒捆绑在木架上，动弹不得。此时他面色惨白，双目直直看着徐燎。

曾孝蕴、韩世忠等人跟随狱卒离开铁牢，徐燎反手将门带上。门外传来狱卒上锁的声音。

徐燎拿起桌上的一支银针，走近应明，冷冷道：“寸磔、截舌、抽肠、碎骨、插针、刖刑，一样一样来，保证你满意。还有，你可千万不要讨饶，我喜欢硬骨头。”

过了约莫一盏茶时分，应明唤来狱卒，称愿意协助他们，绘制地图。

韩世忠大喜，连忙命人取来笔墨纸张，唐霄执笔，应明口述。帮源洞地形极为复杂，用了一个时辰才草草完成。为了印证应明没有使诈，唐霄拿着地图，抽问了好几处走法，若是胡乱画就，必会出错。面对问题，应明对答如流，众人才相信这张地图不假。唐霄又将地图交给张闲。半个时辰之后，张闲就将帮源洞地形背得滚瓜烂熟。

曾孝蕴见识了张闲的记性，当即瞠目结舌，心下对韩世忠找来的能人异士深深拜服。

当天夜里，众人在曾府留宿一晚，不提。

次日，韩世忠等人用过早膳，就辞了曾孝蕴，出城向西南方向行进。众人快马加鞭，不一日就来到了帮源。此次潜入帮源洞捉拿方腊，人数越少，行动越隐秘，是以韩世忠决定让杨采苓留在山下的村庄里，由梁红玉保护。起初梁红玉不肯，要和他们一起行动，最后由李师师出面才劝住了她。赵元奴则被委派了另一个任务，去朝廷军的营地知会他们。方腊一旦被擒，立刻发动总攻，一举拿下帮源洞。

“这次潜入帮源洞的行动十分危险，很可能有去无回。”韩世忠指着地形图，神色肃穆地说道，“我们今夜子时动身。我和张闲、李姑娘作为先锋探路，徐燎和唐霄跟在我们身后，负责留意两翼的敌人，扈三娘和玄武和尚断后。”

计较已定，这七人各自装备兵刃，等待夜幕降临。

终于熬到了子时，韩世忠带领众人潜上山去，往帮源洞进发。走了约莫五里山路，终于摸到了方腊的老巢。只见洞口四周均扎了寨栅，亦有不少巡视的喽啰，来回走动。

还好这七人除张闲之外，均是轻功高手，趁着巡哨没留意的当口，几个起落，便蹿入洞内。那洞口还守着四五个喽啰，唐霄手腕一抖，只见四道银光一闪，四个喽啰还未发出喊声，便纷纷倒地而亡。死时咽喉处都扎了一柄无影飞刀。另一人见同伴被杀，刚想喊叫，就被韩世忠冲上前去，一刀刺入心窝，瞠目而死。

徐燎和玄武将死者尸身拖至暗处，七人继续向洞内前行。

根据应明所提供的描述，方腊应该藏身于帮源洞中的圣公堂内。大概是为了抵御外敌，这圣公堂建在极深之处。他们猫着腰，缓步向前移动。此时若是被方腊手下发现，在这狭窄的洞内，数百人一拥而上，非将他们七人剁成肉泥不可。

“前边右转，然后左转，径直走百步，再右转……”

张闲压低身形，跟在韩世忠身后。他的背后，还有李师师仗剑守护。

这一路上，唐霄的暗器发挥了极大的作用。通常在百步之外，就能将巡哨击杀，悄无声息。其余逃过暗器的喽啰，也很快死在韩世忠和徐燎的快刀之下，根本没有机会提醒其余的同伴。就这样，他们用了近半个时辰，才到了圣公堂的洞口。

洞口处安了一扇木门，门口立着两个高壮的护卫。唐霄和徐燎对视一眼，立刻会意。两人经历多场战役，早已配合无间，默念三声，各自向一个护卫冲去！

那两个护卫已是哈欠连天，恍惚间又见两个人影蹿出，还以为是自己眼花，是以并未立即呼救。待他们瞧清楚来者时，咽喉均被龟兹短剑和虎翼刀的利刃划开，鲜血洒了满地。

为免被圣公堂内的方腊警觉，玄武不待韩世忠发令，便朝木门奔踏而去，一记蹬踹，将木门踢了个粉碎。李师师也身随剑进，整个人化成一团红影，抢先玄武一步蹿入圣公堂！

圣公堂不过一间十尺见方的斗室，李师师跃入房内，只见一个瘦小的汉子，赤着上身，正坐在床上。他见了李师师，先是一怔，便伸出右手，欲去取悬在床头的佩剑。李师师聚全身之劲力，向前冲去，手中蜂芒剑朝瘦汉径直刺出！

高速行进的蜂芒剑，仿佛在空气中撕开了一道裂缝，发出一阵刺耳的鸣音。

下一刻，剑尖便狠狠贯入瘦汉的右腕之中！

瘦汉吃痛大喊，但又发不出声音。原来韩世忠也赶到他的身边，用手捂住了他的口鼻。徐燎使出擒拿手法，按住他上身关节，使他不能反击。韩世忠手上缠着的那块丝巾，上面敷有杨采苓调制的“化筋散”，瘦男子一经吸入，浑身四肢便软绵无力。

唐霄从衣襟内取出一张画像，对照了一下瘦汉的长相，肯定道：“他就是方腊。”

张闲凑近方腊，上下打量，口中道：“原来你就是光之国的首领啊！真是人不可貌相！”

“你……你们是谁……想要做什么？”方腊不敢置信地扫视着眼前这七人，内心惊疑到了极点。他不明白，区区七人，是如何突破这重重守卫的帮源洞的。

韩世忠道:“这里不安全，我们先出洞再说！”他和徐燎一人一边，架着方腊出洞。

他们按原路返回，一路上倒也无事。

谁知还未得出洞，方腊的妹妹金芝公主便拿着酒菜去了圣公堂，却见斗室内空无一人，床上又斑斑血迹。她心中大惊，慌忙中大喊大叫，引来了守卫。喽啰们一看头领被擒，纷纷动员起来，整个帮源洞内乱作一团。

韩世忠等人离洞口只有数丈，忽然前后均拥来数不清的喽啰。韩世忠心中一片冰凉，暗道自己死不足惜，只是连累了几位朋友，心里有些过意不去。他握紧手中长刀，正要厮杀，却听见身后响起一阵怒吼。

“谁敢上来，我一刀结果了方腊！”

原来徐燎立在方腊身后，左手擒住他的肩膀，右手虎翼刀架在他的颈部。虎翼刀的锋刃已割破了脖子上的皮肤，流出不少鲜血。喽啰们见此情景，均不敢上前，不少人还纷纷退后，韩世忠忙用牛筋绳捆住方腊双手。此时，唐霄、玄武、扈三娘、李师师四人，背靠徐燎，将他和方腊团团围住。张闲也趁乱从地上捡起一柄朴刀，刀尖向外。不过他的手臂因惊吓过度，不停地颤抖，刀柄险些滑落在地上，甚是狼狈。

他们围成一个圆圈，缓缓向洞口移动。光之国的信众虽围在四周，可圣公方腊在他们心中，如同神明一般的存在，他们生怕韩世忠等人伤害方腊，只能不住向后退却。

行至洞口，方腊手下虽没有贸然进攻，但也不敢远离，一直紧紧跟着。徐燎取出怀中的竹哨，放在嘴边吹响起来。哨声在半空中盘旋，悠扬且绵长。这是他们与赵元奴约定的暗号，不知她是否已和童贯的部队会合。

“继续往山下走，不要停留在此处！”韩世忠向众人喊道，由于太过紧张，他的衣衫都已被汗水湿透。

可能是化筋散的药效发作，方腊腿脚无力，身体渐渐沉了下去。这让整支小队的行动速度慢了不少。韩世忠此时极为焦虑，若赵元奴没能说服朝廷军的将领，那么他们七个人恐怕也凶多吉少。毕竟武艺再怎么高强，也不可能从这数千人的刀枪下活下来。

正当他们一筹莫展之时，忽听左首数里外号角声响，接着，四下均有身披禁军铠甲的士兵冲出，向光之国信众砍杀。双方人马冲近，迅疾厮杀起来。片刻之间，帮源洞口乱成一团。原本埋伏在帮源洞周围负责防御的弓箭手们，见方腊还在对方手中，一时也不敢放箭，怕误伤了首领。正犹豫间，身后朝廷军兵马排列成阵，无数箭矢纷纷射出，死者不计其数。

人堆之中，忽然响起一阵轻叱。只见身披绿色纱衣的赵元奴，手里握着两柄形状怪异的弯刀，从乱军中冲杀出来。

阵形一乱，韩世忠忙挥舞手中长刀，为擒拿方腊的徐燎开路。扈三娘、玄武、唐霄放开手脚，四下里杀将起来。李师师则仗剑护在张闲身旁，胆敢欺近者，皆被蜂芒剑在咽喉上刺出一个血窟窿。

徐燎杀红了眼，将方腊交给韩世忠，手中虎翼刀化成一道银色刀芒，席卷之处，血流成渠。光之国的喽啰见他刀刀封喉，惊惧不已，开始渐渐向后退散。其中胆小之辈，均趁着夜色逃跑下山，有几个不幸被朝廷官兵捉了，当场格杀。

混乱之中，又听见数十支号角齐声吹动，几排兵马冲将过来，又有援兵抵达，当先的是个身披金甲的将领，正是童贯部将辛兴宗。

“将军，方腊在此！”韩世忠血溅满身，向他喊道。

这时他身边冲来两个光之国的喽啰，准备从身后偷袭韩世忠，被辛兴宗上前，一刀一个，砍翻在地。韩世忠将方腊交给辛兴宗，又转身冲入杀阵。

光之国这边见首领被擒，士气大跌，而朝廷军这些时日积压的怒气在这一刻瞬间爆发，前赴后继地向前冲击。刀光矛影中杀声震天。这一夜帮源洞大战，杀至天明，才将方腊部下全歼。帮源洞内，被朝廷军一把火，烧得干干净净。

大战之后，韩世忠放眼望去，但见山涧洞口，遍地都是尸骇。偶尔有几个未被杀死的喽啰，躺在地上哀号，也被朝廷军用长矛一一戳死。他久经战阵，见惯了死伤，倒也不觉得什么。却见张闲对着满山遗尸怔怔出神，神色低落。他走上前去，想安慰几句，却听张闲幽幽道：“这些人原本想要投降，为何还杀他们？”

“一将功成万骨枯。”韩世忠不知如何回答，叹道。

“方腊想做皇帝，他们可不想。他们中大部分的人，只不过想吃顿饱饭。”张闲回过头来，瞧着韩世忠道，“想好好活下去，他们有错吗？”

这些日子以来，张闲经历了少林寺之战，又随着联军攻破梁山，继而参与了帮源洞的大战，见多了这些无名无姓的喽啰，成批横死在刀枪之下。但这并没有让张闲习惯，反而令他陷入深深的疑惑。他原本出身低微，对这些惨死的喽啰的想法，颇能体谅。

平凡的人活在这个世上，难道只为了让权贵之人玩弄吗？

张闲心中没有答案。

战事结束之后，扈三娘、张闲、唐霄、徐燎、李师师、赵元奴、梁红玉、玄武八人便来辞别韩世忠。韩世忠本想将他们引荐给童贯，但很快就打消了这个念头。他们这些江湖侠客，本就不齿于做朝廷的鹰犬，更何况给恶名昭彰的童贯打下手呢。

众人与韩世忠互道珍重后，尽皆离开了帮源。

韩世忠回营后，却见童贯大赏辛兴宗，只字不提他的名字。韩世忠何等聪明之人，自然知道擒拿方腊之功已被辛将军掠美。他作为辛兴宗的下属，也不便多说什么。不过后世史家却秉笔直书，写道："世忠穷追至睦州清溪峒，贼深据岩屋为三窟，诸将继至，莫知所入。世忠潜行溪谷，问野妇得径，即挺身仗戈直前，渡险数里，捣其穴，格杀数十人，擒腊以出。辛兴宗领兵截峒口，掠其俘为己功，故赏不及世忠。"

回到军队之后，韩世忠听取唐霄的建议，将神臂弓改造为射程可至百步，劲力可穿重甲的克敌弓，成为金军铁骑的克星。建炎三年，韩世忠于黄天荡之战中以八千兵力，战胜金将完颜宗弼部十万人。又在苗刘兵变时，与张俊、刘光世等起兵勤王，使宋高宗复辟。韩世忠屡立奇功，逐渐得到皇帝的重用，终成一代名将。

此外，他还在东京城与梁红玉重逢，终成眷侣。两人的事迹在各类野史和话本中都有提及，在此不再絮繁。

离开帮源之后，众人决定先结伴回到东京城，再做打算。

行了月余，到得京师，众人找了家客店住下，休养了几日。

原本可以住在仙音阁中，但那里毕竟是风月场所，杨采苓和扈三娘是良家女子，颇有些不便。安顿好之后，李师师便带着赵元奴、梁红玉回了仙音阁。

也许是经历了太多厮杀，身心疲乏，唐霄一回到东京，便整日玩乐，空了便和杨采苓逛逛市集，或去茶楼听听小曲儿，自在逍遥，乐不思蜀。张闲回了云来客栈，没见到卢掌柜，却发现客栈已被改造成一家酒楼，内心颇有些失落。徐燎一回到东京，就四处打探皇城司柯大人的所在，查探了许多时日，仍一无所获。玄武则在回到东京的头一天晚上，忽然离魂症发作，变回了那个胆小怕事的小和尚。醒了之后，玄武茫无头绪，于是靠李师师托人帮忙，才安排去了大相国寺做挂搭僧。

光阴似箭，不知不觉便到了五月。

这天，李师师因思念张闲，在八仙楼摆酒席宴请众人。宾客都到场后，却独不见徐燎。不过大家早已习惯了他的行踪不定，也没挂在心上。酒宴吃到一半，忽有一人急急闯入雅座，众人一惊，才发现进屋的人竟是徐燎。

“你去了哪里，到处寻你不着。”唐霄举起酒杯，递了过去，“是不是该自罚一杯？”

若换做平日，徐燎一定不会理他。此时却毫不犹豫地接过酒杯，一饮而尽。不仅唐霄，在场其他人也颇感意外。

徐燎喝光杯中的烈酒后，转身合上房门，低声道：“适才我从宫里听来了一个消息。”

众人见他神色严肃，知道徐燎有要事相商，便不再嬉笑，凝神细听。

“宋江死了。”

此言一出，在场众人均感惊愕。

张闲奇道：“他不是在朝廷当了官吗？”

唐霄极力维持着镇定，沉声问道：“怎么死的？”

徐燎又给自己斟了一大杯酒，口中说道："宋江受招安后，被遣去楚州为安抚，兼管总领兵马。前不久，朝廷降赐御酒给他，天使读过圣旨，捧过御酒，教他饮毕。御酒宴罢，天使回京。到了夜间，宋江忽觉肚腹疼痛，才明白被下了毒药。可为时已晚，不久便毒发身亡。随后皇城司的柴进、武胜军承宣使吴用、润州都统制李逵等也均被官家赐了毒酒。有人说是蔡京、童贯、高俅、杨戬等四个奸臣，买通天使，把药下在了御酒里。"

唐霄冷笑一声，端起酒杯，呷了一口。

张闲惊道："这四人好大的胆子，连官家赐的御酒，都敢下毒？"

唐霄平静地道："官家赐的酒，借他们十个胆子，也不敢下毒。倘若真是他们干的，那也必是官家授意。"

李师师听了，微微一笑，却不搭话。

张闲更惊讶了，又问道："官家授意？既然宋江是受官家派遣，打入梁山泊内部，那为什么又要杀他？"

若按照"九天玄女计划"来看，这一切不正按照官家所料想的进行吗？

张闲实在不明白官家为何要下此毒手。

唐霄解释道："若是让世人知道，官家曾与梁山贼寇勾结，那还了得？其实当宋江答应这个计划的时候，他的命数已不是自己能够掌控的了。不过，既然把命卖给了朝廷，又替官家解决了梁山泊这一心头之患，追封赏赐是少不了的。这千古恶名么，哼哼，就只能委屈蔡京他们几个来受了。"

徐燎点头道："唐兄说得是。那御酒使臣便被抓了起来，还未来得及叫屈，就砍了脑袋。至于宋江，官家亲书圣旨，敕封宋江为忠烈义济灵应侯，又在济州起盖庙宇，大建祠堂，塑了宋江等殁于王事诸多将佐神像。敕赐殿宇牌额，御笔亲书‘靖忠之庙’。宋江求名得名，也算死得其所。不仅如此，还赏了宋江兄弟**铁扇子·宋清**十万贯钱，田地三千亩，让他安心回郓城务农。”

唐霄又冷笑道：“宋清草包一个，没什么本领，听说在梁山时，头领也不将他放在眼中，活着对官家也没威胁。”

众人听了，不胜感慨。

这一夜，徐燎不停地喝着闷酒，心情阴郁到了极点。他不知心中何以这样惆怅，是因为柴进没有死在他的手中，还是心中对这老上司仍存有一份情义？他也不知道。

“各位，明日我准备回扈家庄。”扈三娘举起酒杯，扫视在场众人。

在杨采苓的开解下，扈三娘情绪渐渐好转，也接受了栾廷玉已经去世的事实。

扈三娘又道：“这些日子承蒙各位照顾。我知道，师父在九泉之下，也不希望我一直这般消沉下去。是以我想将毁掉的扈家庄，重建起来，以慰亡父的在天之灵。这一点，唐霄应该能够明白吧？”

她话音甫落，大家便连声叫好。唐霄没有说话，只是高举酒杯，遥敬扈三娘。

当夜众人在八仙楼喝得酩酊大醉，尽兴而归。

次日清晨，又发生了一件奇怪的事。

扈三娘醒来，发现客店房间的桌上，放置着两个木质大箱子，打开一看，里面黄澄澄的，全是金子，少说也有两三百两。她忙合上箱盖，心中惊疑到了极点。这平白无故，谁会送那么多钱给她呢？她实在想不出来。

便在这时，门口有人轻叩三声，扈三娘忙将两只木箱塞入床底，才去开门。

门口站着的是唐霄和杨采苓。两人脸上，均挂着笑容。

“三娘，今天有没有发生什么好事？不如说出来，大家一起开心一下！”

唐霄边笑边向屋内走去。

扈三娘听了，先是一惊，随即扑哧笑出声来，嗔道：“我道是谁，原来是你搞的鬼！”说着便把两只箱子从床底拖了出来。

“怎么样？这点钱够不够你重建扈家庄？”唐霄坐在椅上，跷起了二郎腿。

扈三娘推辞道：“你还要重建兵诛城，将来需要用钱的地方可不少。”

“拿着，我自有办法。”唐霄豪迈地说道。

“别听他胡说，这钱啊，也不是他的。”杨采苓白了唐霄一眼，如实答道。

“不是你的？那是谁的？”扈三娘更疑惑了。

“在东京城缺钱花，自然是要找最有钱的那个。”唐霄边说边给自己斟了一杯茶水，“说起东京城首富，唯有咱们的老朋友，孙大官人，才有资格！”

原来，昨夜众人从八仙楼回客店后，唐霄独自一人偷偷溜了出去，然后轻车熟路地摸到了孙府。翻墙而入后，唐霄很快就找到了小财神·孙沁文的寝屋。透过窗户，他瞧见孙沁文还未就寝，正搂着一个貌美如花的妓女饮酒作乐，欢声笑语充满了整个房间。

自从周家村一别，唐霄已有许久未见过他，看他的体型，似乎又胖了一点。

“你不喝了这杯酒，我可要把你喝掉咯？”孙沁文双眼笑成了一条缝隙，胖胖的手掌不规矩地在妓女身上游走。

“你讨厌！”妓女扭着芊芊细腰，娇嗔着打了孙沁文一下。

“打！重重地打！我喜欢！”小财神笑得更欢了。

“我可真打咯？打疼了，你可不能怪我！”妓女撒娇道。

“不怪，不怪，你是我的心肝宝贝，我怎么会怪你？来，朝这里打，狠狠来一下！”孙沁文指了指自己的脸颊，眉宇间尽是喜悦之情。

唐霄从怀中取出一块飞蝗石，瞄准妓女的额头，弹射出去。

那妓女刚抬起手，作势要打下去，便听啪的一声响，额头就被唐霄射出的飞蝗石击中，颓然倒在孙沁文的怀中，晕了过去。

“谁？是谁？”孙沁文顿时惊慌失措，吓得把“心肝宝贝”推到了地上。

唐霄推开窗户，跃入房中，笑着道：“孙大官人，还记得我吗？”

孙沁文一见唐霄，微微一怔，脱口道：“唐霄？你没死？”随即换上一张笑脸道，“兄弟，太好了，你没死！老天有眼啊！苍天啊！”心想，糟糕，讨债鬼上门！

“少给我来这套，你巴不得我死吧？”唐霄冷笑道。

“谁说的？这话谁说的！一派胡言！我最亲爱的兄弟死了，我怎么会高兴呢？兄弟，我跟你讲，回到东京之后，我派人打听了你的情况，说你和什么联军去打梁山了。我以为你蒙难，心中悲痛真的难以形容。哭出来的泪水，都可以把汴河填满。对了，大概有一个月吃不下饭，都瘦了好几斤！”孙沁文说着，拍了拍肚子，发出咚咚的声音。

“咱们闲话休提，言归正传。我来这里呢，是求你一件事。”

唐霄从腰间抽出龟兹短剑，往桌上轻轻一划，桌角被削下老大一块，可见此剑之锋利，非同凡响，“不过呢，这件事也不知道你答应不答应？”

孙沁文看着掉下的木块，吓得咽了口唾沫，咽部发出咕嘟一声。隔了一会儿，他才回过神来，笑道：“唐兄有困难，我义不容辞，说什么答应不答应，真是见外了。”心里想，强盗！土匪！不答应你，本财神可就得归位了！

“那再好不过。孙大官人果然快人快语！那我也就不见外了，给我一千两黄金。”唐霄开门见山地道。

孙沁文一听，心道，土匪！讨债鬼！你怎么不去抢钱庄？转念一想，他也没错，钱庄也没我家有钱。心下一片冰凉。

“怎么，大官人似乎不愿意？”

唐霄将龟兹短剑倒转，手一松，那短剑直直插入木桌桌面，没柄而入。

“愿意！愿意！莫说一千两，两千两也不在话下！”孙沁文见这短剑如此锋利，自己的肚子虽大，可没这上好的乌木桌坚固。

“好，就两千两！”唐霄收起龟兹短剑，哈哈大笑。

孙沁文也跟着哈哈大笑，笑得比哭还难看。

扈三娘听完此事之后，笑弯了腰。她道：“你还真是这小财神命里的克星。”

唐霄摆了摆手，道：“这些钱放在他手里，也是用于玩乐，不如由我拿来，替他做点有意义的事，积积阴德。”

杨采苓秀眉一轩，道：“你抢人钱财，还这样义正词严，也不害臊！”

说完，三人又笑成一团。

其实唐霄不止用这钱资助了扈三娘，还分别给徐燎、张闲等留了一部分，日后若是厌倦了江湖奔波，还能做做小买卖。玄武说自己是出家人，能在大相国寺种种菜，已很满足，是以拒绝了他的赠金。人各有志，唐霄也不再勉强。

又过了两日，扈三娘告别大家，启程离开东京。

当日，徐燎也来向唐霄和张闲道别。

他穿着灰色粗麻布衣，手中提着一包行李，虎翼刀用麻布包裹，背负在身上。这身打扮，就像一个寻常农夫，任谁都不会将他和曾经在皇城司一手遮天的“鬼刃”联想到一处。

“你有什么打算？”唐霄并肩与徐燎走在街上，送他出城。

“准备去西夏。”徐燎低声答道。

“西夏？”唐霄禁不住嗤的一声笑，道，“你在皇城司当差时，还未吃够党项人的苦头？”

徐燎苦笑一声，并不答话。两人就这样走了许久，沿着甜水巷，走到丽景门。

“你回去吧，别让杨姑娘太过担心。再替我向张闲兄弟和李姑娘说一声，我走得匆忙，都没见着他们。”徐燎停下脚步，将背在右肩的虎翼刀换至左肩。

唐霄拱手道：“此去经年，不知何事才能重逢，此地一为别，孤蓬万里征。保重。”

徐燎也弯腰回礼，道：“保重。”

两人想起当年在客店动手，险些两败俱伤，均觉好笑。

“那我先走了，另外，还有人在城门口等你呢。”唐霄低低笑了一声，转身离去。

徐燎不明所以，回头向城门望去。

只见一个身穿绿色窄袖衣的美貌女子，正俏立在丽景门前。她瞧见徐燎，笑着朝他走来。待那女子走近，徐燎才瞧出她是赵元奴。没想到她换了寻常女子的打扮，竟让他一眼没认出来。赵元奴见徐燎呆若木鸡，咯咯娇笑，说道："怎么，你不想见奴家？"

徐燎脸上微微一红，讪讪道："你怎么这身打扮？还有，你来这里……"

赵元奴凑到徐燎耳边，低声道："想不想我和你一起走？"

徐燎张口结舌，不知该如何应答。对于这个妖媚的女子，自从与她第一次交手，就令徐燎难以忘怀。但他总觉得自己是不祥之人。爱过他的女人，一个个都惨死了。皇城司的白露霜如此，辽国的萧月奴如此，就连农家女沈小芸，都逃不过惨死的厄运。

赵元奴见他绷紧着脸，当下冷笑一声，说道："徐大人，是不是觉得奴家配不上你呢？"

徐燎忙道："不是，你……你别胡说！"

赵元奴瞧他急切否认的模样，心中一喜，伸手挽住徐燎的胳膊。

"咱们再不出城，城门可要关上啦！"

张闲回龙虎山那天，起了个大早。

他没向唐霄、杨采苓道别，也没有和李师师提起要去江西的事。

能成为这些人的朋友，甚至兄弟，他当然很自豪。能和祝家庄的教师、兵诛城少主、皇城司指挥使这些人称兄道弟，这是在客栈打杂时，不敢想象的。而他，不过是个记性比较好的喽啰而已。

张闲一路南下，不停地走了两个月，终于到了洪州。

刚一进城，张闲就觉得腹中饥火难耐，随便找了一家饭馆。那店伙见来客是个外地人，便热情洋溢地推荐店里的各式名菜。张闲听得不耐烦，道：“我一个人，哪里吃得完这么多菜。给我下碗素面就可以了。”

店伙见自己说得嘴皮子都快磨破，这客人竟然只要一碗素面，心里翻来覆去地把张闲十八代祖宗都骂了一遍，但仍笑嘻嘻地说道：“客官稍等。”转头对后厨喊了一声：“素面一碗！”

张闲左右无事，取出包裹里的玉龙簪，把玩起来。

不知樊瑞是否已在龙虎山上？

只带了我的书信，也不知龙虎宗的道士会不会相信他。

看着手里的玉龙簪，他又想起了张继先。

自登封县一别，这位自称是他爷爷的老道就再也没出现过。张闲心想，不知他是否已回到了龙虎山，这次若能再见就好了。可这什么掌教真人，自己是万万不肯当的。等他把玉龙簪交给下一任掌教真人，他的任务就算完成了。接下来，他打算回到东京，开一家店铺，靠自己的手艺养活自己。

正胡思乱想之际，忽然从后厨走出三四个店伙，冲他这桌走来。这几个店伙手中，都捧了三四个碟子。走近张闲桌边时，最先招待张闲的那位店伙尖起嗓子喊道：“上菜！”那几个店伙逐次将餐盘摆放上桌。

张闲定眼一看，有泥鳅豆腐、皱纹扣肉、豫章酥鸭、双层肉、粉蒸鱼、炒杂素、瓦罐汤等十多样菜式。菜刚出锅，镬气饱满，浓香扑鼻，闻得他食欲大增。只是这菜并非他所点，就算肚子再饿，也不可下箸。

他苦叹一声道：“对不起，这些都不是我点的。”

其中一个店伙道：“那位姑娘说，‘吃什么素面，没油水的’。所以给了我们一片金叶子，让咱们准备一桌好菜，款待张爷。”

若是别人听了这话，怕是会堕入云雾。可张闲过目不忘，这句话是当年李师师在登封县时对他所说，绝不会错。他心思急转，冲口问道："金叶子让我瞧一眼！"

店伙颤颤巍巍地拿出那片金子，在张闲面前晃了一晃。

果然没错！就是这个！

"那姑娘眼下在何处？"张闲抬眼扫视，在店堂内却见不到女子的人影。

"从后门出去了。"店伙往身后一指。

张闲顺着他所指的方向望去，果然见到一扇小门。他也不顾桌上的行李和菜肴，拔腿跑了过去。推开门，走到屋外，后门连通的是熙熙攘攘的大街。瞧着满街人来人往，张闲纵目四望，却见不到他想找的女子。

正当他准备放弃的时候，熟悉的声音从身后响起。

"张公子，别来无恙。"

他一回头，瞧见身穿白衣、娇艳如昔的李师师，就站在他的面前。两人四目相对，张闲见她眉眼如画，不禁心头一热，全然不顾行人，张开双手就将她拥入怀中。

李师师双颊晕红，忸怩道："张公子，这里人多。"

张闲松开双手，温言说道："我……我好想你。没想到你会来找我……我不是故意不辞而别的。只不过对我来说，你是天上的仙子，才情容貌，更非寻常女子所能及。而我只是个普通的店小二，配不上你。"

李师师扑哧一笑，赧然道："什么配得上配不上的。这世上爱我的男子确实不少，但有几个愿意为我死的？张公子，你是唯一一个全然不顾性命保护我的人。从那一天起，我就告诉自己，只要你不嫌弃我出身青楼，你去哪里，我便去哪里。从前的荣华富贵，甚至官家的赏赐，我都不要了。”

张闲心里感动，牵起李师师的手，放在了自己的胸口。

这一次，他不想再松开。

三年之后，唐霄在合州东十里的钓鱼山上，着手重建兵诛城。

虽不是在原址上建造，但其规模远超当年。钓鱼山位于嘉陵江与渠江、涪江三江汇合之处，因山势以筑城，周回十余里，对于一个兵械作坊来说，已算十分庞大。唐霄在此处建立据点，主要还是考虑如何抵御外敌，以免重蹈当年的覆辙。

兵诛城依靠险峻山势建筑城墙，城北与城南各建造了渡口，两处渡口各有一道城墙从钓鱼山一直延展到了江心。这两道城墙被称为“一字城”，八个城门和城墙相通，城墙之间也有暗道。一字城不单单保护了南北渡口，且封断了整个嘉陵江河套。换言之，嘉陵江则成了兵诛城西、南、北面的护城河。即便有外敌来袭，兵诛城亦可以依托一字城作战，保证嘉陵江的水上通道。

这座声势浩大的兵诛城，由孙沁文等富豪“资助”，前后一共花了三年时间才竣工。

一日，唐霄独自一人，来到这一字城上。他身披纯黑貂皮大氅，正在向城外眺望。城头风声猎猎，使得他的大氅迎风飘荡。这些年来，他耗费心力，终于实现了当初的承诺，让拥有“天下兵库”之称的兵诛城，重见天日。

在这座城内，拥有比往日更旷阔雄伟的兵器作坊，数以万计的兵械匠师在此地铸造兵器，而此时的唐霄，也早已制造出比《唐门考工记》中更多更强的兵器。某种意义上讲，他已经超越了父亲唐非君。兵诛城重建的消息，自然也传到了官家耳中。于是，朝廷委任四川宣抚使吴玠向兵诛城购买军械，以用作军备。兵器好，价格自然也贵，没过多久，唐家又再次成为蜀中巨富。这一切，当然都尽在唐霄的掌握之中。

“上头风这么大，你在这做什么？”

唐霄回过神，瞧见身披一席青色单襦的杨采苓。

“我来瞧瞧风景。小苓，你怀有身孕，受不得凉，快下去吧。”唐霄说着，便将身上的貂皮大氅披在了杨采苓的肩上。随后，两人并肩沿石阶而下。

“有心事吗？”杨采苓瞧了一眼她的夫君。

“也没什么，只是忽然想起了父亲。真不知道，如果他还活着，会如何评价我今天的作为。”想到这里，唐霄不禁摇头苦笑，“恐怕也是会挑剔我吧。”

“他会以你为傲。这座兵诛城，普天之下，只有你能造得出来。”

杨采苓这番话，说得极为诚恳，并无半点奉承的意味。

他们相处那么多时日，唐霄自然了解她直言不讳的性格，是以高兴非常。

“前些日子，我还收到了红玉寄来的信笺。”杨采苓突然说道，“她和韩将军成婚了。这几年她一直陪伴在韩将军身边，南征北战，不计名分，终于也算有了结果。”

“是么？那真是可喜可贺！可惜咱们相隔千里，无法赶去参加他们的婚宴。”

“也不知道其他人如何了。”杨采苓望着天边的云彩，不禁长叹一声。

这些年来，除了张闲和李师师曾来四川找过他们，其他人再也无缘得见。张闲夫妇二人云游四海，过着神仙般的日子，那一日正巧途经钓鱼山，便特地登门拜访。老友相见，喜不自胜。他们从张闲的口中，得知扈三娘已将扈家庄重建，不少族人都回来帮她，慢慢也恢复了以前的模样。梁山泊这边在鲁智深的统领下，也发展得不错，打家劫舍的勾当逐渐少了，专抢一些无良豪富，劫富济贫。

徐燎和赵元奴自从去了西夏，也是音讯全无，不知生死。不过唐霄相信，以徐燎的身手，想要在西夏谋个一官半职，并非难事。

至于那个叫作玄武的和尚……

想到此人，杨采苓不禁心头一紧。

离开东京城那天，玄武突然从大相国寺跑来城门口相送，还顺手摘了些自己种的瓜果。从他的表情神态来看，并不是那个弱不禁风的玄武。

杨采苓见了他，歉然道："我没能治好你的离魂症，真是对不住。"

玄武将手里的瓜果塞给了杨采苓，径直走向唐霄。唐霄见他杀气腾腾，不由暗暗护住要害，毕竟这个和尚疯疯癫癫，谁也不知他会做出怎样的举动。

走到唐霄跟前，玄武止住脚步，冷然说道："姓唐的，你给我听清楚了。若让佛爷知道，你欺负了杨姑娘，或做了对她不起的事，我不管你是兵诛城城主，还是天王老爷，即使追到天涯海角，我都会把你碎尸万段。"

唐霄何等聪明，这番话听在耳中，顿然醒觉。他没想到这不苟言笑的和尚，竟暗暗倾心于杨采苓。而远处的杨采苓则一脸懵懂，显然也不知此事。

说完话，玄武便往回走去。杨采苓见唐霄面色尴尬，便走近玄武，想问他对唐霄说了什么。可还未等她开口，玄武便抢着道："你没对不住我。你给我喝的汤药很有效。其实我的离魂症，在攻打梁山之前就已经痊愈了。”

“已经好了？”杨采苓微微一怔，继而笑了起来，“那真是太好了！既然痊愈，为何你还要去大相国寺做什么僧人？”

玄武深深瞧了杨采苓一眼，胸口一酸，低声道：“珍重。”便快步离开。

杨采苓立在原地，瞧着玄武远去的背影，不禁想起这和尚曾多次舍命救过自己，心里忽然有一点点落寞。但这种感觉，稍纵即逝。

然而匆匆六年，就这样过去了。

也不知道他在大相国寺，过得好不好。

杨采苓再次把目光投向唐霄，不知何故，心中竟对他有了一丝歉意。

“小苓，你发什么呆呢？”唐霄推开门，却见杨采苓驻足不前，瞧着他怔怔出神。

“我在想今天晚上，为你做点什么吃的。”杨采苓轻咳一声，忙道，“对了，你是想吃江瑶炸肚？还是烧臆子呢？”

淳祐二年，宋王朝在蒙古铁骑的狂攻之下，连战皆北，岌岌可危。

城池一座接着一座陷落，半壁江山已经坍塌。四川安抚制置使余玠临危受命，镇守四川。但面对强大的蒙古骑兵，他也没有把握打赢这场战争。

这时，合州知州冉琎、冉璞兄弟向他提议，钓鱼山上有个兵诛城，这城池依恃天险，陡峭山岩上有内外两道防线，而且还有纵向延伸的渡口。这里曾是唐家的兵工厂，现已败落，不如加固兵诛城，改名为钓鱼城。

余玠接受冉氏兄弟建议，迁合州治所于此，驻以重兵，以控扼嘉陵江要冲。

宝祐六年，蒙哥大汗率主力横扫四川，周围郡县相继陷落，唯有钓鱼城巍然屹立，成为阻击蒙古军的坚强堡垒。嘉陵江水上的畅通，让钓鱼城能得到充足的战争物资补充，而水军和一字城，使得钓鱼城在西南北三面都十分安全，只需面对东面的攻城压力。而一字城上的火炮，又使蒙古军从东面的仰攻，极为困难。

六月，蒙军总帅汪德臣被城中火炮击毙。七月，蒙古军加紧攻城，仍不能破，其先锋大将汪德臣被击伤身死。蒙哥大汗本人亦被城中火炮击中，回营后，伤重死去。蒙哥之死导致了蒙古大军的全线北撤，南宋朝廷又得以延续了二十年。

唐霄一定不会想到，他当年在钓鱼山上建筑的兵诛城，竟然在一百多年后，还能抵御数万蒙古铁骑的冲击，长达三十六年之久，创造了战争史上罕见的以弱胜强的奇迹。

直到祥兴二年，守将王立以不杀城内一人的条件，投降蒙古，钓鱼城才告破。一个月之后，崖山海战爆发，最后蒙古军以少胜多，宋军全军覆灭。丞相陆秀夫背着少帝赵昺投海自尽，许多忠臣追随其后，十万军民跳海殉国。

享国三百一十九年的宋王朝，就此亡矣。

（全书完）

后记

最初接触《水浒传》这部名著，是通过电视剧。

看着好汉们快意恩仇，惩奸除恶，配上刘欢所唱的那首《好汉歌》，直教人热血沸腾。上学后，买了百二十回本的原著，回家来看。虽然文白夹杂，读起来磕磕绊绊，但也阻挡不了我对梁山泊的向往，每天读一两回，终于啃完了这部名著。当然结局是不喜欢的，最后好汉们死的死，伤的伤，心里总有些不快。

随着年岁渐长，对世界的看法也发生了改变，前几年重读《水浒传》的时候，对其中好汉的行径，渐渐有了疑惑——有必要做到这种程度吗？有必要赶尽杀绝吗？何以连一个不足四岁的孩子，都不放过？

这可不是时代变迁所产生的观念变化所能解释的。

我困扰的问题，在于《水浒传》中表现出来的混乱的侠义观。

当然，我们不否认梁山泊有像鲁智深、武松这样“路见不平，拔刀相助”的好汉，却也不能忽略那些打着“侠义”幌子，做的却是一些偷鸡摸狗之事的“小人”。他们口中的“侠义”，似乎更像是一种借口，是一种个人感情。

不论是史进出场时对抗的少华山朱武、杨春，还是宋江在揭阳镇遇到的李俊、张横，都是祸害一方的贼人。但对于史进、宋江来说，则是一场好汉聚义。你之前做了什么，与我无关，你对我有恩，我就不能负义。这种“侠义”，是没有是非观的“侠义”。于是，在这种观念下，宋江在青州城外屠城，李逵用斧子劈开一个四岁孩子的脑袋，石秀、阮小七杀了一家老小夺船，却都无损于这些好汉的“威名”。

除此之外，还有好汉们的残暴和嗜血。

在《水浒传》第七十三回中，李逵闹完东京，来到狄家庄，听说太公女儿房内闹鬼，便闯入闺房捉鬼。进屋后，他才发现原来是太公女儿装神弄鬼，于是一斧子砍下头来，又抡起大斧乱剁成肉泥。而这么做的原因竟然是“吃得饱，正没消食处”！

并不是在此苛责古人，但这样的嗜血之人，绝不是我们心中“替天行道”的侠客。

于是，我便有了创作这部《水浒猎人》的想法。

如果在残暴的水浒世界中，存在那么一群心存良知的侠士，又会发生怎样的故事呢？他们是否会站出来对抗梁山泊中的暴虐之士？而身处梁山泊的真正好汉，又会否觉得自己被人欺瞒，于是愤而下山，自立门户？这些念头一直在我脑中挥之不去。

于是我便开始着手创作。最初的构思就是多主角模式，以对应《水浒传》，而中国古典小说的传统就是为书中人物依次立传。

因为是古代题材，要了解当时宋朝的背景，我花了相当多的时间查阅资料，也买了很多参考书，了解宋人吃什么，穿什么，平时如何消遣等事。不过由于才力有限，不能做到完全还原当时的社会，但也算认认真真做过功课，对得起这部作品。

而其中武打的段落，我则务求写实，所以书中一招一式尽量都会在脑中过一遍，又参考了许多武术类的书籍，所以没有飞天遁地，也没有内力神功，都是拳拳到肉的搏斗。不过其中术语和招式的混乱搭配，不值方家一哂。

这本小说从2017年开始动笔，到2019年完结，一共花了三年时间。可以说《水浒猎人》是我目前为止字数最多，创作周期最长，耗费心血也最多的作品。它完成了我的一个武侠梦想，让我发挥出了自己也想不到的能量，对我来说有十分独特的意义。彼时，我没有想到创作这样一本“群像”小说的难度如此之大，也正因为初生牛犊不怕虎，才敢挑战这样的作品。

最后，我想感谢阅读这本小说的每一个读者。

感谢您不离不弃，陪我和主人公们一起经历这场惊心动魄的冒险旅程。用杨过的话来说：今番良晤，豪兴不浅，他日江湖相逢，再当杯酒言欢！咱们就此别过！

鞠躬，再见！

二〇一九年六月二十八日